GREGOR
E A PROFECIA DE SANGUE

SUZANNE COLLINS

GREGOR
E A PROFECIA DE SANGUE

Tradução de
EDMO SUASSUNA

2ª edição

Rio de Janeiro | 2012

CIP-BRASIL. CATALOGAÇÃO-NA-FONTE
SINDICATO NACIONAL DOS EDITORES DE LIVROS, RJ

C674g
2ª ed.

Collins, Suzanne
    Gregor e a profecia de sangue / Suzanne Collins; tradução de
Edmo Suassuna. – 2ª ed. – Rio de Janeiro: Galera Record, 2012.

    Tradução de: Gregor and the curse of the warmbloods
    ISBN 978-85-01-08188-9

    1. Ficção juvenil americana. I. Suassuna, Edmo. II. Título.

10-0599

CDD: 028.5
CDU: 087.5

Copyright © 2004 by Suzanne Collins
Publicado mediante acordo com Scholastic Inc., 557 Broadway,
New York, NY 10012, USA.
Esta obra foi negociada através de Ute Körner Literary Agent,
S.L., Barcelona. www.uklitag.com

Todos os direitos reservados. Proibida a reprodução, no todo ou em parte,
através de quaisquer meios.

Texto revisado segundo o novo Acordo Ortográfico da Língua
Portuguesa.

Direitos exclusivos de publicação em língua portuguesa somente para o
Brasil adquiridos pela
EDITORA RECORD LTDA.
Rua Argentina 171 – Rio de Janeiro, RJ – 20921-380 – Tel.: 2585-2000
que se reserva a propriedade literária desta tradução

Impresso no Brasil

ISBN 978-85-01-08188-9

Seja um leitor preferencial Record.
Cadastre-se e receba informações sobre nossos
lançamentos e nossas promoções.

EDITORA AFILIADA

Atendimento e venda direta ao leitor:
mdireto@record.com.br ou (21) 2585-2002

Para Charlie e Isabel

PARTE 1
A PESTE

CAPÍTULO

1

Gregor encarou o espelho do banheiro por um minuto, se preparando. Então, lentamente desenrolou o pergaminho e segurou o lado escrito diante do espelho. No reflexo ele leu a primeira estrofe do poema cujo título era "A Profecia de Sangue".

Como sempre, os versos o deixaram enojado.

Alguém bateu à porta.

— Boots precisa entrar! — Gregor ouviu a irmã de 8 anos, Lizzie, dizer.

Gregor soltou a parte de cima do pergaminho, que se enrolou num estalo. O menino rapidamente enfiou o rolo no bolso de trás da calça jeans e puxou o casaco para baixo para escondê-lo. Ele ainda não tinha contado a ninguém sobre essa nova profecia, e não pretendia fazê-lo até que fosse absolutamente necessário. Alguns meses atrás, bem na época do Natal, ele tinha voltado para casa depois de ter passado um tempo no Subterrâneo, um escuro mundo devastado pela guerra quilômetros abaixo da cidade de Nova York. Era o lar de ratos, morcegos, aranhas, baratas, que eram gigantes e falavam, além de uma variedade de outras criaturas enormes. Havia humanos lá, também; um povo de pele pálida e olhos violeta que tinha viajado para as profundezas no século XVII e construído a cidade de pedra de Regália. Os regalianos provavelmente ainda estavam debatendo se Gregor era um traidor ou um herói. Na última visita dele, o menino tinha se recusado a matar um bebê rato branco chamado Bane, o que significa Perdição. Para muitos do Subterrâneo, aquilo tinha sido imperdoável, porque eles acreditavam que Bane um dia seria a causa da destruição total do Subterrâneo.

A atual rainha de Regália, Nerissa, era uma adolescente frágil com perturbadoras visões do futuro. Fora ela quem colocou o pergaminho no bolso do casaco de Gregor quando ele estava indo embora. O menino tinha achado que seria "A Segunda Profecia", que ele tinha acabado de ajudar a cumprir. Em vez disso, era um novo e aterrorizante poema.

— Para que você possa refletir sobre ela às vezes — tinha dito Nerissa. Acabou que o significado era literal; "A Profecia de Sangue" estava escrita de trás para a frente. Não dava nem para ler o que estava escrito, a não ser que você tivesse um espelho.

— Gregor, vamos lá! — insistiu Lizzie, batendo na porta do banheiro de novo.

O menino abriu a porta e se deparou com Lizzie, que estava com a irmãzinha de dois anos, Boots. As duas estavam embrulhadas em casacos e gorros, embora não tivessem saído naquele dia.

— Quero fazê xixi! — guinchou Boots, baixando as calças até as canelas e correndo para o vaso.

— Primeiro vá até o vaso, depois abaixe as calças! — Lizzie ensinou pela milésima vez.

Boots subiu toda desengonçada no assento da privada.

— Sô grande agora. Sei fazê xixi.

— Bom trabalho — respondeu Gregor, com um sinal de positivo. Boots sorriu orgulhosa para o irmão.

— Papai está fazendo biscoitos na cozinha. O forno está ligado lá — disse Lizzie, esfregando as mãos para esquentá-las.

O apartamento estava gelado. A cidade estava nas garras de um frio recorde nas últimas semanas, e o boiler que alimentava de vapor os velhos canos de aquecimento do apartamento deles não conseguia dar conta. As pessoas no prédio tinham ligado para a prefeitura repetidas vezes. Mas nada aconteceu.

— Vamos lá, Boots, hora de comer biscoito — chamou Gregor.

A menina puxou um metro de papel higiênico do rolo e meio que se limpou. Se alguém se oferecesse para ajudar, ela apenas dizia:

— Não, deixa eu fazê sozinha.

Gregor fez a irmãzinha lavar e secar as mãos, em seguida fez a menininha passar um pouco de loção na pele ressecada. Lizzie segurou a manga da camisa dele bem quando o garoto estava a ponto de apertar a válvula.

— Isso é xampu! — exclamou Lizzie, alarmada. Quase tudo a deixava alarmada ultimamente.

— Certo — respondeu Gregor, trocando de garrafa.

— Vamo comê geleia, Gré-go? — indagou Boots, esperançosa enquanto o irmão passava a loção nas costas das mãos dela.

Gregor sorriu com esta nova pronúncia do nome dele. Tinha sido "Gué-go" por mais ou menos um ano, mas Boots tinha recentemente acrescentado um *r*.

Uma nuvem de calor o envolveu quando ele entrou na cozinha com Boots. O pai deles estava acabando de tirar uma travessa de biscoitos do forno. Era bom vê-lo de pé, fazendo algo tão simples quanto preparar o café da manhã para os filhos. A temporada de mais de dois anos e meio que o pai do menino tinha passado como prisioneiro dos enormes e sanguinários ratos do Subterrâneo o transformara num homem muito doente. Quando Gregor voltou da segunda visita, no Natal, trouxe para ele um remédio especial do Subterrâneo. Esse remédio parecia estar ajudando. As febres do pai eram menos frequentes agora, as mãos tinham parado de tremer e ele tinha recuperado peso. Ainda faltava muito para ele ficar completamente bem, mas Gregor secretamente esperara que, se o remédio continuasse funcionando, o pai poderia voltar ao antigo emprego de professor de ciências do ensino médio no outono.

Gregor colocou Boots na cadeirinha de plástico vermelha e rachada que a família usava desde que ele era bebê. Boots bateu alegremente com os calcanhares na cadeira, em antecipação pelo café da manhã. A refeição parecia apetitosa, também, especialmente porque era o fim do mês. A mãe de Gregor era paga no primeiro dia de cada mês, e eles estavam sempre sem dinheiro no fim. Mas o pai serviu a cada um deles dois biscoitos e um ovo cozido. Boots recebeu um copo de suco de maçã bem aguado, pois eles estavam tentando fazer aquilo durar, e todo mundo mais tomou chá quentinho.

O pai disse para as crianças começarem a comer enquanto ele levava uma bandeja de comida para a avó delas. A velhinha passava um bom tempo na cama mesmo quando o tempo estava melhor, mas, durante este inverno, ela raramente se levantou. Eles puseram um aquecedor elétrico no quarto dela e muitos cobertores na cama. Ainda assim, sempre que Gregor ia vê-la, as mãos da velhinha estavam frias.

— Ge-leia, ge-leia, ge-leia — cantou Boots, animada.

Gregor pegou os biscoitos da menina e colocou uma grande colherada de geleia em cada um. Boots deu uma grande dentada imediatamente, manchando a cara inteira de roxo.

— Ei, a geleia é comida, e não maquiagem, está bem? — Gregor ralhou, e Boots caiu na gargalhada. Era impossível não rir quando a menininha ria; sua risadinha de criança era tão engraçada que era contagiante.

Gregor e Lizzie tiveram que se apressar com o café da manhã para não se atrasarem para a escola.

— Escovem os dentes — lembrou o pai enquanto eles se levantavam.

— Eu vou, se conseguir entrar no banheiro — respondeu Lizzie, sorrindo para Gregor.

Era uma piada da família, agora. Quanto tempo Gregor passava no banheiro. Havia apenas um banheiro no apartamento, e como Gregor tinha passado a se trancar para ler a profecia, todos tinham percebido. A mãe do menino o provocava, dizendo que ele queria ficar bonito para alguma garota da escola, e Gregor fingia que ela estava certa, se esforçando para parecer envergonhado. Na verdade, o menino estava mesmo pensando numa garota, mas ela não frequentava a escola dele. E ele não se preocupava com o que ela iria pensar do seu cabelo. Ele se perguntava se ela estaria viva.

Luxa. Tinha a mesma idade que ele, 11 anos, e já era a rainha de Regália. Ou, pelo menos, tinha sido, até alguns meses atrás. Contrariando os desejos do conselho de Regália, ela voou secretamente atrás de Gregor para ajudá-lo na missão de matar Bane. A menina tinha salvado a vida de Boots ao enfrentar um bando de ratos num labirinto, permitindo que a irmãzinha de Gregor escapasse montada numa barata amiga. Mas onde estaria Luxa agora? Vagando sem rumo pela Terra Morta? Aprisionada pelos ratos? Morta? Ou teria milagrosamente voltado para casa? E também havia a morcega de Luxa, Aurora. E Temp, a barata que tinha fugido com Boots. E Twitchtip, a rata cujo olfato era tão apurado que ela podia detectar cores. Todos amigos de Gregor. Todos perdidos em ação. Todos invadindo os sonhos dele à noite e o preocupando quando estava acordado.

Gregor tinha pedido aos subterrâneos que lhe contassem o que tinha acontecido. Eles deveriam lhe deixar uma mensagem na grade da lavanderia do prédio de Gregor, que era um portal para o Subterrâneo. Por que eles não fizeram isso? O que estaria acontecendo?

Não saber o que tinha acontecido a Luxa e aos outros e tentar decifrar sozinho a misteriosa profecia, a combinação dessas coisas estava enlouquecendo Gregor. Era necessário fazer um enorme esforço para prestar atenção nas aulas, para agir normalmente perto dos amigos, para esconder as preocupações da família, porque qualquer indício de que ele estava planejando voltar ao Subterrâneo os deixaria em pânico. O menino estava constantemente distraído, não ouvindo as pessoas quando falavam com ele, esquecendo coisas. Como agora.

— Gregor, sua mochila! — chamou o pai quando o menino e Lizzie estavam saindo. — Talvez você precise disso hoje.

— Obrigado, pai — agradeceu Gregor, evitando os olhos do pai, não querendo ver a preocupação estampada neles.

O menino e Lizzie desceram as escadas até o lobby e se prepararam para sair. Uma forte rajada de vento atravessou as roupas deles como se eles nem as estivessem usando. Gregor percebeu as lágrimas correndo dos olhos de Lizzie; ela sempre lacrimejava com o vento.

— Vamos logo, Lizzie, pelo menos vai estar quente na escola.

Eles andaram apressados pelas ruas, tão rápido quanto as calçadas congeladas permitiam. Felizmente, a escola da menina ficava a apenas alguns quarteirões de distância. Ela era pequena para a idade, "delicada", como a mãe dizia. "Um bom vento a sopraria para longe", a avó dizia quando abraçava Lizzie. E hoje Gregor se perguntava se ela teria razão.

— Você vem me buscar depois da aula, certo? Você vai estar aqui? — Lizzie perguntou na entrada.

— É claro — respondeu Gregor. A menina lhe lançou um olhar de reprovação. Ele tinha esquecido duas vezes no mês anterior, e ela tivera que ficar sentada na secretaria da escola, esperando que alguém viesse buscá-la. — Eu estarei aqui!

Gregor voltou para o vento quase aliviado. Embora os dentes dele estivessem batendo, pelo menos ele poderia ficar alguns minutos sem ser interrompido. Imediatamente, seus pensamentos se voltaram ao Subterrâneo e ao que poderia estar acontecendo lá agora, em algum lugar abaixo dos pés dele. Era apenas uma questão de tempo até Gregor ser chamado de volta lá para baixo, ele sabia disso. Era por esse motivo que o menino passava tanto tempo no banheiro, estudando a nova profecia, tentando entender suas assustadoras palavras, desesperado para se preparar para o próximo desafio de qualquer maneira que fosse possível. Os subterrâneos dependiam dele.

Mas os subterrâneos! Primeiro Gregor inventou desculpas para o silêncio deles, mas agora ele estava simplesmente irritado. Não só ninguém tinha falado nada sobre Luxa ou sobre seus outros amigos desaparecidos, mas Gregor também não fazia ideia do que tinha acontecido a Ares, o grande morcego negro em quem o menino confiava acima de todos no Subterrâneo. Ares e Gregor eram vinculados, tinham jurado proteger um ao outro até a morte. A jornada para localizar e matar Bane tinha sido horrível, mas pelo menos uma coisa boa tinha acontecido nela: a relação de amizade entre Gregor e Ares tinha se tornado indestrutível. Infelizmente, Ares era um indesejado dentre humanos e morcegos. Ele tinha deixado seu primeiro vínculo, Henry, cair para a morte, para salvar a vida de Gregor. Embora Henry tivesse sido um traidor, e Ares tivesse feito a coisa certa, os habitantes do Subterrâneo o odiavam. Eles também culpavam o morcego pelo fato de Bane não ter sido morto, mesmo que, tecnicamente, isso fosse a tarefa de Gregor. O menino tinha o mau pressentimento de que, onde quer que estivesse, Ares estaria sofrendo.

No que abriu a porta da escola, Gregor tentou trocar os pensamentos sobre o Subterrâneo pelo dever de matemática. Toda sexta-feira eles tinham um teste logo na primeira aula. Em seguida jogavam basquete de meia quadra no ginásio, faziam um tipo de experiência com cristais de açúcar na aula de ciências, e finalmente era hora do almoço. O estômago de Gregor já estava roncando pelo menos uma hora antes de ele chegar ao refeitório. Com todo aquele frio, a necessidade de fazer as compras de mês durarem bastante, e o simples fato de que ele estava crescendo, Gregor sentia fome o tempo todo. Ele almoçava de graça no colégio, e sempre comia tudo na bandeja, mesmo que não gostasse. Felizmente, sexta-feira era dia de pizza, e ele amava pizza.

— Aqui, fique com a minha — falou Angelina, amiga de Gregor, colocando a fatia de pizza no prato do menino. — Estou muito nervosa para comer, de qualquer maneira... — A peça da escola iria estrear naquela noite, e ela era a atriz principal.

— Quer repassar suas falas mais uma vez? — Gregor se ofereceu.

Angelina pegou o roteiro numa fração de segundo.

— Você tem certeza que não se importa? Minha primeira fala é aqui.

Como se Gregor não soubesse. O menino e o amigo deles, Larry, estavam repassando falas com Angelina todos os dias havia seis semanas. Mas geralmente era Gregor quem a ajudava. O ar frio e seco no inverno piorava a asma de Larry, de modo que ler em voz alta o fazia tossir. Ele tinha ido parar no hospital, na semana anterior, com uma crise bem forte, e ainda parecia meio doente.

— Não faz diferença, você não vai se lembrar de nada, mesmo — afirmou Larry, que estava desenhando no guardanapo algo que se parecia com um olho de mosca. Ele não tirou os olhos do desenho.

— Não diga isso! — exclamou Angelina.

— Vai ser horrível, que nem naquela última peça — continuou Larry.

— É, a gente quase não conseguiu ficar até o fim — concordou Gregor.

Angelina tinha ido maravilhosamente bem na última peça. Eles todos sabiam disso. Ela tentou não parecer muito satisfeita.

— O que você era na peça mesmo? Tipo um inseto, né? — Gregor indagou.

— Alguma coisa com asas — sugeriu Larry.

Ela tinha interpretado a fada madrinha numa versão de Cinderela que se passava em Nova York.

— Vamos começar logo? — Angelina pediu. — Pra eu não pagar um mico completo hoje à noite?

Gregor repassou as falas com ela. Ele não se importava, de verdade. Aquilo o distraía de pensamentos mais sombrios. "Mantenha sua cabeça na Superfície", o menino pensava. "Ou então você vai ficar maluco."

E ele foi bem-sucedido nisso pelo resto do dia. Gregor chegou até o fim das aulas e levou Lizzie para casa, depois foi para o apartamento de Larry. A mãe de Larry pediu comida chinesa, para a ocasião especial, e eles saíram para ver a peça. A apresentação foi divertida e Angelina era a melhor coisa nela. Quando chegou em casa, Gregor deu às irmãs um punhado de biscoitos da sorte que tinha guardado do jantar. Boots nunca tinha visto biscoitos da sorte, e tentou comê-los com papelzinho e tudo.

Eles foram para a cama mais cedo que o normal porque simplesmente estava frio demais para fazer qualquer outra coisa. Gregor empilhou não só os cobertores, mas também o casaco e um par de toalhas em cima de si mesmo. A mãe e o pai apareceram para lhe desejar boa-noite. Aquilo o fazia se sentir seguro. Por muitos anos o pai estivera ausente ou doente demais para fazer aquilo. Ter o pai e a mãe colocando-o para dormir parecia um grande luxo.

Então ele estava indo muito bem, mantendo a cabeça na Superfície, até que o pai se inclinou para abraçá-lo e sussurrou numa voz que a mãe não poderia ouvir.

— Nada de mensagens.

Gregor e o pai tinham criado um sistema. A mãe do menino proibira todos de entrar na lavanderia do prédio no verão passado. Não se poderia culpá-la. Nos últimos anos, primeiro o marido, depois Gregor e Boots, tinham caído por uma grade na lavanderia que levava para o Subterrâneo. O desaparecimento deles foi uma agonia. Como a mãe tinha conseguido manter a família, emocional e financeiramente, passando por aquilo tudo... bem, Gregor não saberia dizer. Ela tinha sido incrível. Então, parecia um sacrifício bem pequeno atender àquele desejo dela quanto à lavanderia.

O complicado era que... isso impedia que Gregor conferisse a grade que levava ao Subterrâneo. Mas o pai sabia como o filho estava ansioso por notícias de Luxa e dos outros, então, uma vez por dia, ele fazia uma breve visita à lavanderia para ver se alguma mensagem tinha sido deixada para o menino. Eles não contavam isso à mãe de Gregor, ela ficaria bastante aborrecida. Ela jamais visitara o Subterrâneo. Na mente dela, todos os habitantes daquele lugar estavam de alguma forma conectados ao rapto do marido e dos filhos. Porém, tanto Gregor quanto o pai tinham amigos lá embaixo.

Então não havia mensagem. Nenhuma notícia, de novo. Nenhuma resposta. Gregor encarou as trevas por horas, e quando finalmente dormiu, seus sonhos foram ruins.

Gregor acordou tarde no dia seguinte e teve que se apressar para chegar ao apartamento da Sra. Cormaci às 10 horas. Ele ia lá todos os sábados para ajudá-la. Houve momentos no outono em que ele tivera a sensação de que a vizinha estava inventando tarefas para ele porque sabia que a família do menino estava necessitada de dinheiro. Porém, com o tempo tão ruim, a Sra. Cormaci realmente precisava da ajuda dele. O frio fazia as articulações dela doerem, e ela tinha dificuldades para enfrentar as calçadas escorregadias com o gelo. A senhora falava muito em cair e fraturar o quadril. Gregor estava feliz por estar realmente merecendo o dinheiro agora.

Hoje a Sra. Cormaci tinha uma grande lista de tarefas para Gregor executar na rua; ir à lavanderia, ao verdureiro, à padaria, ao correio e à loja de ferramentas. Como sempre, ela alimentou o menino primeiro.

— Você já comeu? — perguntou. Ele não tinha comido, mas nem teve tempo de responder. — Não importa, neste frio, você precisa comer duas vezes. — A vizinha colocou uma enorme e fumegante tigela de mingau de aveia na mesa, lotada de passas e açúcar mascavo. Ela serviu suco de laranja e passou manteiga em várias fatias de torrada.

Quando o menino terminou, estava pronto para encarar qualquer tempo, o que era bom, já que estava fazendo -10°C, sem contar o efeito do vento. Seguindo a lista, ele foi de lugar em lugar, grato por ter que esperar nas filas, de modo a ter uma chance de descongelar. Depois de deixar as compras na mesa da cozinha da Sra. Cormaci, Gregor foi recompensado com uma grande caneca de chocolate quente. Então os dois se encasacaram de novo para ir aos dois lugares onde Gregor não podia fazer as tarefas dela: o banco e a loja de bebidas. Uma vez na rua, a Sra. Cormaci ficou extremamente tensa. Ela agarrou o braço de Gregor com força enquanto eles enfrentavam trechos de gelo na calçada, pedestres obscurecidos pelos cachecóis e táxis derrapantes. Eles tiveram uma chance de se aquecer no banco, já que a Sra. Cormaci não confiava em caixas automáticos, e a dupla teve que esperar na fila dos atendentes de verdade. Em seguida, a senhora e o menino foram para a loja de bebidas, para que a Sra. Cormaci comprasse uma garrafa de vinho tinto para o aniversário da amiga Eileen. Entretanto, quando eles chegaram em casa, os dedos da Sra. Cormaci estavam tão dormentes que ela deixou a garrafa de vinho cair no corredor, diante do apartamento, bem quando Gregor abriu a porta. A garrafa se quebrou no piso, e o vinho espirrou todo sobre o tapete dentro do hall de entrada do apartamento.

— Já chega, Eileen vai ganhar chocolate — decidiu a Sra. Cormaci. — Tenho uma ótima caixa de bombons finos que nunca foi aberta. Alguém me deu de Natal. Espero que não tenha sido Eileen. — Ela fez Gregor recuar enquanto ela mesma pegava os cacos de vidro, em seguida recolhendo o tapete e entregando a ele. — Vamos, melhor levar isto até a lavanderia antes que a mancha seque.

A lavanderia! Enquanto a senhora pegava o detergente e o removedor de manchas do armário, Gregor tentou pensar numa desculpa para não descer com ela. O menino não poderia dizer: "Ah, não posso descer porque minha mãe tem medo que um rato gigante pule em mim e me arraste por quilômetros pras profundezas e me mate." Se você parasse para pensar, não havia praticamente nenhuma boa razão para uma pessoa não descer até a lavanderia do prédio. Então ele desceu.

A Sra. Cormaci aplicou o removedor de manchas no tapete e o enfiou numa das máquinas de lavar. Os dedos dela, ainda dormentes de frio, se atrapalharam com as moedas enquanto ela as catava do moedeiro. Ela deixou uma delas cair no chão de cimento, e a moeda rolou pela lavanderia, parando com um retinir junto à última máquina. Gregor foi buscar a moeda para a senhora. Ao se abaixar, viu alguma coisa de relance, e bateu com a cabeça na lateral da secadora.

Gregor piscou, para ter certeza de que não tinha imaginado coisas. Ele não tinha. Ali, enfiado entre a moldura da grade e a parede, estava um pergaminho.

CAPÍTULO 2

— Tudo bem com você? — perguntou a Sra. Cormaci, enquanto despejava sabão em pó na máquina de lavar.

— Sim, tudo bem — respondeu Gregor, esfregando a cabeça. Ele pegou a moeda e resistiu ao impulso de arrancar o pergaminho da grade. Tentando aparentar que nada de mais tinha acontecido, o menino devolveu a moeda.

A Sra. Cormaci inseriu a moeda na máquina e a ligou.

— Pronto para almoçar? — perguntou.

Não havia nada que Gregor pudesse fazer além de segui-la até o elevador. Ele não poderia pegar o pergaminho na frente dela. A vizinha iria querer saber o que era aquilo; considerando que ela já estava suspeitando das histórias que Gregor tinha contado para encobrir o tempo que sua família tinha passado no Subterrâneo, não era provável que ele conseguisse inventar uma mentira plausível. Droga, ele não tinha nem conseguido inventar uma desculpa para evitar a lavanderia!

De volta ao apartamento, a Sra. Cormaci aqueceu uma panela de canja de galinha caseira e serviu grandes porções com a concha. Gregor comeu mecanicamente, tentando manter seu lado da conversa, mesmo que não estivesse prestando lá muita atenção. Quando os dois estavam terminando de comer torta, a Sra. Cormaci deu uma olhada no relógio e comentou:

— Acho que o tapete já deve estar no ponto de ir para a secadora.

— Deixa comigo! — Gregor ficou de pé num salto tão rápido que a cadeira caiu para trás. Ele levantou a cadeira tão casualmente quanto possível. — Desculpe. Eu posso botar o tapete na secadora.

A Sra. Cormaci o olhou com uma cara estranha.

— Está bem.

— Quero dizer, não precisamos ir nós dois colocar o tapete na secadora — disse Gregor, dando de ombros.

— É, isso faz sentido. — A vizinha colocou algumas moedas de 25 centavos na mão de Gregor, observando o menino atentamente. — Então, por que mesmo a sua família não usa mais a lavanderia do prédio?

— O quê? — A senhora Cormaci pegou Gregor de surpresa.

— Por que você e sua mãe andam até aquele lugar perto do açougue? — indagou ela. — É o mesmo preço, eu conferi.

— Porque... as máquinas... são... maiores lá — respondeu Gregor. E elas realmente eram. Não tinha sido uma mentira completa, só uma verdade pela metade.

A Sra. Cormaci encarou o menino por um momento em seguida balançou a cabeça.

— Vá trocar o tapete de máquina — disse ela, secamente.

O elevador nunca se moveu tão devagar. Pessoas entraram, pessoas saíram, uma mulher segurou a porta pelo que pareceu uma hora enquanto o filho corria de volta ao apartamento para pegar um gorro. Quando Gregor finalmente chegou à lavanderia, teve que esperar por um cara que obviamente não lavava as roupas há pelo menos um mês encher seis máquinas.

Gregor enfiou o tapete na secadora ao lado da grade e ficou enrolando até o cara sair. Assim que a área ficou limpa, o menino se abaixou e arrancou o pergaminho da grade. Gregor meteu o rolo na manga do casaco e saiu. Ignorando o elevador, ele entrou na escadaria do prédio e fechou a porta atrás de si. Em seguida o menino subiu um lance de escada e se sentou no topo. Ninguém iria incomodá-lo ali, não quando o elevador estava funcionando.

Gregor tirou o pergaminho da manga e o desenrolou com mãos trêmulas. Ele dizia:

Caro Gregor,

Precisamos nos encontrar com urgência. Estaremos no topo da escadaria onde Ares o deixou quando o relógio da Superfície soar as quatro badaladas. Dependemos da sua misericórdia. "A Profecia de Sangue" está sobre nós.

Por favor, não abandone seus amigos,
Vikus

Gregor leu o bilhete três vezes até começar a registrar o conteúdo. Não era o que ele tinha esperado. Não se referia a Luxa e aos outros amigos desaparecidos. Não lhe contou nada de Ares. Em vez disso, era um escancarado pedido de ajuda.
"*A Profecia de Sangue*" *está sobre nós.*
"Ela chegou", pensou Gregor. O coração dele começou a bater com força conforme uma sensação de horror se espalhava pelo seu corpo. "A Profecia de Sangue."
Gregor não precisava mais de um espelho para lê-la, mesmo que olhar para os versos às vezes o ajudasse a entender algumas partes. Agora, o menino já a conhecia de cor. Havia algo no ritmo das palavras que a fazia entrar na sua cabeça e grudar lá, como um daqueles jingles irritantes de comerciais de TV. A profecia se repetiu no cérebro de Gregor, ajustando-se ao ritmo dos passos do menino conforme ele subia as escadas.

DO SANGUE QUENTE AGORA A MORTE DERIVA
VAI ROUBAR DO SEU CORPO A VIDA,
MARCAR A PELE E SELAR A SINA.
O SUBTERRÂNEO VIRARÁ UMA TINA.

VIRE E VIRE E VIRE DE NOVO.
VOCÊS VEEM A COISA, MAS NÃO O QUANDO.
REMÉDIO E ERRO AO SE ENTRELAÇAR,
UMA ÚNICA VINHA VÃO FORMAR.

O GUERREIRO DA SUPERFÍCIE OUVIRÁ O CLAMOR
E VIRÁ, SE EM SEU CORAÇÃO AINDA HOUVER AMOR.
TRAGAM A PRINCESA, OU CONHEÇAM O DESESPERO,
RASTEJANTES SÓ VIRÃO SEGUINDO SEU APELO.

Vire e vire e vire de novo.
Vocês veem a coisa, mas não o quando.
Remédio e erro ao se entrelaçar,
Uma única vinha vão formar.

Aqueles cujo sangue é quente e vermelho
Devem se unir e buscar o ponto curandeiro.
No berço a cura vão encontrar
Para aquilo que faz o sangue matar.

Vire e vire e vire de novo.
Vocês veem a coisa, mas não o quando.
Remédio e erro ao se entrelaçar,
Uma única vinha vão formar.

Roedor, humano, deixem de lado
O velho ódio que reside inflamado.
Se as chamas da guerra seguirem em frente
No Subterrâneo morrerão todos de sangue
quente.

Vire e vire e vire de novo.
Vocês veem a coisa, mas não o quando.
Remédio e erro ao se entrelaçar,
Uma única vinha vão formar.

Gregor tinha sobrevivido a duas outras profecias do homem que tinha escrito esta. Bartholomew de Sandwich. Foi Sandwich quem liderou os humanos subterrâneos para as profundezas abaixo do que agora era a cidade de Nova York, e fundou o reino humano de Regália. Quando morreu, deixara para trás uma sala de pedra cujas paredes estavam completamente entalhadas com profecias, suas visões do futuro. E não apenas os humanos, mas todas as criaturas do Subterrâneo acreditavam que Sandwich tinha sido capaz de prever o que estava por vir.

Gregor tinha sentimentos conflitantes quanto às previsões de Sandwich. Às vezes ele as odiava. Às vezes ele ficava grato pela orientação, mesmo que as profecias fossem tão enigmáticas que parecessem querer dizer muitas coisas diferentes ao mesmo tempo. Porém, em meio aos versos misteriosos, Gregor conseguia ter uma ideia geral do que o esperava. Como neste caso...

Do sangue quente agora a morte deriva
Vai roubar do seu corpo a vida,
Marcar a pele e selar a sina.
O Subterrâneo virará uma tina.

Gregor tinha concluído que era sobre algum tipo de doença, uma peste mortal, e muitas pessoas iriam pegá-la. Não apenas pessoas, mas qualquer coisa que tivesse sangue quente. Qualquer mamífero. No Subterrâneo isso poderia incluir morcegos e ratos... o menino não sabia na verdade quantas outras criaturas poderiam ser afetadas. E o que aquele verso assustador sobre uma "tina" queria dizer? Que todos se afogariam ou algo assim?

*O GUERREIRO DA SUPERFÍCIE OUVIRÁ O CLAMOR
E VIRÁ, SE EM SEU CORAÇÃO AINDA HOUVER AMOR.
TRAGAM A PRINCESA, OU CONHEÇAM O DESESPERO,
RASTEJANTES SÓ VIRÃO SEGUINDO SEU APELO.*

O guerreiro era Gregor, isso era indiscutível. O menino jamais quis ser o guerreiro. Ele odiava lutar, odiava ser tão bom nisso. Mas, depois de ter cumprido com sucesso duas profecias como o guerreiro, Gregor tinha parado de acreditar que eles tinham escolhido o cara errado.

Então havia a princesa... Gregor ainda tinha esperanças de que não fosse Boots. Os rastejantes (que era como se chamavam as baratas no Subterrâneo) chamavam a menina de Princesa, mas ela não era uma princesa de verdade. Talvez os rastejantes tivessem uma princesa própria que iriam levar.

Outras estrofes pareciam sugerir que os humanos e os roedores — os ratos — teriam que se unir para encontrar a cura da doença. Cara, eles iam amar aquilo! Passaram séculos tentando matar uns aos outros. E então havia a previsão costumeira de Sandwich que dizia que, se as coisas não dessem certo, haveria a destruição total e todos acabariam mortos.

Gregor se perguntou se Sandwich alguma vez já tinha escrito uma profecia animada. Algo sobre paz e felicidade, com um grande final feliz. Provavelmente não.

A coisa que mais enlouquecia o menino na "Profecia de Sangue" era a estrofe que aparecia quatro vezes. Era como se Sandwich estivesse tentando enfiá-la na cabeça do menino à força.

VIRE E VIRE E VIRE DE NOVO.
VOCÊS VEEM A COISA, MAS NÃO O QUANDO.
REMÉDIO E ERRO AO SE ENTRELAÇAR,
UMA ÚNICA VINHA VÃO FORMAR.

O que isso queria dizer? Não fazia absolutamente sentido algum! Gregor tinha que falar com Vikus! Além de ser o avô de Luxa e uma das pessoas mais influentes em Regália, Vikus era um dos melhores interpretadores das profecias de Sandwich. Se havia alguém capaz de explicar o trecho, esse alguém era Vikus.

Gregor percebeu que estava de pé na escadaria, no próprio andar, segurando o corrimão com força. O menino não sabia bem há quanto tempo estava lá. Mas agora tinha que terminar o serviço com a Sra. Cormaci e ir para casa.

Se ele demorou muito, a vizinha não pareceu perceber. Ela deu a Gregor os 40 dólares de sempre e uma grande tigela de ensopado para a família toda. No que o menino estava saindo, ela enrolou um cachecol extra no pescoço dele, porque:

— Eu tenho cachecóis suficientes para enforcar um cavalo. — A Sra. Cormaci nunca deixava Gregor sair de mãos vazias.

De volta ao próprio apartamento, Gregor chamou o pai para a cozinha assim que foi possível e, estando os dois sozinhos, o menino mostrou o bilhete de Vikus. A expressão do pai ficou mais séria conforme ele lia.

— "A Profecia de Sangue." Você sabe o que isso significa? — perguntou, enfim.

Sem dizer nada, Gregor entregou ao pai o pergaminho com a profecia. Estava amarrotado e meio encardido pelas muitas leituras.

— Há quanto tempo você está com isto? — inquiriu o pai.

— Desde o Natal — respondeu Gregor. — Eu não queria que vocês se preocupassem.

— Eu vou começar a me preocupar se achar que você está escondendo coisas de mim — retrucou o pai. — Não faça mais isso, está bem?

Gregor concordou com um aceno de cabeça. O pai abriu o pergaminho para ler e ficou com uma cara de perplexo.

— Está escrito de trás para a frente — explicou Gregor. — Mas eu já sei de cor. — O menino recitou a profecia em voz alta.

— "Do sangue quente agora a morte deriva." Bem, isso não parece bom — comentou o pai de Gregor.

— Não mesmo, parece que muita gente vai ficar doente — concordou o menino.

— Vikus parece pensar que eles precisam que vocês desçam de novo. Sua mãe não vai concordar com isso — afirmou o pai.

Gregor sabia disso. Não era difícil imaginar o horror que a mãe sentiria ao ouvir sobre a profecia. Depois que o pai das crianças tinha desaparecido, ela tinha passado noites sem fim sentada sozinha diante da mesa da cozinha. Primeiro chorando. Depois, em silêncio... com os dedos traçando os padrões gráficos da toalha de mesa. E, por fim, completamente imóvel. E provavelmente tinha sido muito pior quando ele e Boots desapareceram. Poderia Gregor fazê-la passar por isso tudo de novo? "Não, não posso", ele pensou. Então as imagens dos amigos do Subterrâneo invadiram sua mente. Eles poderiam morrer, todos eles, se o menino não descesse.

— Eu tenho pelo menos que ouvir o que Vikus tem a dizer, pai — respondeu Gregor, com a voz engasgada de agitação. — Tenho pelo menos que saber o que está acontecendo! Quero dizer, não posso simplesmente rasgar o bilhete e fingir que nunca apareceu!

— Está bem, está bem, filho, nós vamos descer e ouvir o que o homem tiver a dizer. Mas, cuidado, não vá fazer nenhuma promessa que não poderá cumprir.

Eles conseguiram que a Sra. Cormaci viesse ficar um tempo no apartamento, dizendo que estavam pensando em ver um filme. Ela pareceu ficar feliz por ter uma chance de visitar as irmãs e a avó de Gregor. Equipada com um maço de cartas de baralho e um pote de pipoca, ela indicou com um aceno que Gregor e o pai deveriam sair logo.

— Vocês dois podem ir. Precisam de um tempo só para pai e filho.

Talvez eles precisassem. Mas não desse tipo.

Antes de sair, Gregor se assegurou de levar uma lanterna boa e forte. O menino observou o pai esconder um pé de cabra sob o casaco. Primeiro, Gregor achou que era para a proteção deles, mas o pai sussurrou:

— Para mover a pedra. — O lugar onde Ares sempre deixava Gregor ficava no pé de uma escadaria sob o Central Park. Uma laje de pedra cobria a entrada para a escada. Com esse tempo frio, ela estaria congelada e difícil de mover.

Para encontrar Vikus, eles teriam que pegar um táxi até o parque às 16 horas. Gregor achava que a jornada pelo metrô seria demais para o pai dele, de qualquer maneira. Mesmo assim, ele parecia exausto depois da curta caminhada da rua até a entrada do Subterrâneo entre as árvores.

Naquele tempo gelado, o Central Park estava quase vazio. Alguns visitantes passavam apressados com as cabeças bem baixas e as mãos metidas nos bolsos. Ninguém prestou a menor atenção enquanto Gregor soltava a laje de pedra e a empurrava para revelar a entrada.

— Estamos alguns minutos adiantados — comentou Gregor, olhando para as trevas abaixo.

— Vikus pode estar adiantado também. Vamos descer. Pelo menos assim saímos desse vento — sugeriu o pai.

Eles desceram pelo buraco. Gregor se assegurou de trazer o pé de cabra consigo, pois a pedra provavelmente iria congelar de novo imediatamente, e ele não queria ficar preso debaixo da terra. O menino moveu a pedra de volta para o lugar, bloqueando a luz do sol. Estava um breu ali embaixo. Gregor acendeu a lanterna e iluminou o longo lance de escada.

— Ares geralmente me deixa na base da escada — falou Gregor. Ele começou a descer e o pai o seguiu lentamente, pisando cuidadosamente em cada degrau.

A escadaria levava para um grande túnel artificial que parecia estar deserto. O ar era pesado, frio e úmido. Nenhum som descia do parque, mas ao longo das paredes havia um leve ruído de patinhas de camundongos.

Ao chegar aos últimos degraus, Gregor olhou por sobre o ombro para o pai, que estava apenas na metade do caminho.

— Não se apresse. Ele ainda não está aqui.

As palavras mal deixaram os lábios do menino quando um golpe forte atingiu-lhe o pulso, e Gregor sentiu a lanterna voar da mão. Gregor virou a cabeça a tempo de ter um vislumbre de um vulto grande e peludo saltando sobre ele das sombras.

O rato estivera esperando por ele.

CAPÍTULO

3

Gregor atacou com o pé de cabra, mas o rato pegou a arma com os dentes e puxou o menino para a frente. Gregor voou por um momento antes de cair de barriga no túnel. O pé de cabra atingiu o chão ruidosamente enquanto as mãos do menino mal puderam proteger o rosto de acertar o frio piso de cimento.

— Gregor! — O menino ouviu o angustiado grito do pai enquanto o rato o prendia ao chão com o peito. O bafo quente atingiu o rosto dele. Gregor tentou se jogar para trás, mas estava indefeso.

— Ridículo. Simplesmente ridículo — uma voz familiar sibilou no ouvido dele.

Gregor sentiu uma onda de alívio que foi imediatamente seguida de irritação.

— Sai de cima de mim, cara!

O rato simplesmente se deslocou para uma posição mais confortável.

— Viu? No instante em que você perde a luz, já está praticamente morto.

O facho de luz os atingiu. Gregor apertou os folhos e viu o pai se aproximando com um pedaço de concreto em uma das mãos.

— Solte ele! — gritou o pai, erguendo o concreto.

— Tá tudo bem, pai, é só Ripred! — Gregor se remexeu para se soltar, mas o rato pesava uma tonelada. — Ele é um amigo — acrescentou para tranquilizar o pai, embora chamar Ripred de "amigo" fosse um certo exagero.

— Ripred? — repetiu o pai. — Ripred? — O peito dele suba e descia, ofegante, e seus olhos brilhavam enquanto ele tentava entender aquele nome.

— Sim, eu tento dar dicas de sobrevivência ao seu filho, mas ele simplesmente não presta atenção. — Ripred se levantou e facilmente virou Gregor de lado com uma das patas. A expressão no rosto marcado por uma cicatriz era de acusação. — Você não andou praticando sua ecolocalização, andou?

— Eu andei, sim! — respondeu Gregor num grito. — Eu pratico com a minha irmã.

Isso era verdade, mas Gregor não disse que só fazia aquilo porque Lizzie o obrigava. Ela era extremamente responsável com deveres de casa. Quando descobriu que Ripred tinha mandado Gregor praticar ecolocalização, ela levou aquilo muito a sério. Pelo menos três vezes por semana ela o arrastava para algum lugar do prédio; como o corredor, as escadarias, o lobby; e o vendava. Então ele tinha que ficar ali parado fazendo cliques com a língua tentando encontrá-la. O som do clique supostamente seria refletido por ela, e de algum modo ele teria que saber onde ela estava de pé. Mas, apesar dos seus melhores esforços, as habilidades de ecolocalização de Gregor não estavam melhorando muito.

— Ele não vem — revelou Ripred.

— Mas ele me escreveu sobre "A Profecia de Sangue". Eu achei que iria se encontrar com a gente — falou Gregor.

— E eu achei que você estaria sozinho — retrucou Ripred. Ele se sentou sobre os quartos traseiros e olhou para o pai de Gregor. — Você se lembra de mim?

O pai ainda segurava o pedaço de concreto, mas estava com o braço relaxado. O homem encarou Ripred como se estivesse tentando se lembrar de alguém que tinha conhecido num sonho. Um longo sonho cheio de fome, solidão, medo e vozes provocadoras vindas das trevas. Vozes de ratos. Como aquele que estava diante dele. O pai de Gregor franziu o cenho enquanto tentava entender a bagunça na própria mente.

— Você me levou comida. No poço dos ratos. Você me levava comida às vezes.

— Isso mesmo — confirmou Ripred. — E alguém *me* trouxe comida? Estou faminto.

Ripred realmente parecia mais magro que o normal. Sua barriga tinha encolhido e os ossos do rosto estavam mais pronunciados.

Gregor não tinha nem planejado ver Ripred, muito menos alimentá-lo. Mas suas mãos automaticamente buscaram os bolsos do casaco. Os dedos encontraram um biscoito da sorte perdido na noite anterior e ele o puxou para fora.

— Aqui — disse.

Ripred reagiu com uma surpresa exagerada.

— Ah, céus, isso tudo é para mim?

— Olha, eu nem sabia que... — começou Gregor.

— Não, por favor, não se desculpe — A língua de Ripred disparou e puxou o biscoito para a boca. — Ah, sim, ah, que delícia — exclamou enquanto mastigava e engolia. — Estou absolutamente empanturrado!

— Por que você está tão faminto? — indagou Gregor.

— Bem, com Solovet tão determinada a matar os ratos de fome... — explicou Ripred.

Gregor lembrava-se vagamente de Ripred mencionando isso num jantar em Regália uma vez. Os humanos tinham tomado um dos rios dos ratos, ou coisa assim.

— E tendo que alimentar aquele bebê glutão que você largou comigo... — continuou Ripred.

— Bane? — Gregor interrompeu. — Como ele está?

— É uma chateação mesmo, francamente. Ele come três vezes mais do que o resto de nós, porém parece ser incapaz de aprender a caçar. Se não o alimentarmos, ele começa a fazer manha. Então, é claro, nós o alimentamos, e então ele cresce mais 15cm e faz manha mais alto ainda. Acredite, ele está indo muito melhor que eu — grunhiu Ripred.

O rato encontrou uma velha tábua de madeira junto à escada e começou a roê-la. Tiras de madeira se enrolavam como cascas de maçã ao serem arrancadas.

— E quanto a Luxa? Ela já voltou? — perguntou Gregor, quase com medo de ouvir a resposta.

— Não, ela ainda não voltou — respondeu o rato, um pouco menos bruscamente. — Eu sei, por fontes confiáveis, que ela não está sendo mantida prisioneira pelos ratos. É possível que ela tenha escapado do Dédalo mas... Eu não ficaria muito esperançoso, se fosse você.

Gregor acenou de leve com a cabeça. Já tinham se passado meses. Se Luxa tinha escapado dos ratos, por que não voltara a Regália?

— E os outros? — Gregor perguntou.

— O morcego dela ainda está desaparecido. E o paradeiro da amável Twitchtip continua desconhecido. Ah, você sabe quem apareceu? — acrescentou Ripred. — Aquele rastejante que estava carregando sua irmã para cima e para baixo. Qual é o nome dele? Tock... Ting...?

— Temp? — O pai de Gregor ajudou.

— É isso, Temp. Ele voltou para casa algumas semanas depois que vocês partiram, novo em folha. Passou algum tempo na Terra morta regenerando uma ou duas pernas — contou Ripred. — Ele está muito empolgado em ver "a princesa" novamente.

Gregor e o pai trocaram olhares. Mesmo que eles pudessem de alguma forma convencer a mãe das crianças a deixar Gregor descer, fazê-la permitir que Boots voltasse ao Subterrâneo seria impossível.

Ripred captou o significado daqueles olhares.

— Bem, vocês sabem que ela tem que voltar, não sabem? Quer dizer, vocês leram "A Profecia de Sangue", certo?

— Eu li — respondeu Gregor, evasivo. — Só não sei bem o que acontecerá depois disso.

— Eu lhe direi o que vai acontecer depois disso — retrucou Ripred. — Vikus mandará um morcego à sua lavanderia à meia-noite. Ele espera que você e sua irmã estejam lá para descer com ele. Todos nós esperamos.

— E se nós não estivermos? — inquiriu Gregor.

— Se vocês não estiverem, haverá pouquíssimas chances de que qualquer criatura de sangue quente sobreviva no Subterrâneo. Há uma peste se espalhando lá embaixo, causando todos os tipos de problemas, ou você não ficou sabendo? — insistiu Ripred.

— É, esse negócio de peste não vai ser uma grande ajuda quando eu perguntar à minha mãe se podemos descer — comentou Gregor.

— A peste. Fale mais sobre ela — pediu o pai de Gregor.

— É um tipo de infecção — explicou Ripred. — Febre alta, pústulas na pele, no fim os pulmões param de funcionar. Eles a chamam de "Maldição do Sangue Quente", porque só afeta criaturas de sangue quente. Os ratos estão morrendo como moscas. Os corpos de alguns morcegos que estavam fazendo reconhecimento foram encontrados na Terra Morta. E ninguém ouviu notícias dos mordiscadores.

— Mordiscadores? — Gregor indagou.

— Camundongos. É assim que nós os chamamos. Mas, escutem, eles só tiveram três casos de peste em Regália, e os três estão em quarentena, então vocês ficarão perfeitamente seguros por lá. É só para isso que precisamos de você, para a reunião em Regália. Todos os sangue-quentes estão mandando representantes. Todas as criaturas visitantes terão o sangue testado para detectar a praga, antes de poder participar. Apenas apareça por lá e poderá ir para casa logo depois — explicou Ripred.

— Verdade? — Geralmente as profecias exigiam muito mais de Gregor.

— Por que não? Tudo que a profecia diz é para trazê-lo para baixo. Depois disso, qual será a sua utilidade? Você tem 11 anos. Ninguém espera que crie a cura para a praga com seu kit de químico infantil — ironizou Ripred.

Gregor olhou esperançoso para o pai.

— É só uma reunião, papai. E ninguém com a praga estará presente. Isso seria aceitável, não acha?

— Não sei, Gregor — respondeu, balançando a cabeça.

— Ah, o guerreiro virá. Sabemos disso. É com a irmã dele que estamos preocupados — comentou Ripred.

— Por que você tem tanta certeza de que eu irei? — quis saber Gregor.

— Por causa daquele seu morcego. O grandalhão mal-humorado — respondeu Ripred.

— Ares? — Gregor exclamou. — O que isso tem a ver com Ares? Eles vão bani-lo se eu não aparecer?

— É algo pior que isso, eu temo. — A tábua que Ripred roía se partiu em duas. O rato cuspiu um bocado de serragem e olhou cansado para Gregor.

— Aqueles três casos de praga em Regália? Ele é um deles.

CAPÍTULO 4

— Ah, não — disse Gregor, baixinho. De todas as possibilidades horríveis que tinham passado pela cabeça do menino naqueles últimos meses, aquela não era uma delas. — E ele está muito mal?

— Muito. Foi o primeiro caso em Regália. Eles acham que Ares contraiu a praga quando foi atacado por aqueles ácaros no Caminho d'Água. E então ele deve ter transmitido aos ratos no Dédalo — contou Ripred.

— Ácaros? Mas eu achava que apenas animais de sangue quente pudessem pegar a doença — comentou o pai de Gregor.

— Sim, mas insetos e aracnídeos chupadores de sangue ou carnívoros podem transportá-la e transmiti-la de sangue quente em sangue quente.

— Então ele vai morrer? — perguntou Gregor com a voz trêmula.

— Bem, não vamos desistir dele ainda — respondeu Ripred. — Existem remédios em Regália que podem pelo menos aliviar os sintomas, o que já é mais do que os ratos têm. E Ares é forte.

— Isso é verdade — concordou Gregor, sentindo-se um pouquinho mais otimista. — Ele é o morcego mais forte lá embaixo. E é teimoso também. Ele vai lutar.

— Sim, ele vai se esforçar para aguentar, porque ele acredita que a ajuda está chegando. Porque o guerreiro, seu vínculo, virá. Haverá uma reunião. Então uma busca pela cura será iniciada. É claro, se você tirar essa esperança deles... — Ripred deixou a frase no ar de propósito.

— Eu estarei lá, Ripred — afirmou Gregor.

— Não se dê ao trabalho de vir sem a sua irmã. Será uma perda de tempo. De acordo com Sandwich, os rastejantes precisam estar envolvidos, e eles só concordaram em mandar representantes se Boots estiver lá — revelou Ripred.

— Não sei como vou convencer minha mãe a deixar ela... — começou Gregor.

— Sua mãe. Diga isto à sua mãe para mim. Se você e a sua irmã não aparecerem, os ratos vão mandar uma escolta — falou Ripred.

— O que isso quer dizer?

— Quer dizer o seguinte: esteja lá à meia-noite — retrucou Ripred.

— Mas... — Gregor tentou dizer.

O rato soltou um grunhido de dor e se curvou para a frente por alguns momentos.

— Argh, tenho que encontrar alguma coisa para encher a barriga. E, se levar mais um minuto, será um de vocês dois — disse o rato num rosnado. — Vão embora! Para casa! Vocês sabem o que precisam fazer! Então façam!

Ripred virou-se e desapareceu nas sombras.

Gregor e o pai subiram de volta para o parque, soltaram a laje de pedra e se puxaram para fora. Eles rapidamente reposicionaram a pedra e foram para a rua.

— O que a gente vai fazer, pai? — perguntou Gregor, enquanto eles tentavam chamar um táxi na calçada.

— Não se preocupe, vamos dar um jeito nisso — respondeu o pai. — Não fique preocupado.

Mas Gregor estava muito preocupado, e podia ver que o pai também estava.

A mãe já estava em casa, de volta do emprego de garçonete, quando os dois chegaram. Ela ainda estava de uniforme, com os pés apoiados na mesinha de centro, parecendo exausta. A mulher trabalhava sete dias por semana, todas as semanas, a não ser que fosse um dos feriados principais como Ação de Graças ou Natal, quando quase todo mundo tirava folga. Ela brincava que as noites de sábado e domingo eram seus dias de descanso porque ela largava o serviço às 16 horas. Ela nunca mencionava o fato de que tinha que chegar no trabalho às seis da manhã nos fins de semana. Não, a mãe de Gregor nunca reclamava. Provavelmente porque estava tão feliz de tê-los todos de volta novamente. E agora Gregor ia ter que contar a ela que eles iriam voltar ao Subterrâneo.

— Como foi o filme? — perguntou ela com um sorriso enquanto eles entraram.

— Nós não vimos um filme, mãe — respondeu Gregor.

Ela ergueu uma sobrancelha, de maneira inquisitiva, mas antes que Gregor pudesse continuar, a porta da cozinha se abriu e a Sra. Cormaci botou a cabeça para fora.

— Que bom, vocês voltaram. O jantar estará pronto em três minutos — falou e desapareceu.

— O que ela está fazendo aqui? — Gregor deixou escapar.

— Eu a convidei para o jantar. Foi ela que fez o ensopado, afinal. E depois ela e as meninas não me deixaram ajudar — explicou a mãe. — Qual é o problema, de qualquer maneira? Achei que você gostasse da Sra. Cormaci.

— Eu gosto — assegurou Gregor. — Gosto sim.

— Então vá se lavar e aproveite para encontrar suas boas maneiras enquanto isso — ralhou a mãe.

A porta da cozinha se abriu novamente e Lizzie e Boots apareceram.

— Dois minutos — anunciou Lizzie de maneira pomposa.

— Dois! — Boots ecoou.

— Vá em frente e lave as mãos, Gregor — encorajou o pai. — Podemos contar da nossa tarde para a sua mãe depois do jantar.

Gregor entendeu. Ninguém iria falar sobre o Subterrâneo enquanto a Sra. Cormaci estivesse por lá. Mas quem sabia quando ela iria embora? Não restavam tantas horas assim até a meia-noite.

Gregor ficou inquieto a refeição inteira, desejando que a Sra. Cormaci fosse para casa. Ele se sentia meio culpado porque ela estava obviamente se divertindo muito. Estavam todos lá, suas irmãs, a mãe, até mesmo a avó tinha vindo e se sentado à mesa em vez de jantar na cama com uma bandeja. Havia ensopado e pão quente, e a Sra. Cormaci e as meninas tinham assado um bolo de surpresa. Era praticamente uma festa. Mas Gregor não conseguia participar da diversão; ele não conseguia pensar em nada além de ir ao Subterrâneo para ajudar Ares.

O jantar se arrastou interminavelmente. Então todos se sentaram na sala de estar para conversar por algum tempo. Gregor deu alguns bocejos enormes, esperando que a Sra. Cormaci captasse a mensagem, mas ela nem pareceu perceber. Finalmente, por volta das nove e meia, ela se levantou e se espreguiçou e disse que era melhor ir para casa dormir.

Todos estavam tão animados, que ainda demorou mais uma hora antes que a avó, Lizzie e Boots fossem para os respectivos quartos. Quando a mãe voltou para a sala, depois de dar boa-noite a todas, Gregor pegou na mão dela e a levou até a cozinha. O pai veio logo atrás.

— O que foi? O que está acontecendo com vocês dois? — indagou a mãe.

— Recebemos notícias do Subterrâneo hoje. Fomos conversar com Ripred embaixo do Central Park, e Ares está morrendo, mãe, e Boots e eu temos que voltar lá pra baixo para salvar ele! À meia-noite! De hoje! — As palavras que estavam pressionando o peito de Gregor escaparam antes que ele pudesse impedi-las. Ele instantaneamente se arrependeu do discurso impulsivo. A expressão horrorizada no rosto da mãe lhe disse que aquela não tinha sido a maneira certa de dar as notícias.

— Não, vocês não vão! Não vão! Vocês nunca mais irão àquele lugar de novo! — exclamou.

— Olha, mãe, você não entende! — Gregor tentou argumentar.

— Eu entendo tudo que preciso entender! Primeiro seu pai ficou trancado lá embaixo durante anos. Você e Boots desapareceram daquele jeito. Baratas gigantes roubando meu bebê! Não há nada para entender e nada para discutir. Vocês não irão lá embaixo de novo! Nunca mais! — A mãe de Gregor estava segurando as costas da cadeira com tanta força que os nós dos dedos estavam brancos.

O pai interveio. Ele a fez sentar-se à mesa e tentou explicar a situação com uma voz calma e racional. Quanto mais ele falava, mais os olhos dela se arregalavam de descrença.

— O que vocês disseram a ele? Você disse àquele rato que eles iriam descer? Você disse ao Gregor que ele poderia ir? — indagou ela.

— É claro que não! Mas não é tão simples, deixar uma civilização inteira morrer! Há um monte de pessoas boas lá embaixo. Pessoas e animais bons, também, que arriscaram as vidas para me salvar, para salvar as crianças. Nós não podemos dar as costas a eles! — o pai afirmou.

— Eu posso — retrucou a mãe amargamente. — Espere só para ver.

— Bem, eu vou — afirmou Gregor secamente.

— Ah, não, você não vai. Você vai é para cama — respondeu a mãe. — Agora vá escovar os dentes. E não quero ouvir mais nem uma palavra de nenhum de vocês dois sobre esse assunto. — O rosto da mãe estava rígido como pedra.

Gregor sentiu a mão do pai no próprio braço.

— Melhor ir para a cama, filho. Não acho que vamos fazer com que ela mude de ideia.

— Nada vai me fazer mudar de ideia — concordou a mãe.

E foi então que começou.

Primeiro havia apenas um leve arranhar dentro da parede. Então um ruído de passinhos. E, subitamente, era como se a cozinha estivesse viva. Dezenas de pequenos pés com garras estavam correndo e correndo por dentro das paredes. Apenas uma fina camada de gesso separava Gregor e seus pais deles.

— O que é isso? O que é esse barulho? — indagou ela, olhando de um lado para o outro.

— Parece que são ratos — afirmou o pai.

— Ratos? Achei que eles não pudessem chegar aqui em cima! — exclamou a mãe.

— Os ratos do Subterrâneo não podem. Mas acho que os ratos normais, sim. E eles se conhecem — explicou Gregor. Ele olhou ansioso para as paredes. O que estava acontecendo?

— Talvez tenha sido isso que Ripred quis dizer quando falou que os ratos mandariam uma escolta — tentou explicar o pai.

As criaturas começaram a guinchar agora, como se quisessem confirmar o que o pai de Gregor tinha acabado de dizer.

"Deve ser isso" Gregor pensou. "Os ratos estão tentando convencer minha mãe no susto." Mas até onde eles iriam levar aquilo? Os ratos do Subterrâneo acreditavam que sua existência estava seriamente ameaçada. Que todos eles iriam morrer se Gregor e Boots não descessem.

— Eles preferem nos matar a nos deixar ficar aqui — comentou o menino em voz alta, sem pensar.

— Vou chamar a polícia. Ou o corpo de bombeiros. Vou ligar para o 911! — exclamou a mãe. Ela correu até a sala de estar, e Gregor e o pai foram atrás.

— Não vai adiantar nada, mãe! — disse Gregor. — O que o corpo de bombeiros vai fazer?

Os ratos começaram a invadir as paredes da sala de estar. Estavam mais barulhentos agora.

— Ah, Céus. Ah! Peguem as meninas! Peguem vovó! — A mãe de Gregor agarrou o telefone e discou o número de emergência. — Vamos lá, vamos lá! — E então uma expressão de choque surgiu em seu rosto. — A linha ficou muda!

— Certo, vamos sair daqui! — decidiu o pai.

Todos correram para o quarto para buscar a avó e as irmãs de Gregor. A mãe tirou uma Boots adormecida direto do berço.

— Eles não vão pegar Boots de novo! Não vão pegá-la! — gritou ela, estridente.

O pai puxou as cobertas da cama principal e envolveu a avó do menino com uma colcha.

— O que está acontecendo? — indagou a mulher idosa, confusa.

— Nada, mamãe, achamos que pode haver um incêndio no prédio, então vamos sair de casa enquanto eles verificam — explicou o pai de Gregor. Ele se esforçou para erguê-la da cama como um bebê.

Gregor balançou o ombro de Lizzie. Os olhos dela se abriram imediatamente e ela estava instantaneamente acordada.

— O que foi, Gregor, o que é esse barulho?

Os ratos não os tinham seguido até o quarto, mas ainda estavam fazendo muito barulho nas paredes da sala de estar.

— São ratos, não são? — indagou a menina. — Eles estão no apartamento!

— Não, não no apartamento. Apenas nas paredes. Mas temos que sair daqui. Vamos, agora!

Ele guiou a irmã para fora do quarto, até a sala de estar. Quando o impacto total do barulho dos ratos a atingiu, Lizzie começou a tremer inteira.

— Vamos, Lizzie, vai ficar tudo bem quando chegarmos lá fora! — incentivou Gregor, e a empurrou pelo aposento. Ele agarrou os casacos enquanto a mãe escancarou a porta da frente e correu. Gregor puxou Lizzie logo atrás da mãe. O pai fechou a retaguarda com a avó.

— Ninguém entre no elevador — instruiu a mãe. — Peguem as escadas. — Agarrando Boots, ela os levou para o extremo oposto do corredor e abriu a porta da escadaria com um puxão.

No topo das escadas, o pai teve que colocar a avó de Gregor de pé.

— Vou precisar da sua ajuda, Gregor, não vou poder descer com ela sozinho.

Gregor entregou os casacos a Lizzie.

— Você cuide disso. — Lizzie o encarou de volta, com as pupilas dilatadas, a respiração rápida e dolorosa. — Está tudo bem, Lizzie. Tudo bem. Escute, nem dá para ouvi-los daqui.

Não era possível ouvir nada. O poço das escadas não compartilhava paredes com nenhum dos apartamentos. Ficava espremido entre a parede externa e o poço do elevador. As noites eram silenciosas onde eles viviam, de qualquer maneira. A maioria das pessoas no prédio tinha filhos pequenos ou era idosa. Até mesmo numa noite de sábado parecia que todos iam para a cama às dez horas.

Lizzie agarrou os casacos com força.

— Eu... posso... carregar... eles — conseguiu dizer.

Gregor e o pai fizeram uma cadeirinha com os antebraços, atrás da avó, e a levantaram numa posição de sentada. Eles já a tinham carregado assim antes, pelo apartamento, quando a artrite dela tinha ficado particularmente ruim.

— Fique conosco, querida — falou o pai para Lizzie. — Segure o meu braço para que eu saiba que você está aí.

A família se moveu num grupo fechado escadaria abaixo. Eles tinha descido mais ou menos dois andares quando o barulho dos ratos recomeçou. Não estava muito forte, no começo. Mas aumentou em volume com cada passo, até que eles tiveram que elevar as vozes para serem ouvidos.

— Rápido! — gritou a mãe. — Não falta muito!

Finalmente, a porta para o lobby apareceu. A mãe a abriu de costas, segurando-a aberta enquanto Gregor e o pai cambaleavam.

— Quando chegarmos ao lado de fora, vamos direto até a avenida. Pegar um táxi. E então vamos para a rodoviária. Vamos, Lizzie, Vamos, querida! — falou a mãe.

As lágrimas escorriam pelo rosto de Lizzie agora. Ela tinha parado no pé da escada e estava ofegando tanto que não conseguia falar. Apoiando Boots no quadril, a mãe passou um braço protetoramente sobre os ombros de Lizzie e elas fugiram para a entrada.

O clamor dos ratos estava pior do que nunca. Os guinchos dos roedores tinham evoluído para berros horríveis. Garras estavam arranhando agora com vontade, tentando escavar o gesso.

Gregor e o pai chegaram à entrada primeiro. Era uma porta dupla feita de vidro grosso. Eles colocaram os pés da avó no chão, e o pai de Gregor estendeu a mão para a maçaneta. Ele tinha aberto apenas uma fresta quando Gregor viu algo. O menino soltou a avó e se jogou de ombro contra o vidro, batendo a porta.

O pai caiu de joelhos ao pegar a avó do menino. Gregor podia ver a mãe gritando com ele, mas não podia ouvi-la com o barulho dos ratos. Sabendo que não podia ser ouvido também, ele bateu com o punho no vidro, perto dos próprios joelhos, para chamar a atenção de todos para o chão.

Pressionados do lado de fora, babando no vidro ao tentar roê-lo, estavam centenas de ratos.

CAPÍTULO 5

A família de Gregor cambaleou para trás, afastando-se da porta da frente, e se agrupou como uma bola no meio do lobby. Lizzie estava agachada e encolhida, ofegando, com as palmas das mãos brilhando de suor. A mãe de Gregor se ajoelhou no chão, com um braço apertado em volta de Lizzie, e o outro em volta de Boots, que estava começando a acordar. A bebê esfregou o rosto sonolento no ombro da mãe e piscou com as luzes fluorescentes do lobby. O pai tinha se levantado de novo, segurando a avó de Gregor, que tinha fechado os olhos com força e colocado as mãos nos ouvidos.

Gregor estava com medo de deixar a porta para se juntar a eles, com medo que o trinco cedesse sob a pressão dos ratos. Ele apoiou as costas contra a porta e olhou desamparado para a família. Não havia como sair do prédio. O que eles iriam fazer?

Alguma coisa chamou a atenção da mãe, e ela pareceu parar de respirar. Gregor seguiu o olhar dela até a parede à direita dele. Primeiro, ele não viu nada. Então uma lufada de pó de gesso flutuou perto do rodapé. Uma pequena garra apareceu num furo e um focinho de rato se enfiou.

— Está bem! — berrou a mãe de Gregor. — Está bem, eles podem ir!

Foi como se alguém tivesse apertado um botão. O barulho de ratos parou imediatamente. Gregor podia ouvir apenas o resfolegar doloroso de Lizzie, o zumbido das luzes fluorescentes, e o som distante dos carros na rua. Ele olhou para a porta de vidro. Nenhum rato à vista. Mas o menino sabia que eles estavam ali, nas paredes, nos arbustos, esperando e observando.

— A gente pode ir? — Gregor indagou.

— Vocês podem ir — concordou a mãe com a voz rouca. — Mas, desta vez, eu vou com vocês.

— Venham. Vamos voltar para cima e conversar sobre isso — chamou o pai.

Gregor foi até Lizzie e a ajudou a se levantar.

— Você está bem, Liz?

— Meus... dedos... estão... formigando. — A menina conseguiu dizer com dificuldade.

— Acho que você está sofrendo um ataque de pânico, querida — afirmou o pai de Gregor, baixinho. — E não é para menos. Quando a gente chegar no apartamento, vou pegar um saco de papel para você respirar. Vou dar um jeito em você. — Ele apertou o botão do elevador com o cotovelo e as portas se abriram imediatamente. Como se estivessem esperando.

A família inteira entrou.

— Eu sei apertá botão — falou Boots. A mãe a segurou de forma que ela pudesse apertar o número do andar deles.

— Viu? — perguntou a menina, orgulhosa.

— Boa menina — respondeu a mãe de Gregor, desanimada, e as portas se fecharam.

De volta ao apartamento, o relógio na parede dizia que eram onze e meia.

— Temos meia hora — disse Gregor.

O pai colocou a avó do menino de volta na cama. Então ele sentou Lizzie no sofá e a ensinou a respirar dentro de um pequeno saco de papel.

— Oxigênio demais entrando em você, querida. Relaxe um pouco.

Lizzie assentiu e tentou seguir as instruções. Mas ela parecia muito infeliz.

— Não... quero... que a mamãe... vá.

— Acho que ela está certa — concordou o pai. — Precisamos de você aqui em cima. Eu descerei com Boots e Gregor.

— Não. — A mãe rejeitou a ideia. — Eu tenho que ir.

— Por que o papai não pode ir? — Gregor perguntou, um pouco forte demais. O olhar que a mãe lhe lançou fez o menino tentar se explicar. — Quero dizer, ele já esteve lá antes. As pessoas conhecem ele.

Isso era verdade, mas não era a verdadeira razão pela qual Gregor preferia que o pai fosse em vez da mãe. Em primeiro lugar, ela estava furiosa. Não dava para saber o que ela iria falar para os subterrâneos. Havia outro problema também. No Subterrâneo, Gregor tinha uma identidade. Ele era o guerreiro. Mesmo que ele mesmo não incorporasse essa ideia às vezes, era importante que todos os outros o fizessem. E, de alguma forma, ele achava que não iria ficar lá com muita banca de guerreiro se aparecesse com a mãe. Especialmente quando sabia que ela não teria problemas em dizer coisas como "Então vá se lavar e aproveite para encontrar suas boas maneiras enquanto isso", ou em mandá-lo para a cama mesmo quando houvesse um monte de gente em volta.

— Eu não posso mais ser a pessoa esperando e se perguntando o que está acontecendo com o resto de vocês. Não desta vez. — A mãe colocou Boots no chão e abraçou Lizzie.

— Você sabe do que eu estou falando, não sabe, Lizzie?
— A menina assentiu.

— Eu... poderia... ir também — disse Lizzie corajosamente. Mas a mera ideia era tão assustadora que a fez começar a ofegar novamente.

— Não, eu preciso que você fique aqui, de olho no seu pai e na sua avó. Não vamos demorar muito. Será apenas uma reunião, e a gente vai voltar logo em seguida — disse a mãe de Gregor, acariciando os cabelos da filha.

— E então... a gente vai... poder ir embora? — Lizzie indagou.

— Isso mesmo — confirmou a mãe. — O que você acha de se mudar para fazenda do seu tio na Virgínia?

— Ótimo — falou Lizzie, parecendo um pouco melhor.
— Isso seria... bom.

— Bem, é melhor você começar a empacotar as coisas enquanto eu estiver fora. Está bem, querida? — pediu a mãe.

— Tá bem — respondeu Lizzie. E sorriu, de verdade.

Gregor se sentiu um idiota. Aqui estava ele, preocupado com o quão legal ele pareceria com a mãe por perto no Subterrâneo. Ele não estava pensando nela nem por um segundo. Ou no resto da família. O menino estendeu a mão e deu tapinhas afetuosos na cabeça de Lizzie.

— Estaremos de volta em umas duas horas, Liz — afirmou.

— Isso mesmo. — A mãe beijou Lizzie e lhe deu um apertão, em seguida virando-se para o filho. — Então, o que precisamos levar?

— Luz — respondeu Gregor — É a coisa principal. Vou buscar, mãe.

Enquanto o pai levava o pé de cabra para a lavanderia, para arrombar a grade na parede, Gregor revistou o apartamento procurando um par de lanternas e todas as pilhas que pudesse encontrar. A mãe simplesmente ficou sentada no sofá, com um braço sobre os ombros de cada filha, falando numa voz tranquilizadora sobre como a nova vida deles na Virgínia iria ser.

Gregor foi até o quarto e viu que a avó estava acordada.

— Você precisa descer de volta para aquele lugar — afirmou ela. Não era uma pergunta.

— Estou em mais uma profecia, vó — explicou Gregor e lhe mostrou o pergaminho.

— Então você precisa ir. Você pode até tentar fugir, mas a profecia sempre o encontrará, de alguma forma — disse a avó.

— É assim que parece funcionar — concordou ele. Ele ajeitou as colchas dela. — Se cuida, está bem?

— Você também. Até logo, Gregor — despediu-se.

— Até logo — respondeu o menino. Ele beijou a avó na testa e ela sorriu.

Eles tinham que correr o risco de deixar a avó sozinha por um curto período de tempo, enquanto desciam para a lavanderia. Mas era pouco provável que ela fosse tentar se levantar da cama, de qualquer maneira. E os ratos não iriam voltar. Tinham conseguido o que queriam.

O pai tinha empurrado a secadora para o lado. Agora havia algum espaço diante da grade, que estava levantada. Fiapos de vapor branco estava emergindo das trevas de dentro da parede.

— Parece que as correntes de ar estão ativas — comentou o pai. — Vocês provavelmente poderiam descer por elas até o Subterrâneo. Mas Ripred disse que haveria um morcego.

As palavras mal tinham deixado a boca quando um enorme rosto peludo apareceu na abertura. O morcego tinha uma aparência extraordinária: branco com impressionantes listras pretas irradiando do focinho para as orelhas.

A mãe de Gregor levou um susto e Lizzie gritou bem alto. Era a primeira criatura do Subterrâneo que elas duas viam.

Mas Boots imediatamente estendeu a mãozinha para acariciar o pelo do morcego.

— Ah, você parece zebra. Z de zebra. Oi, você!

— Saudações. — O morcego ronronou. — Eu sou aquela chamada de Nike. Vocês estão prontos para partir?

A família de Gregor se entreolhou, em seguida trocando abraços sem palavras.

— Como que a gente... sobe em você? — perguntou a mãe à morcega.

— Vocês precisam cair. Mas não se preocupem. A corrente é tal que vocês descerão em segurança até o chão com ou sem um voador. Estou aqui apenas para tranquilizá-los — explicou Nike.

A morcega caiu para fora da vista deles. Boots correu empolgada para a grade.

— Agora eu!

Gregor a segurou e quase riu da animação da criança.

— Acho que vou segurando você desta vez. Pronta, mãe?

A mãe se ajoelhou junto à grade e meteu a cabeça no buraco.

— É para a gente... simplesmente pular? — Ela tirou a cabeça para fora, parecendo confusa.

— Espere um segundo — pediu Gregor. Ele colocou Boots no chão e entrou nas névoas do buraco, pendurando-se na abertura da grade com uma das mãos.

— Agora me passe Boots — instruiu o menino. O pai lhe entregou a menininha, e Gregor a segurou com o braço livre. Ela se agarrou a ele como um bebê coala. — Venha, mãe. Você pula, se agarra na gente e nós desceremos todos juntos.

A mãe mordeu o lábio, deu uma olhada de volta para o pai das crianças e para Lizzie, e entrou, com os pés primeiro, no poço que levava para o Subterrâneo. Conforme ela passou pela abertura, sua mão se agarrou no pulso que estava sustentando Gregor, e o menino se soltou.

Dentro de segundos, a névoa redemoinhante tapou a luz da lavanderia. O menino fechou a mão no pulso da mãe e podia sentir a pulsação nervosa do seu sangue. Gregor tentou bloquear o terror que sentia de alturas, de quedas, mas não era realmente algo que ele poderia controlar. Na primeira vez que fizera aquela jornada, o menino tinha se acalmado ao se convencer de que aquilo tudo era apenas um pesadelo.

Mas a pequena voz guinchando de prazer no seu ouvido era completamente real.

— Gre-go! Mama! Boots! A gente vai! Ebaaaaaaaaaa!

CAPÍTULO

6

— G regor! Nós vamos morrer! — gritou a mãe.
— Não, mãe, vamos ficar bem — tentou tranquilizá-la, soando mais calmo do que realmente estava. — Ei, Nike? — chamou Gregor. — Você acha que a gente poderia descer montados?

Gregor não sabia se a morcega tinha escutado, ou mesmo se ela ainda estava por perto, mas subitamente ele estava sentado nas costas dela. Nike deu um tranco e então a mãe dele estava sentada atrás dele.

— Certamente que vocês podem descer montados — respondeu Nike. — Da maneira que for mais confortável. — A voz dela tinha uma qualidade agradável, animada, que parecia incomum nos morcegos. É claro, o morcego com quem Gregor mais tinha falado era Ares, e ele geralmente estava bem deprimido. Não que ele não tivesse motivos para tanto.

— Obrigado — agradeceu Gregor. Ele ajeitou Boots diante de si e acendeu a lanterna. O facho iluminou os redemoinhos de névoa. Davam a impressão de que eles estavam cercados por uma bela e assombrada floresta branca. Mas, através dos vapores, Gregor podia ver as paredes do largo tubo de pedra por onde eles estavam descendo.

— Sei andá de morcego! — anunciou Boots, esfregando as mãos no pescoço listrado de Nike. — Z de zebra. Z de zoológico. E zíper! — Ela andava meio obcecada pelo alfabeto ultimamente.

— Esperava apenas você e sua irmã, Gregor da Superfície. Poderia ser este terceiro humano a sua mãe?

— É, ela queria vir ver o Subterrâneo — respondeu Gregor. Na própria mente, ele acrescentou: "Tanto quanto queria ganhar um buraco na cabeça."

— Ah, já houve muita especulação no Subterrâneo quanto à grandeza daquela que é mãe do guerreiro e da princesa — comentou Nike. — Que honra conhecê-la, Mãe do Guerreiro!

— Igualmente — respondeu a mãe de Gregor, sem jeito. — E você pode me chamar de Grace.

Gregor sorriu em meio à névoa. Ele percebeu que a mãe estava amolecida tanto pela simpatia da morcega quanto pelos elogios.

— Então, eu acho que nunca fomos apresentados, Nike — falou o menino.

— Ah, não. Nós não fomos apresentados. Mas eu o vi na minha terra natal quando você estava cumprindo "A Profecia Cinzenta" — revelou Nike.

— Quando fomos ver a rainha Athena? — indagou Gregor. Aquela tinha sido a única vez que ele tinha visitado a terra dos morcegos. Havia pelo menos centenas, talvez milhares de voadores pendurados no teto daquele lugar cavernoso. Gregor se lembrava apenas da rainha.

— Sim. Minha mãe — confirmou Nike.

— Sua mãe? Então você deve ser uma princesa — concluiu Gregor, um pouco surpreso. Ela não tinha se apresentado como sendo a princesa Nike.

— Eu sou, sim. Mas espero que você não use isso contra mim. — Nike riu.

Quando eles finalmente pousaram, tiveram que descer das costas de Nike para que pudessem passar pela rachadura na lateral do tubo, que levava ao túnel.

— Não falta muito para Regália — informou Gregor, quando todos subiram novamente nas costas de Nike.

— Ótimo. Quanto antes essa reunião acabar, melhor — comentou Grace.

Gregor tinha levado cerca de vinte minutos para correr até Regália depois da primeira queda, mas a viagem era muito mais curta num morcego. Antes que ele percebesse, Nike passou por uma entrada guardada e ali, embaixo deles, estava Regália. Era manhã, e a cidade começava a acordar.

— Ah! — O menino ouviu a mãe exclamar. Até ela ficaria impressionada com a belíssima cidade de pedra, com suas torres ornadas e entalhes intrincados.

Nike levou-os até o Salão Alto do palácio onde Vikus os aguardava. O rosto do velho homem estava abatido de preocupação, e os olhos tinham perdido o brilho. O desaparecimento e provável morte de Luxa o tinham atingido com força. Porém, ao ver Gregor, Vikus sorriu aliviado.

— Gregor da Superfície. Eu sabia que você não iria nos esquecer — saudou. — E aqui está Boots também!

— Oi, você! — falou Boots.

Gregor e Boots escorregaram das costas de Nike, revelando a mãe deles. Ela desceu de Nike e pegou Boots no colo antes que ela pudesse sair correndo.

— Você fique bem aqui comigo.

— Se meus olhos não estiverem me enganando, esta deve ser a mulher a quem o Subterrâneo deve a própria vida — Vikus anunciou. Ele se curvou profundamente para a mãe de Gregor. — Receba as nossas boas-vindas, e nossa mais profunda gratidão, Mãe da Nossa Luz.

— Você pode me chamar só de Grace — respondeu a mãe de Gregor, seca.

— Grace — repetiu Vikus, como se saboreasse a palavra. — Um nome adequado para aquela que nos ajudou tanto. Eu sou Vikus.

— A-ham. Então, onde será essa reunião? — Grace indagou, mudando Boots para o outro lado do quadril.

— Agora que vocês aterrissaram, os preparativos podem começar. Será feita uma triagem do sangue de todos os delegados, em busca de infectados pela peste. Perdoem a nossa intrusão, mas temos que examinar o sangue de vocês também.

— Mas nós não temos a peste! — exclamou Grace, visivelmente alarmada com a ideia.

— Eu espero que não. Mas nossos médicos desenvolveram a teoria de que Ares contraiu a peste quando foi atacado pelos ácaros na jornada até o Dédalo. Como os seus dois filhos estavam presentes quando ele foi mordido, e Gregor esteve em contato próximo com ele nos muitos dias que se seguiram, é essencial que o sangue deles seja testado — Vikus explicou. — Também precisamos descartar a hipótese de que seus filhos tenham lhe passado a peste.

Não tinha passado pela cabeça de Gregor que ele e Boots pudessem ter sido expostos à peste. Agora, ele se lembrava de ter examinado a pele de Ares com Luxa, para passar remédio nos pontos onde os ácaros tinham devorado a carne do morcego. Os dedos do menino tinham ficado cobertos com o sangue do voador. E, naquele tempo, feridas abertas de um ataque de ventosas de lula cobriam o braço do menino. O sangue do morcego poderia ter entrado nos seus ferimentos.

DO SANGUE QUENTE AGORA A MORTE DERIVA...

A mãe de Gregor estendeu o braço livre e puxou o filho para perto.

— Mas... se eles foram expostos à peste, eles já a teriam agora, certo? — Grace indagou. — Digo, ele já estariam exibindo os sintomas, não estariam?

— Eu não saberia dizer — respondeu Vikus. — Algumas criaturas ficam doentes depois de dias, outras não demonstram nenhum sintoma depois de meses. É um mal insidioso e esperto.

A mãe do menino tinha mantido o braço ao redor do filho com força enquanto eles seguiam Vikus por um corredor até uma sala muito iluminada. Uma mulher pequena estava curvada sobre uma mesa cheia de equipamento médico. Havia frascos de vidro de líquidos, uma lamparina a óleo com uma chama azul e um equipamento com um design estranho, que Gregor supôs ser um microscópio.

— Doutora Neveeve — começou Vikus, e a mulher literalmente pulou. Uma lâmina de vidro, de microscópio, escorregou da mão dela e se espatifou no chão.

— Ah — exclamou a doutora Neveeve, sem fôlego. — Lá se vai mais um slide. Não se preocupem, estava livre de contágio.

— Perdoe-me por ter lhe assustado — disse Vikus se desculpando. — A eclosão da "Maldição do Sangue Quente" deixou todos nós estressados. Esta é a Dra. Neveeve, nossa mais importante médica na pesquisa da peste. Neveeve, poderia eu lhe apresentar Gregor da Superfície, sua irmã Boots e sua muito honorável mãe, Grace.

Os olhos intensos e violáceos de Neveeve se dirigiram para eles.

— Saudações. Vocês não imaginam como são bem-vindos.

— Eles precisam ser liberados para a reunião — informou Vikus.

— Sim, sim, vamos proceder com toda a pressa — concordou Neveeve, vestindo um par de luvas. Ela espetou o dedo de cada um com uma agulha e examinou o sangue sob o microscópio. Com uma olhada, ela pronunciou que Grace e Boots estavam livres da peste. Mas, quando verificou a lâmina com o sangue de Gregor, a doutora franziu o cenho e ajustou o microscópio várias vezes.

"Pode dizer logo", Gregor pensou. "Eu tenho a peste. Eu sei que tenho."

Para seu alívio, Neveeve levantou a cabeça e deu o primeiro sorriso que eles tinham visto.

— Tudo limpo.

Gregor voltou a respirar.

— E agora?

— Agora, se vocês se sentarem, vou verificar o couro cabeludo de vocês, para ver se há pulgas — informou Neveeve.

— Pulgas? Este menino não tem piolhos! — Grace exclamou, indignada.

Gregor não conseguiu deixar de rir.

— A gente nem tem animais em casa.

— Lamento, mas isso é essencial — Vikus se desculpou. — As pulgas transportam a peste de uma criatura para a outra. O rápido reconhecimento de Neveeve deste fato explica por que só tivemos três casos em Regália, contra centenas de ratos infectados.

Subitamente, a busca de pulgas não era mais tão engraçada.

Quando todos foram pronunciados sem pulgas, Vikus os convidou a descansar antes da reunião.

— Vai levar pelo menos meia hora para que todos os participantes sejam testados. Venham repousar um pouco.

Vikus os levou a um lindo aposento. As paredes eram entalhadas com suaves padrões espiralados. Móveis elegantes circulavam uma lareira acesa. Havia até mesmo vasos de plantas carregados de flores rosadas. Habitantes do Subterrâneo apareceram com bandejas de comida bonita e um par de músicos apareceu com instrumentos de corda e perguntaram se Grace desejava ouvir música. Gregor concluiu que toda essa pompa deveria ser para a mãe dele. O menino e Boots jamais receberam tanta atenção.

— Você não me contou que era tão bom aqui — comentou a mãe dele.

— Não é, normalmente. Acho que estão tentando impressionar você... Mãe da Nossa Luz — provocou Gregor. Grace revirou os olhos, mas ele percebeu que ela estava bem contente.

Gregor olhou para Grace, sentada no sofá, ainda vestindo o uniforme de garçonete, e pensou que, se alguém merecia o tratamento de estrela, era sua mãe. O menino teria gostado de ficar ali; a música era diferente de tudo que ele conhecia; mas havia algo que precisava fazer.

— Vou dar uma corrida até o banheiro.

Depois que saiu pela porta, Gregor realmente correu, mas não foi para o banheiro. Ele tomou o primeiro lance de escadaria e desceu, dois degraus de cada vez. O hospital ficava num dos níveis mais baixos, e era lá que Ares devia estar.

Ou o menino estava ficando bom em se orientar naquele lugar, ou ele simplesmente deu sorte, porque logo chegou ao hospital. Os médicos do Subterrâneo ficaram surpresos em vê-lo, e ainda mais surpresos com o pedido dele.

— Sim — respondeu um dos médicos, duvidoso. — É possível que você o veja. Mas vocês não poderão conversar. Ele está de quarentena atrás de grossas paredes de vidro.

— Tudo bem, então, eu apenas, você sabe, aceno ou coisa assim. Eu só quero que ele saiba que estou aqui — respondeu Gregor. Se Ripred tinha razão, e Ares estava se aguentando apenas porque achava que Gregor estava vindo, então ele precisava fazer contato.

O médico o levou por um longo corredor.

— Ali, siga por aquela passagem à sua direita. Você sabe... ele está bem doente.

— Eu sei — confirmou Gregor. — Não farei nada para agitar ele ou algo assim — Gregor sabia que as pessoas deveriam ficar quietas perto de gente hospitalizada. Antes que o médico pudesse mudar de ideia, Gregor se apressou em pegar o corredor. Ele estava subitamente empolgado em ver o amigo depois de tantos meses. Queria que Ares soubesse que tudo ficaria bem, agora. Ele estava aqui. Uma cura seria encontrada. Eles voariam juntos novamente. Seus passos se aceleraram, e o menino teve que controlar o impulso de correr. Gregor virou uma esquina e entrou em outro salão. Um dos lados era uma longa parede de vidro.

Gregor olhou através do vidro e viu o morcego.

Em seguida ele se curvou para a frente e vomitou.

CAPÍTULO

7

Gregor se agachou enquanto o jantar se espalhava no chão de pedra, espirrando na parede de vidro e nas botas do menino. Outra onda de náusea o atingiu e ele vomitou de novo. E de novo.

Uma mão fria tocou a nuca de Gregor, e uma solidária voz de mulher chamou.

— Venha, Habitante da Superfície, venha comigo. — Ela o levou até um banheiro próximo. O menino teve que agarrar as bordas de uma das privadas. Uma torrente contínua de água corria pelo vaso, imediatamente lavando seu conteúdo. Por um minuto, Gregor achou que tinha acabado, mas então a imagem de Ares preencheu sua mente e ele recomeçou a vomitar.

Ares estava deitado de costas, com as asas abertas de forma desajeitada. Grandes chumaços do seu lustroso pelo negro estavam ausentes. No lugar delas, havia calombos púrpuras do tamanho de melões. Vários dos calombos tinham estourado e estavam vazando sangue e pus. A língua do morcego, branca, estava pendurada de um lado da boca. A cabeça estava inclinada para trás num ângulo estranho enquanto ele lutava para respirar. Gregor nunca tinha visto algo tão assustador na sua vida.

Ele se livrou do almoço e provavelmente do café da manhã também, e então ficou vomitando por algum tempo, até que não havia mais nada para sair. O corpo do menino estava coberto de suor, e seus braços e pernas tremiam. Finalmente, ele se afastou da privada.

— Me desculpe, me desculpe — falou Gregor. Ele se sentia envergonhado pela reação que tivera ao ver Ares.

— Não fique assim. Muitas pessoas têm a mesma reação ao ver uma vítima da peste pela primeira vez. Meu marido, um grande soldado, desmaiou imediatamente. Outros encaram a visão estoicamente, e mais tarde acordam gritando com pesadelos. É uma coisa muito assustadora — afirmou a mulher.

— Ares não me viu, né? — Gregor indagou. Teria sido horrível se o morcego dele o tivesse visto vomitar apenas por olhar para ele.

— Não, ele estava adormecido. Não se castigue pensando que você o magoou — tranquilizou a mulher. — Aqui, lave a boca. — Ela pressionou um copo de pedra nas mãos de Gregor, que lavou a boca e cuspiu na privada.

— Eu ficaria bem se fosse vê-lo agora. Foi só o choque — disse Gregor.

— Eu sei disso — respondeu a mulher.

Gregor ergueu o olhar e viu o rosto dela pela primeira vez. Havia algo de familiar naquele rosto, mas o menino tinha certeza de que não a conhecia.

— Você é médica aqui?

— Não, sou uma visitante, como você. Venho da Fonte. Meu nome é Susannah — disse a mulher se apresentando.

— Ah, você é a mãe de Howard — comentou Gregor. Era por isso que ela parecida familiar. Ela era a mãe de um dos caras que tinham ido procurar Bane com Gregor. Isso também significava que ela era filha de Solovet e Vikus. E tia de Luxa. Será que todo mundo aqui era parente ou o quê?

— Sim, meu filho fala muito bem de você — respondeu Susannah. — Ele afirma que você salvou a vida dele no julgamento por traição.

— Eles tinham que ter dado uma medalha para ele ou coisa assim. Ele foi incrível a viagem inteira — elogiou Gregor.

— Obrigada — agradeceu a mulher. Então os olhos dela se encheram de lágrimas.

— Você está bem? — Gregor indagou. Será que ele tinha dito alguma coisa que a aborrecera?

— Tão bem quanto se pode estar nestas circunstâncias — falou Susannah. Ela molhou uma toalha numa bacia e limpou o rosto de Gregor com ela. O menino não resistiu. Howard era um de cinco filhos. A mãe dele provavelmente tinha visto muitas crianças vomitando.

— Como está Howard? Ele está em Regália também? — perguntou Gregor.

Susannah encarou o menino por um momento.

— É claro, você ainda não sabe. Sim, ele está em Regália. De fato, ele está a alguns passos da gente.

— Ele está no hospital? Não está doente, né? — Gregor começou a entender o que estava acontecendo. — Ah, não, você não está me dizendo que... ele não tem...?

— A peste? Sim — completou Susannah. — Mas ele só foi diagnosticado recentemente. A voadora, Andrômeda, também. Então estamos bem esperançosos de que você tenha chegado a tempo. Que haja tempo para a cura ser encontrada e que eles não... — A mulher mordeu o lábio.

Então Howard estava infectado, e Andrômeda também. Ela era a morcega vinculada a Mareth, o soldado que tinha liderado a missão para encontrar Bane. Durante aquela jornada, a morcega de Howard, Pandora, fora estripada até o osso por uma nuvem de ácaros numa ilha. Então os ácaros atacaram Ares, que mal conseguiu escapar com vida. Howard tinha tratado das feridas de Ares. Andrômeda tinha dormido encostada no morcego. Não era de espantar que Vikus tivesse pedido para testarem o sangue da família de Gregor no segundo em que eles pisaram em Regália. Boots não tivera muito em contato com Ares, mas devia ser um milagre que o sangue de Gregor estivesse limpo.

— Não acredito que não estou com a peste também — resmungou o menino.

— Talvez, sendo Habitante da Superfície, você tenha alguma imunidade que nós do Subterrâneo não temos — sugeriu Susannah.

— Talvez — respondeu Gregor. A mãe dele sempre tomara muito cuidado para que eles todos estivessem em dia com as vacinas. Mas ele não achava que tivessem tomado alguma injeção para o que quer que fosse que Ares tinha.

Ele pegou a toalha úmida e fez o melhor que pôde para limpar as botas.

— Posso vê-los? Todos três? Se eu prometer que não vou vomitar? — Gregor perguntou.

— É claro que pode. Tenho certeza de que a sua visita será tão benéfica quanto a própria luz — afirmou Susannah.

Ela levou Gregor de volta ao corredor com as paredes de vidro. Alguém já tinha limpado o vômito, e o piso e o vidro estavam imaculados.

Gregor se preparou e deu mais uma olhada em Ares. Desta vez, tudo que sentiu foi agonia pelo que o morcego, seu amigo, devia estar sofrendo.

— Ah, puxa — exclamou. — Quanto tempo ele pode aguentar isso?

— Nós não sabemos. Mas a força dele é quase lendária — Susannah notou.

Gregor assentiu, mas se perguntou se isso seria uma coisa boa. E se isso apenas significasse que Ares iria sofrer por mais tempo que as outras criaturas antes de morrer?

Uma das asas de Ares estremeceu e ele abriu os olhos. Seu olhar estava sem foco, inicialmente, mas quando pousou em Gregor, o morcego prestou atenção. Gregor reuniu toda a força que ainda lhe restava e deu a Ares o que esperava que fosse um sorriso encorajador. O menino pressionou a mão direita contra o vidro, e viu Ares erguer a garra esquerda alguns centímetros. Foi o mais próximo que eles puderam chegar do aperto de mão e garra que significava que eles eram vinculados.

Os olhos de Ares se fecharam lentamente e Susannah colocou a mão no braço de Gregor.

— Howard e Andrômeda estão bem menos doentes. Venha — chamou.

Gregor a seguiu pelo corredor até outra sala com parede de vidro. Howard e Andrômeda estavam sentados de frente um para o outro no chão, com um tabuleiro de xadrez no meio. O rapaz tinha apenas um calombo púrpura visível no pescoço, mais ou menos do tamanho de uma noz. A pelagem dourada salpicada de negro de Andrômeda parecia saudável como sempre. Susannah bateu no vidro e os dois olharam. A expressão no rosto de Howard ao vê-los foi tão feliz que Gregor nem teve que forçar o sorriso. Howard e Andrômeda correram até a parede transparente. Eles não podiam ouvir quem estava do outro lado do grosso vidro, mas Gregor tinha certeza de que Howard disse:

— Gregor! Você está aqui!

— É, estou aqui — repetiu Gregor.

Howard virou a cabeça para ouvir Andrômeda por um momento, e depois perguntou a Gregor:

— Boots?

Gregor assentiu.

— Boots está aqui também.

Foi então que uma porta no fundo da sala se abriu. Uma mulher coberta de roupas protetoras entrou carregando uma bandeja de remédios. Ela ordenou que Howard e Andrômeda se deitassem nas camas.

— Aquela é Neveeve? — Gregor indagou. — Ela testou meu sangue.

— Sim, ela trata pessoalmente de todos os casos de peste — explicou Susannah.

— Uau, isso não é um trabalho para gente frouxa — comentou Gregor. Quando ele viu que Susannah não tinha entendido, ele acrescentou: — Você tem que ser corajoso para fazer isso.

— Ah, sim. Neveeve é extremamente dedicada — concordou Susannah. — Ela está determinada a curar a "Maldição do Sangue Quente".

Howard tirou a camisa e Gregor decidiu que deveria dar privacidade aos amigos. E a mãe dele provavelmente já estava se perguntando onde ele estaria agora. Gregor tinha que voltar antes que a mãe ficasse preocupada.

No que começou a voltar pelos corredores do hospital, Gregor ouviu uma voz familiar ao passar por um dos quartos.

— Habitante da Superfície!

Dentro ele viu Mareth sentado numa cama.

— Ei, Mareth! — Gregor respondeu. — Cara, é bom ver você! — O menino não acrescentou "vivo", mas era o que ele estava pensando. Na última vez que vira Mareth, o soldado estava inconsciente, sangrando muito de uma mordida de serpente marinha na perna, e bem longe de casa.

Mareth pegou alguma coisa, girou para descer da cama e veio até o menino. Foi só então que Gregor viu que a perna ferida tinha sido amputada. Tudo que restava eram alguns centímetros da coxa.

— Sua perna. — As palavras tinham deixado a boca do menino antes que ele pudesse impedi-las.

— Sim — respondeu Mareth, apoiado na muleta. — Estou dando duro para ser que nem Temp, e fazer uma perna nova crescer.

— É — disse Gregor sem força. — É um truque legal. — A barata tinha perdido duas pernas num ataque de lula, mas Ripred disse que ela as regenerara na Terra Morta.

— Eles não conseguiram salvar minha perna. A infecção se espalhou muito profundamente. Mas para que eu preciso de uma perna quando tenho Andrômeda para montar? — explicou Mareth. Como se subitamente tivesse se lembrado do que a morcega estava passando, Mareth passou uma das mãos sobre os olhos.

— Ela vai ficar bem, Mareth — disse Gregor. — A reunião vai começar a qualquer momento. Tem que existir uma cura. Eles vão encontrá-la.

— É nisso que eu acredito — concordou Mareth, recuperando o controle. — Eles testaram você? Seu sangue está limpo?

— Estou bem. E Boots também. E acho que você está bem também, já que não está atrás do vidro — comentou Gregor.

— Sim, de alguma forma. Não faz lá muito sentido para mim — respondeu Mareth. — Como alguns de nós escaparam da peste.

— Eu sei, é estranho.

— Todos estavam com tanto medo de que você não viesse. Mas eu sabia que você viria — contou Mareth.

— É claro que vinha. Quero dizer, é só por algumas horas — disse Gregor.

Mareth parecia confuso.

— Algumas horas? Vikus lhe disse isso? — indagou.

— Sim, ele disse que vocês só precisam de mim para a reunião, e que depois a gente pode ir para casa — explicou Gregor. — Alguma outra pessoa vai encontrar a cura.

— Vikus disse isso? Que você não vai sair em missão para encontrar a cura com os roedores? Você tem certeza? — Mareth insistiu.

— Foi o que ele me disse. — Gregor pensou por um momento, hesitante. — Bem... não, acho que Vikus não me disse isso pessoalmente. Ele mandou Ripred para falar comigo — explicou Gregor. — Mas Ripred não iria mentir sobre...

Gregor chegou a uma conclusão terrível. Sim, Ripred iria. Ele iria mentir. Se ele achasse que aquela era a única maneira de trazer Gregor e Boots para o Subterrâneo, Ripred iria mentir sem pensar duas vezes.

CAPÍTULO 8

Gregor se apressou em voltar pelo palácio e se deparou com Vikus e a mãe do lado de fora do quarto de luxo. Ele precisava falar com Vikus sobre esse negócio todo de cura, mas não poderia fazê-lo na frente da mãe. Talvez Mareth estivesse errado e Ripred certo. Talvez eles tivessem que encontrar a cura num laboratório, não em alguma missão perigosa em algum outro lugar. Talvez tudo fosse um mal-entendido.

— Por onde você andou? — perguntou a mãe. — Achei que você só tinha ido ao banheiro.

— Eu fui... mas eu vomitei — revelou Gregor. — E levou algum tempo para o meu estômago sossegar.

— Você está doente? — A mão da mãe estava instantaneamente na testa do menino.

— Não, mãe, eu tô bem agora — desconversou Gregor.

— Bem, aquele ensopado estava bem temperado. E depois de todo esse voo. Você nunca teve um estômago forte — afirmou. — Ele fica enjoado em longas viagens de carro também — disse Grace a Vikus. — Temos que viajar com um saco plástico.

Certo, essa era uma daquelas coisas de mãe que tinham preocupado Gregor. Seu pai jamais contaria aos outros como o guerreiro tinha que viajar com um saco de plástico. E ela nem sabia do que estava falando, porque voar em morcegos não incomodava o estômago dele. Ainda assim, isto era melhor do que contar a ela que tinha visto Ares.

— Eu tô bem, mãe. Então, já é hora da reunião?

— Sim, vamos para a arena — chamou Vikus.

Nike e Eurípides, o grande morcego cinzento de Vikus, levaram todos eles para a arena oval usada para eventos esportivos e treinamento militar. O campo de jogo era coberto por um musgo macio e fofo, e assentos para uma grande multidão chegavam ao topo das altas paredes. A arena ficava nos limites de Regália, e era isolada da cidade por enormes portões de pedra. Do lado oposto do campo, em relação aos portões, havia uns poucos túneis, alguns ao nível do solo, outros no alto, que levavam para longe da cidade.

Quando eles entraram voando na arena, as arquibancadas estavam vazias. A maioria das criaturas que compareceriam à reunião estava no campo. Todas as três espécies — os morcegos, as baratas e os ratos — estavam em grupos isolados. Não havia interação entre eles. Isso lembrava Gregor do começo das competições de atletismo, quando cada equipe ficava reunida num canto do campo fazendo aquecimento, cada uma com uniformes de cores diferentes.

— Pronta para fazer alguns novos amigos? — perguntou Gregor à mãe, tentando soar positivo.

Grace simplesmente pressionou os lábios de desgosto, enquanto olhava para baixo para aquela coleção de criaturas gigantes do Subterrâneo.

— Me diga de novo, quem está do lado de quem?

Gregor balançou a cabeça.

— É meio complicado. A coisa principal é que a maioria dos humanos e dos ratos se odeiam. Os morcegos são muito amigos dos humanos. As baratas só querem que todo mundo as deixe em paz. Mas elas amam Boots. Então, se ela aparecer, elas aparecem. A profecia diz que todos eles são necessários para encontrar a cura.

Nike e Eurípides os deixaram no campo e se juntaram a um grupo de quatro morcegos, incluindo a rainha Athena, que estavam empoleirados em curtos e atarracados cilindros de pedra.

Ripred e dois outros ratos estavam sentados a mais ou menos dez metros dali. Todos os três pareciam estar ocupados em tentar tirar algum tipo de pó amarelo das pelagens com as garras.

— O que é aquilo no pelo deles? — Grace perguntou a Vikus, olhando os ratos com repulsa.

— Um pó para matar pulgas. Só como precaução. O sangue deles estava livre da peste, mas todos tinham pulgas, e não podemos correr o risco de deixar esses insetos entrarem na cidade — explicou Vikus.

Esperando pacientemente, um pouco para o lado, estavam meia dúzia de baratas. O líder tinha uma antena torta.

— Temp! — Boots gritou. — Olha o Temp! — Ela escapou dos braços do irmão e correu para as baratas.

— Boots! — Grace começou a ir atrás da menina, mas Gregor segurou seu braço e sussurrou com urgência no ouvido dela.

— Não, mãe, não atrapalhe! Aquele é Temp! Ela não estaria viva sem ele! As baratas a adoram. Não estrague tudo!

— Como é que é? — respondeu a mãe, erguendo as sobrancelhas.

— Hã, digo, apenas seja educada — continuou Gregor, humilde. Ele nunca dava ordens à mãe dessa maneira em casa. — Por favor.

Grace olhou novamente para as baratas e hesitou. Ela estremeceu quando Temp sentou-se sobre as patas traseiras, e Boots correu direto para o abraço de seis pernas.

— Oi, você! Oi, Temp! Você acordou! — exclamou a criança.

— Temp acordou, Temp acordou mesmo — respondeu a barata.

Boots deu um passo atrás e examinou o inseto com curiosidade. Então ela começou a contar as pernas.

— Uma... duas... três... quatro... cinco... seis! Todas aí!

— Gosta você, minhas novas pernas, gosta você? — Temp indagou.

— Si-im! Leva Boots pra passear? A gente vai passear agora? — Boots pediu.

Temp voltou à posição horizontal e Boots subiu direto na carapaça, e eles dispararam correndo pelo campo.

— Venha, vou apresentar você às baratas. Elas são legais — chamou Gregor.

Grace olhou para o filho como se ele fosse louco, mas permitiu que ele a levasse até os insetos. Temp correu até o grupo com Boots.

— Viu? Essa é mamãe! — Boots anunciou, escorregando das costas de Temp e correndo até a mãe, para pegar sua mão.

As baratas pareceram ficar abaladas com a notícia. Gregor podia ouvi-las sussurrando umas para as outras.

— É ela a esmagadora, é ela? É ela a esmagadora? — Todas se curvaram até o chão.

— Bem-vinda, Criadora da Princesa e Muito Terrível Esmagadora — saudou Temp.

— Do que ele está me chamando? — Grace perguntou a Gregor.

— Acho que ele disse "Criadora da Princesa e Muito Terrível Esmagadora" — repetiu Gregor.

— E o que isso quer dizer? — indagou a mãe.

— Que você é mãe de Boots e... vamos encarar os fatos, mãe, você esmaga um monte de baratas.

— Bem, não estou planejando esmagar essas coisas gigantes! — Grace respondeu, fazendo uma careta para o filho.

— Ei, não fui eu que inventei o nome! — Gregor exclamou.

— Muito bem, escutem isso, suas baratas! — Grace se dirigiu aos insetos.

Todas as baratas se abaixaram ainda mais, como se ser esmagada pela mãe de Gregor fosse algo inevitável.

— Sim, ó Criadora da Princesa e Muito Terrível Esmagadora. — Temp mal conseguiu sibilar.

— De agora em diante, vocês me chamam só de Grace, está bem? — falou ela. Então Grace virou-se para o resto das criaturas na arena. — Todo mundo aqui, me chamem apenas de Grace!

Ela tomou a mão de Boots e voltou à direção dos morcegos, murmurando:

— Muito Terrível Esmagadora, faça-me o favor.

Enquanto Vikus apresentava Grace aos morcegos, Gregor foi até Ripred.

— Ah, olhe só quem está aqui! Acho que sua mamãe deixou você vir visitar, afinal — zombou o rato.

— É melhor você não ter mentido pra mim sobre quanto tempo vamos ter que ficar, Ripred — ameaçou Gregor em voz baixa. — É melhor você não estar planejando levar eu e Boots numa jornada em busca da cura.

— Você leu a profecia. Tudo que ela diz é que devíamos trazer você da Superfície — respondeu Ripred. — Agora que você já fez uma aparição, *eu* não ligo se você for para casa. Confie em mim, ficarei muito bem sem mais uma missão com sua irmãzinha faladora e os amigos de seis patas dela.

— É isso que todo mundo pensa? — Gregor indagou. — Que estou aqui só para a reunião?

— Bem, você terá que sair por aí perguntando, não é? Eu dificilmente poderia responder pelo que passa nos cérebros de ervilha dos rastejantes. — Ripred coçou o pó atrás da orelha e chamou. — Podemos começar logo este fiasco, Vikus? Alguns de nós têm vidas para viver, mesmo que brevemente.

— Mas onde estão os mordiscadores? — Vikus inquiriu.

— Não sei. Lapblood e Mange deveriam ter avisado a eles — Ripred respondeu, indicando os outros ratos com a cauda.

— Bem, nós não avisamos — retrucou Lapblood. — Por que o faríamos?

— Ela tem razão — concordou Mange. — Nós não fizemos aquele esforço todo para expulsar os mordiscadores das nossas terras para nos juntar a eles agora. Se eles morrerem da praga, já vão tarde.

— Quem precisa deles, de qualquer maneira? — Lapblood indagou. — A profecia nem menciona os mordiscadores. — Ela começou a coçar o ombro freneticamente. — O que é este veneno? Ele mata mesmo as pulgas ou simplesmente as deixa ainda mais famintas?

— Vocês tinham ordens muito específicas! — Ripred exclamou, esfregando as costas no musgo para aliviar a coceira.

— Bem, se você ainda não percebeu, nós não recebemos ordens de você! — Mange rebateu.

Ripred deu um pulo e virou-se para os dois ratos. Estes se agacharam em posições defensivas, esperando pelo ataque, mas ele apenas disse:

— Vamos terminar esta discussão nos túneis.

— Isto não é o ideal, mas se os mordiscadores não estarão presentes, então faltam apenas a Dra. Neveeve e Solovet — concluiu Vikus. — Ah, lá estão elas.

Um morcego chegou voando de Regália, e Neveeve e Solovet desceram das costas dele.

Solovet invocou ordem na reunião e pediu a Neveeve que falasse da peste. A doutora ergueu um grande livro de couro das costas do morcego. Ela o colocou no musgo e se ajoelhou diante dele. O livro tinha só 30cm de altura, mas tinha pelo menos 90cm de largura e era muito grosso. Quando Neveeve o abriu, Gregor pôde ouvir o estalar do pergaminho.

— Eu vasculhei os antigos registros numa tentativa de encontrar alguma similaridade entre a peste atual e alguma no passado — Neveeve explicou. — Há mais ou menos dois séculos e meio, houve uma epidemia bastante similar à "Maldição do Sangue Quente". E outra há apenas oitenta anos. Nos dois casos, uma pestilência trouxe febre, respiração dolorosa e grandes bulbos violáceos na pele. Milhares morreram no Subterrâneo.

— Adorável. Eles por acaso mencionaram uma cura? — Ripred inquiriu.

Neveeve virou uma página no livro e revelou um desenho a tinta de uma planta que tinha folhas com uma nítida forma de estrela.

— Esta planta. É chamada de *starshade*. Só existe em um campo.

— Eu nunca vi isso — afirmou Lapblood. — Deve crescer na Superfície.

— Não, de acordo com os registros, ela cresce no mesmo lugar de onde a peste emergiu originalmente.

— "No berço a cura vão encontrar." — Vikus citou a profecia.

— Na ilha com os ácaros? — Gregor indagou. Ele não podia imaginar como eles poderiam conseguir a cura naquele lugar. Os ácaros os devorariam em segundos.

— Não, Gregor, aquela é uma nova ilha e, como Neveeve disse, a peste vem aparecendo há séculos. Os ácaros podem ter transportado a peste para a ilha, mas ela não é o berço — explicou Vikus.

— Então, onde fica isso? — perguntou Mange.

— Parece que o berço fica no fundo do vale... no Vinhedo dos Olhos — revelou Neveeve.

Houve um silêncio mortal. Finalmente, Lapblood falou:

— Podemos então cortar nossas próprias gargantas logo, pois teremos a mesma chance de sobrevivência que entrando no Vinhedo.

— E mesmo assim vocês não tiveram nenhum problema em forçar os mordiscadores a fugir para lá — acusou a rainha Athena.

— Os mordiscadores tinham o Subterrâneo inteiro para escolher — respondeu Mange.

— Onde? A Terra Morta? Os Pontos de Fogo? — Solovet retrucou.

— Olhe só quem fala, Solovet, dadas as atuais circunstâncias — provocou Lapblood.

— Por favor! — Vikus bradou, cortando a discussão. — Lembrem-se de que todos nós corremos risco. Esta planta, Neveeve, não cresce em nenhum outro lugar?

— Eles tentaram transplantá-la para os campos de Regália, mas ela morreu quase imediatamente. Não temos outra escolha além de colher grandes quantidades dela no Vinhedo e destilar num remédio.

— Você quer que entremos no Vinhedo e os ajudemos a encontrar essa cura, mas quem garante que nós jamais a veremos? — Lapblood questionou. — Nós, roedores, estamos morrendo de fome agora! Pela sua mão! A praga corre como um incêndio pelos nossos túneis! Hoje descobrimos que vocês têm um pó amarelo que mata as pulgas que espalham a peste! Mas pergunte se vocês nos mandaram o pó?

— Vocês nos atacaram — respondeu Solovet com uma voz de aço. — E agora ficam de choradeira quando têm que sofrer as consequências.

— Choradeira? — Lapblood rosnou. Ela e Mange se agacharam para atacar. A mão de Solovet voou para o cabo da espada.

Gregor não entendeu bem o que estava acontecendo, mas podia ver que as coisas estavam a ponto de ficar feias.

Ripred surgiu entre os ratos furiosos e Solovet.

— As marés mudam, Solovet — afirmou Ripred em voz baixa. — Lembrem-se deste momento quando os seus próprios filhotes chorarem de fome e a peste parar seus corações. Mesmo agora, seu neto jaz detrás do vidro no hospital.

— E quanto à minha neta, Luxa? Onde jaz ela, Ripred? — acusou Solovet.

— Eu não sei! Mas você precisa deixar isso de lado, Solovet, ou voltar e mandar o seu povo cavar as próprias sepulturas. Neste momento, temos grande necessidade mútua! — Ripred disse.

Gregor nunca soube como Solovet responderia, porque naquele momento os chifres começaram a ser tocados. O aviso veio de túneis que levavam para longe de Regália. Uma dúzia de humanos montados em morcegos apareceu e cruzou a arena na direção dos túneis.

— Por que eles estão soprando os chifres? Nenhum rato está invadindo — indagou Ripred, confuso.

— Deve haver alguma ameaça, ou eles não soariam o sinal — respondeu Solovet.

— Mas quem estaria atacando Regália agora? — perguntou Vikus.

A resposta veio de um dos túneis. Era um morcego com uma pelagem laranja brilhante que Gregor nunca tinha visto antes. Algo estava errado com ele; suas asas batiam de maneira caótica e ele estava adernando de uma maneira bizarra.

— É Icarus! Mas o que há de errado com ele? — Nike inquiriu.

Conforme Icarus mergulhou sobre eles, Gregor viu os calombos púrpura vazando sangue fresco na pelagem alaranjada, a língua branca pendurada da boca, a expressão de delírio nos olhos.

— É a peste! — gritou o menino. — Ele tem a mesma aparência que Ares!

Icarus girou no ar, com as asas batendo sem sincronia, e então perdeu controle. Um grito geral de alarme soou no que o morcego mergulhou direto para o grupo.

CAPÍTULO

9

Quando Icarus atingiu o chão, Gregor ouviu o estalo dos ossos do pescoço se quebrando. Ele morreu instantaneamente. Não havia movimento algum, exceto o sangue que escorria dos calombos púrpura.

— Não o toquem! — Neveeve avisou, mas isso foi desnecessário, já que quase todos estavam instintivamente recuando para longe do corpo destruído do morcego. Gregor esbarrou numa barata, perdeu o equilíbrio e caiu sentado. Dois morcegos colidiram na decolagem. Apenas a mãe do menino, que estava bem perto de onde a criatura medonha tinha aterrissado, não se moveu. Ela estava agarrando Boots nos braços, tão aterrorizada que era como se estivesse enraizada no chão. Gregor se levantou e correu até ela.

— Queimem o corpo! — Solovet comandou.

— Não! — Ripred gritou, mas três tochas já tinham deixado as mãos dos soldados acima. — Não! — Ripred estava literalmente rangendo os dentes de frustração.

Quando as tochas atingiram Icarus, Gregor entendeu a reação frenética de Ripred. As chamas tinham apenas tocado o pelo por um momento quando uma onda de pequenos pontinhos pretos começou a abandonar o corpo do morcego morto.

— Pulgas! — Vikus gritou. — Fujam todos!

Gregor agarrou Boots, pegou o braço da mãe e a puxou para cima do morcego mais próximo, que calhou de ser a rainha Athena. Provavelmente não se poderia subir numa rainha sem pedir permissão, mas não havia tempo para conversinhas educadas. Conforme eles subiram no ar, Gregor pôde ver ratos e baratas desaparecendo nos túneis que levavam para o resto do Subterrâneo. Todos os humanos no chão tinham sido pegos por morcegos e estavam no ar.

As pulgas pulavam como loucas para longe do morcego.

— Para o camarote real! — Vikus ordenou. — Ninguém entra na cidade!

A rainha Athena fez uma curva no ar e os levou para uma grande seção curva de assentos bem no alto da arena. O lugar lembrava Gregor dos camarotes onde os ricos ficavam no estádio dos *Yankees*. Deveria ser dali que a família real assistia aos eventos esportivos.

Assim que aterrissaram, Neveeve fez com que todos se espalhassem.

— Ponham o máximo de distância um do outro quanto for possível. — Gregor se afastou da mãe e da rainha Athena, mas não achou que deveria botar Boots no chão. Ela simplesmente sairia correndo, talvez para o corrimão do camarote, e eles estavam num lugar bem alto.

Grace começou a seguir Gregor e Boots, mas Neveeve acenou para que ela recuasse.

— Não! Fiquem todos isolados!

A médica abriu uma bolsa que levava pendurada no cinto e tirou algo que parecia ser um vidro de perfume chique. Tinha um daqueles bulbos de borracha de um dos lados para borrifar. Neveeve fechou os olhos, apontou o bico para si mesma e apertou o bulbo. Nuvens de pó amarelo caíram sobre a pele e as roupas dela. Parecia o mesmo material que os ratos estiveram coçando na pelagem. O pó antipulgas.

Neveeve circulou rapidamente pelo camarote borrifando pó em todos.

— Esfreguem na pele, nos cabelos. Cubram cada centímetro do seu corpo — instruiu.

Quando chegou a vez de Gregor, o menino cobriu os olhos de Boots com as mãos enquanto mantinha os próprios fechados. Ele podia sentir o pó cobrindo sua pele. Tinha um cheiro forte e amargo. No que Neveeve foi borrifar Grace, Boots espirrou e olhou surpresa para o irmão.

— Você amarelo — observou ela.

— Você também — respondeu Gregor, esfregando o pó nos cabelos dela. — E com que letra amarelo começa?

— *A*! — Boots exclamou. — *A* de amarelo!

— E o que mais? — perguntou Gregor, tentando distraí-la enquanto passava o pó pela pele da menina.

— *A* de abraço! *A* de anta! — Boots continuou. Ela nunca tinha visto uma anta, exceto no livro de *ABC*. Gregor também não, para falar a verdade. Provavelmente ninguém nem teria visto uma ilustração de uma anta se ela não fosse um dos poucos animais cujo nome começava com A.

Em uma questão de minutos, o grupo inteiro de seis humanos e seis morcegos tinha sido tratado com o pesticida.

— Acho que agora podemos nos reunir com segurança — anunciou Neveeve.

Todos se juntaram no centro do camarote. Abaixo, no campo, o corpo queimado do morcego jazia numa poça de água. O fogo tinha sido apagado.

— Morcego doente. Morcego precisa de suco — disse Boots. Sempre que ela ficava gripada, a primeira coisa que recebia era um copo de suco.

— Ele está dormindo agora. Ele poderá tomar suco quando acordar — explicou Gregor. Ele nunca conseguiu encontrar uma maneira de contar a Boots que alguém tinha morrido.

— Suco de maçã. — Boots se agachou e começou a rabiscar na fina camada de pó amarelo que cobria o chão.

— Mande desinfetar o campo inteiro — ordenou Solovet a um guarda que estava pairando montado num morcego próximo ao camarote. — Espere! — O guarda aguardou enquanto ela se virava para a médica. — Isso será suficiente, Neveeve?

— Eles também precisam espalhar o pó nos túneis que saem da Arena — instruiu Neveeve. — As pulgas não poderão entrar em Regália com os portões de pedra fechados, nem pular até as arquibancadas. Mas algumas delas já podem ter escapado pelos túneis, na direção do resto do Subterrâneo. Qualquer um que esteja de guarda por lá precisa ser chamado de volta e ter a pele examinada em busca de mordidas de pulga.

— Faça o que ela disse — Solovet disse ao guarda.
— E quanto aos roedores e rastejantes? — Vikus indagou.
— Nenhuma pulga pode penetrar a cobertura de veneno nos roedores, e elas não mordem os rastejantes. Estão todos bem seguros — explicou Neveeve.
— E os que estão aqui reunidos? — Vikus continuou.
— Se qualquer pulga nos alcançou, o que eu acho difícil, está morta agora. Precisamos todos nos despir e ser examinados em busca de picadas de pulga por médicos em Regália — disse Neveeve.
— Nós não vamos... — A mãe de Gregor deixou escapar. — Nós nunca mais vamos voltar a Regália!
— Por favor, Grace, eu sei que isto tudo é muito inesperado e estressante... — Vikus começou a falar.
— A gente vai pra casa! Viemos para a sua reunião! Você disse que a gente só precisava fazer isso! Então você mande aquela morcega levar a gente de volta agora! — Grace falou, apontando para Nike.
— Quem lhe disse isso? Que vocês eram esperados apenas para a reunião? — inquiriu Vikus, preocupado.
— Ripred — revelou Gregor. — Ele disse que a gente só precisava descer por duas horas. Que vocês não iam precisar da gente para achar a cura. Então ele mandou uma rataria para nos assustar, para que saíssemos de casa.
Gregor percebeu, pelo olhar que Vikus trocou com Solovet, que aquela era a primeira vez que eles tinham ouvido falar naquilo tudo.
— Temo que ele tenha sido um tanto quanto dissimulado — comentou Vikus.

— O que você quer dizer? — Grace indagou.

— Ele quer dizer que Ripred mentiu — explicou Solovet.

— Ripred poderia de fato ter acreditado que a presença deles poderia ser desnecessária para a... — começou Vikus, sem muita empolgação.

— Ele mentiu! — Solovet repetiu. — Não o defenda. O rato sabe perfeitamente bem que não haverá missão de busca pela cura sem os habitantes da Superfície! Ele obviamente pensou que não havia outro meio de trazê-los aqui para baixo. Eu teria feito o mesmo, Vikus, mesmo se você não tivesse.

Gregor apostava que ela teria mesmo. Solovet não teria se importado com o que Gregor e sua família queriam. Não quando o preço disso seria o fim de Regália.

— Nós não vamos forçá-los a ficar, Solovet! — respondeu Vikus. Gregor nunca tinha visto o homem tão bravo. — Eles foram trazidos aqui sob falsos pretextos. Não vamos forçá-los a ficar!

A mãe de Gregor agarrou o braço de Vikus como se fosse uma tábua de salvação.

— Você nos mandará para casa, então? Podemos partir?

— Não! — Solovet exclamou.

— Sim! — Vikus retrucou. — Nike! Prepare-se para levar os habitantes da Superfície para casa!

— Guardas! — Solovet comandou.

Gregor estava espantado com a luta pelo poder que se desenrolava diante dele. O menino nunca tinha visto Vikus e Solovet brigando assim, e isso o abalou. Quem poderia realmente tomar esta decisão? O que iria acontecer se a família dele tentasse partir? O que ele deveria fazer?

— Esperem! — Gregor tomou a mão de Grace. — Olha, mãe, eu fui ver Ares. Ele está muito mal. Está morrendo, mãe. Eu não posso deixá-lo assim. Então, que tal se você levar Boots de volta e eu ficar para tentar ajudar? Está bem? Você leva Boots e Lizzie e a vovó para Virgínia. Papai fica esperando que eu volte. Então a gente vai para Virgínia também.

— Isso pode ser uma concessão aceitável — comentou Vikus, olhando a esposa.

— Poderíamos apresentar a ideia ao conselho — afirmou Solovet, embora não parecesse muito convencida.

— Não posso deixar você aqui embaixo, Gregor — respondeu Grace. — Lamento pelo seu amigo, eu realmente lamento, mas não posso deixar você aqui.

— Olha, mãe, eu não acho que eles vão deixar nós três sairmos assim — explicou Gregor. — Por favor, pegue Boots e vá para casa. — O menino apertou a mão da mãe com força. Levou apenas alguns segundos para registrar que alguma coisa estava errada.

Grace estava respondendo agora, mas as palavras não estavam alcançando o cérebro do menino. Ele moveu os dedos sobre a pele das costas da mão dela. Não, ele não tinha imaginado. Estava ali.

— Gregor, você está me ouvindo? — perguntou Grace?

Ele não estava. O menino estava tentando entender o que os dedos estavam lhe dizendo. E tentando fazer aquilo desaparecer. Mas não era possível.

Gregor lentamente ergueu a mão de Grace até a luz de uma tocha próxima e limpou o pó amarelo. Uma pequena picada vermelha estava inchando na pele da mãe.

PARTE 2
A SELVA

CAPÍTULO

10

Grace olhou para a própria mão e ficou muito imóvel. No que o resto do grupo viu a picada, todos os movimentos e sons cessaram. Não havia sequer um sussurro, nem o som de uma asa ou robe se movendo.

Curiosa, Boots subiu num assento para ver o que todos estavam olhando.

— Você precisa de rosa — afirmou a menina ao ver a mordida.

Gregor sabia que ela se referia à loção cor-de-rosa que eles usavam em mordidas de insetos durante o verão.

— Tenho que ir para casa — sussurrou Grace.

— Não podemos permitir isso — negou Vikus, balançando a cabeça tristemente. — Não mais.

— Se a peste for liberada na Superfície, poderia significar a aniquilação dos animais de sangue quente lá também — afirmou Solovet.

— Precisamos colocar você de quarentena imediatamente — anunciou Neveeve.

Solovet tocou o ombro de Grace.

— Lamentamos profundamente que isto tenha acontecido — disse a mulher, suspirando. — Nike, leve-a para o hospital, e apresente-se para uma inspeção de picadas.

Gregor ainda segurava a mão da mãe. Ele não conseguia soltar.

— Mãe...

Ela lentamente soltou os dedos e recuou.

— Leve sua irmã para casa.

Ele assentiu? Gregor não tinha certeza. Mas a mãe dele subiu em Nike e desapareceu.

— Todos precisamos ser examinados em busca de picadas de pulga — anunciou Neveeve.

E logo, de alguma forma, todos estavam montados em morcegos. Eles não passaram pela cidade, em vez disso tomando túneis que se abriam sobre o agitado rio branco que corria por Regália. Nas docas, ninguém os ajudou. O pó amarelo era suficiente para manter todas as outras pessoas longe.

Eles foram mandados para o banho e depois tiveram que ficar nus enquanto nada menos que sete médicos inspecionavam a pele deles, procurando picadas de pulga sob uma luz forte. Boots, que era excepcionalmente sensível a cócegas, riu durante a coisa toda. Gregor se submeteu à inspeção sem objeções, mas tinha quase total certeza de que ele e Boots não tinham sido mordidos.

— Você pode até tentar fugir, mas a profecia sempre o encontrará, de alguma forma. — O menino ouviu a avó dizendo.

Ah, ela o tinha encontrado, certamente. E cravado os dentes nele. E em Boots também. E não os deixaria ir até que todo aquele horripilante episódio tivesse se esgotado. A mãe deles estava infectada com a peste. Agora o guerreiro... a princesa... eles teriam que encontrar a cura.

Gregor queria gritar com ninguém em particular, gritar que já tinha sido o bastante que Ares, Howard e Andrômeda estivessem doentes. Ele teria encontrado uma maneira de ir na missão. Mas sua mãe jamais deixaria Boots ir ao... como é que era mesmo? O Vinhedo dos Olhos? Para a profecia ser cumprida, a mãe deles tinha que ser posta fora de ação. Em quarentena. Transformada numa vítima. Sim, profeticamente falando, tudo estava seguindo de acordo com a programação.

Ele se sentia exausto pela responsabilidade que o aguardava. Estava tão cansado de ser arrastado para o Subterrâneo. Dos outros esperando que ele resolvesse os problemas deles. De ter que fazer o resto da família sofrer por motivos que nem os envolviam.

Depois que os dois foram declarados livres de pulgas, receberam novas roupas sedosas do Subterrâneo. Gregor conseguiu convencê-los a devolver as botas, mas elas também tiveram que ser inspecionadas em busca de pulgas e desinfetadas primeiro. Enquanto os dois ficaram sentados num banco no hospital esperando notícias dos outros, Vikus mandou buscar Dulcet, a babá que tinha cuidado de Boots nas visitas anteriores.

Dulcet tomou a garotinha adormecida dos braços de Gregor e então tocou o ombro do menino.

— Lamento muito pela sua mãe. Mas não perca as esperanças. Você encontrará a cura. Disso eu tenho certeza.

O tom da voz dela era tão gentil que Gregor quase fraquejou e contou a ela como ele *tinha* que encontrar a cura. Como a mãe dele simplesmente *tinha* que sobreviver. Como a família dele inteira seria feita em pedaços se ela não estivesse lá para mantê-los unidos. Como ela não poderia morrer porque ele não conseguiria imaginar o mundo sem ela. E como seria tudo culpa de Gregor... a morte horrível dela... os calombos púrpura... a falta de ar... porque ele quis fazer esta viagem ao Subterrâneo... e ela não.

Mas tudo que o menino disse foi "Obrigado, Dulcet".

Depois que todos os participantes da reunião tinham sido escrupulosamente examinados, um total de três foi mandado para a quarentena: Grace e dois morcegos chamados Cassiopeia e Pollux.

Gregor viu Neveeve no fim do corredor, escrevendo alguma coisa numa prancheta. Ele foi até a médica e tocou o braço dela.

— Ah! — exclamou. O braço deu um tranco para o lado e a pena que ela estivera usando para escrever deixou uma grande mancha no pergaminho.

— Desculpa — falou Gregor. Rapaz, ela realmente era assustada. É claro que passar os dias todos cuidando de pacientes com a peste não era exatamente férias. — Você pode me dizer onde minha mãe está? — perguntou.

— Nós a isolamos — respondeu Neveeve. — Venha, ela está dormindo, mas você pode vê-la.

A médica guiou Gregor pelo hospital.

— Ela já sabe que eu e Boots não fomos picados? — Gregor indagou.

— Sim, mas ela estava muito agitada — explicou Neveeve, esfregando os dedos numa nas pálpebras, que parecia estar com um tique. — Eu dei um remédio para acalmá-la. — Gregor pensou que Neveeve também poderia se beneficiar desse remédio, mas não disse nada.

Grace estava num quarto particular no mesmo corredor que Ares, Howard e Andrômeda. Gregor olhou pela parede de vidro e viu que todo o pó amarelo tinha sido lavado dela, e que a mãe estava vestindo pijamas brancos novos. Ela parecia pequena e vulnerável na cama de hospital. Era bom que estivesse dormindo. Se Grace estivesse acordada, ela mandaria Gregor ir para casa e ele teria que dizer a ela que ele e Boots não poderiam ir embora agora, e ela ficaria louca. Então o menino fixou a imagem da mãe na mente. E se aquela fosse a última vez que ele a veria?

Gregor afastou essa ideia da cabeça e se virou para Neveeve.

— Preciso da sua ajuda. Eu realmente tenho que saber tudo que você sabe sobre a peste.

— Estou indo agora para o meu laboratório, onde estudo a doença. Você gostaria de me acompanhar? — perguntou a médica. — Fica fora de Regália, mas vai levar algum tempo para eles reiniciarem a reunião para discutir a cura.

Nike os levou para fora do palácio, por sobre a cidade, e bem alto acima da arena. O cadáver do morcego tinha sido removido, e o musgo do campo de jogo tinha uma camada amarela de pó de pulga. Eles desceram por um túnel, pegando algumas tochas dos suportes nas paredes. No que o túnel começou a se bifurcar, Gregor percebeu que já tinha passado por ali antes.

— A caverna de Ares não fica por aqui? — indagou.

— Acredito que sim. Nunca a visitei — respondeu Neveeve. — Dizem que ela é bem escondida. Foi por isso que Howard e Andrômeda levaram vários dias para encontrar Ares e levá-lo para o hospital.

— Ele não apareceu quando se sentiu doente? — Gregor perguntou.

— Não, Vikus ficou sem notícias dele por semanas. Então Howard e Andrômeda voaram em busca da caverna dele. Ele já estava tão doente que teve que ser carregado — Neveeve explicou.

Gregor pensou em Ares, sozinho e doente na caverna. Seus poucos amigos próximos estavam mortos ou desaparecidos. E Gregor, seu vínculo, era inalcançável.

— Pobre Ares.

— Sim — concordou Neveeve. — Ares foi muito perseguido sem ter culpa alguma, e este é o resultado.

Isso surpreendeu Gregor, porque não havia muita simpatia por Ares no Subterrâneo. As pessoas desconfiavam profundamente dele, e a maioria dos humanos e morcegos o queriam morto. O menino sentiu uma onda de ternura por Neveeve, pela visão compassiva dela pelo vínculo do menino.

— Você o conheceu bem? — perguntou Gregor.

— Não muito. Depois que você deixou Regália, Ares não voltou mais à cidade, temendo ser aprisionado novamente. Seguindo instruções de Vikus, eu continuei cuidando das feridas de ácaro dele no meu laboratório. Mesmo então, Ares só aparecia bem tarde da noite, quando só eu estava lá

— Eu fico grato por você ter feito isso — falou Gregor.

— Como eu disse, acredito que ele foi tratado de maneira injusta — afirmou Neveeve.

O laboratório da médica estava instalado numa série de grandes cavernas interconectadas. Longos balcões de pedra estavam cobertos com uma variedade de equipamentos de laboratório. Um riacho tinha sido desviado para um canal estreito que corria pela parede do fundo de uma das cavernas. Um punhado de pessoas de luvas andava de um lado para o outro, executando suas tarefas. Alguns morcegos estavam lá também, espiando em microscópios, debatendo com os humanos.

Neveeve levou Gregor a uma sala que estava separada do resto do laboratório por uma pesada porta de pedra.

— É aqui que conduzo minhas pesquisas — anunciou, fechando cuidadosamente a porta atrás de si.

Havia tubos de ensaio, provetas e vários microscópios. Ao longo de uma parede havia quatro grandes recipientes de vidro que se encaixavam em cubos de pedra. Eles faziam Gregor pensar em bebedouros. O menino se aproximou para examinar um deles. Pequenos pontinhos negros estavam andando dentro dele. Pulgas. A luz da tocha foi refletida numa poça vermelha brilhante no fundo do recipiente. Gregor percebeu que era sangue e deu um pulo para trás. O braço do menino esbarrou no recipiente adjacente, fazendo-o virar de lado, mas ele conseguiu apanhá-lo. Felizmente, aquele estava vazio.

— Desculpa! Cara, desculpa mesmo — falou Gregor endireitando o recipiente.

— Você pegou direitinho — comentou Neveeve com uma risada aguda. — Ainda bem, porque esses aparatos são feitos especialmente para a pesquisa da peste, e não são fáceis de substituir. Levou vários meses para recebermos esse quando o anterior foi quebrado. Estou a ponto de usar este novo para testar um antídoto muito promissor.

Gregor colocou a tocha num suporte e meteu as mãos nos bolsos para não esbarrar em mais nada. Tudo que ele precisava agora era estragar algum experimento que poderia salvar a vida de todo mundo.

A médica lhe disse tudo que sabia sobre a peste. Era transportada pelo sangue, não pelo ar, o que queria dizer que você não poderia ficar doente se alguém espirrasse em você, só se o sangue dele fosse parar nas suas veias. Era aí que as pulgas entravam. Elas transmitiam a doença de uma criatura de sangue quente para outra.

— Em muitas pestes, o inseto morreria também. Não como os "sangue-quentes" morrem, mas os germes se multiplicariam nos corpos deles e os matariam. Isso não acontece com esta peste. Acreditamos que nenhum inseto morreu. Nem nenhum peixe ou criatura de escamas, também. É por isso que a chamamos de "Maldição do Sangue Quente" e não "Maldição do Subterrâneo" — explicou Neveeve.

— Ripred falou que vocês conseguem tratar dos sintomas em Regália — comentou Gregor.

— Sim, podemos reduzir o desconforto, baixar a febre, dar remédios para induzir o sono, mas nada disso mata a peste — continuou Neveeve. — Estamos tentando produzir a nossa própria cura, para o caso da sua busca não ser bem-sucedida. Mesmo que quase ninguém acredite realmente que seremos capazes de fazê-lo — afirmou Neveeve, com um sorriso fraco. — Tenho fé de que conseguiremos, mas vai levar algum tempo.

Tempo. Tudo iria girar em volta do tempo.

— Quanto tempo a pessoa tem depois de ser picada? — indagou o menino.

— Varia muito. Ares, por exemplo, foi o primeiro subterrâneo a cair doente, mas ele demonstra resistência impressionante. Parece que os voadores não adoecem tão rápido quanto os humanos. Howard e Andrômeda só passaram a exibir os sintomas nos últimos dias. Mas também não sabemos se eles contraíram o mal ao serem mordidos pelos ácaros ou ao trazer Ares para o hospital. Sua mãe... como uma humana que foi mordida por uma pulga de Icarus, que era claramente um caso avançado... — Neveeve hesitou.

— Eu preciso da verdade. Quanto tempo você daria a ela? — Gregor insistiu.

Neveeve baixou o olhar e massageou a testa com mãos trêmulas.

— Na pior das hipóteses... Poderemos perdê-la em duas semanas.

CAPÍTULO

11

O chão de pedra era frio. Gregor estava deitado de lado segurando um pequeno espelho pelo cabo. O menino estava tentando ler "A Profecia de Sangue", mas não era fácil.

— Sabe, eu já decorei isso — comentou Gregor.

— Sabemos disso, Gregor, mas Nerissa e eu pensamos que é importante que você examine o original — afirmou Vikus. — Há pistas que você poderá captar pela forma como foi escrito.

Então Gregor espiou o espelho mais uma vez.

As primeiras duas profecias que o envolveram tinham sido gravadas na pedra em grandes letras bem no meio das paredes da sala que continham todas as visões de Sandwich. Esta terceira era quase impossível de decifrar.

Em primeiro lugar, "A Profecia de Sangue" estava escrita no chão, o que poderia ter sido tranquilo, se não estivesse metida num canto. Em segundo lugar, as letras eram minúsculas e tinham um monte de floreados e detalhezinhos saindo delas. E, para completar, a coisa estava escrita de trás para a frente.

Não importando o quanto ele se torcesse e virasse o corpo, ou posicionasse a luz ou apertasse os olhos para decifrar as letras, Gregor não conseguia nunca ter uma boa visão do texto. Ele parecia passar mais tempo olhando para o próprio rosto do que para a profecia. Quando o braço que segurava o espelho começou a ficar com cãibra, o menino finalmente desistiu.

— Qual é o problema dessa coisa? É como se Sandwich não quisesse nem que a gente conseguisse ler — reclamou Gregor.

— Ele quis sim que nós lêssemos isso, Gregor. Ou ele nunca teria escrito. — O velho homem se ajoelhou e esfregou a mão sobre a profecia. — Porém, Nerissa acredita que ele a fez difícil de ler de propósito.

— É mesmo? E por que ele fez isso, Nerissa? — Gregor indagou, se endireitando para olhar para ela.

Quando Luxa desapareceu nos túneis dos ratos, Nerissa, como a última herdeira viva da família real, tinha sido coroada rainha. Muitos se opuseram a essa coroação porque ela tinha visões do futuro que a faziam parecer louca. Outros simplesmente duvidavam que ela tivesse força física suficiente para o trabalho. Nesse momento, ela estava embrulhada num manto, sentada no chão e encostada na parede. Agora que era rainha, Nerissa se vestia melhor e o cabelo estava bem arrumado, preso no topo da cabeça. Mas ela continuava tão magra e trêmula como sempre.

— Porque a própria profecia é difícil de ler. Seu significado... é complicado de entender — respondeu Nerissa.

— Tem uma parte dela que realmente parece confusa para mim — afirmou Gregor. A primeira estrofe dizia que iria haver uma peste. Confere. A terceira estrofe mandava buscar Gregor e Boots. Confere. A quinta estrofe indicava que os "sangue-quentes" tinham que achar a cura. Certo, eles iriam tentar. A sétima estrofe afirmava que eles tinham que fazer aquilo ou morreriam. Certo, eles sabiam disso.

Mas aquelas palavras que apareciam na segunda, quarta, sexta e oitava estrofes... As estrofes repetidas. Aquela era a parte confusa.

> *VIRE E VIRE E VIRE DE NOVO.*
> *VOCÊS VEEM A COISA, MAS NÃO O QUANDO.*
> *REMÉDIO E ERRO AO SE ENTRELAÇAR,*
> *UMA ÚNICA VINHA VÃO FORMAR.*

— Vire e vire e vire de novo — falou Gregor. — O que isso quer dizer?

— Antes que eu lhe sobrecarregue com vários séculos de opiniões acadêmicas, qual é a sua interpretação desse trecho, Gregor? — Vikus indagou.

Gregor considerou a estrofe novamente, rolando as palavras na própria mente.

— Bem, para mim parece que Sandwich está tentando nos dizer que... estamos enganados. Tipo, qualquer coisa que a gente acha que está acontecendo... não está.

— Sim. Não apenas enganados agora. Mas, mesmo enquanto "viramos e viramos", ainda não estamos vendo a verdade — confirmou Nerissa.

— Enfim... se estamos enganados... então por que estamos fazendo qualquer coisa? — Gregor perguntou. — Por que a gente vai pra esse Vinhedo das Olheiras ou seja lá como é chamado?

— Porque a alternativa é não fazer nada — explicou Vikus. — E uma jornada é indicada. Temos que ir ao berço encontrar a cura. Parece provável que a "única vinha" cresceria num vinhedo, não parece? Então nós vamos, e talvez pelo caminho nós conseguiremos decifrar essa estrofe também.

— Quando você diz "nós" você quer dizer "você e eu"? Porque você está indo desta vez? — Gregor indagou, esperançoso.

Vikus sorriu.

— Não, Gregor, eu confesso que estava usando um "nós" mais geral. Eu não posso ir. Mas, se for algum consolo, Solovet planeja viajar com vocês.

— Bem, isso já é alguma coisa — admitiu Gregor. Ele preferia ter Vikus por perto para que ele ajudasse a decifrar a profecia, mas o menino sabia que Solovet seria melhor em combate. E, se aquele lugar era tão perigoso quanto todo mundo pensava, eles iriam precisar dela.

— E Ripred? Ele vai também?

— Ele disse que não perderia isso por nada neste mundo — respondeu Vikus.

Gregor sentiu o coração ficar um pouco mais leve. Com a presença de Ripred e Solovet, eles poderiam até conseguir.

Um subterrâneo bateu à porta e anunciou que eles eram necessários.

— Os ratos e rastejantes devem ter retornado — comentou Vikus. — Vamos continuar a reunião dentro dos limites do palácio. — Venham.

Enquanto eles caminhavam pelo corredor, Gregor tentou devolver o espelho de mão para Nerissa.

— Fique com ele — disse ela. — Você pode precisar de novo. — O menino meteu o espelho no bolso distraidamente.

No momento em que cruzaram a porta, Gregor reconheceu o lugar. Como poderia esquecer? O menino olhou a arquibancada de pedra que se erguia ao redor de um palco que ficava no meio da sala circular. Naquele palco... Fora ali que ele e Ares tinham feito os votos que os vincularam. Agora o palco estava vazio, mas as arquibancadas continham agrupamentos de criaturas. O conselho humano estava ocupando uma seção dos assentos. Os morcegos se sentaram à direita deles, as baratas à esquerda, e os ratos estavam fazendo hora nos bancos que ficavam exatamente do lado oposto do palco em relação ao conselho.

Vikus e Nerissa foram se juntar aos humanos, mas Gregor teve aquela estranha sensação que tivera na cantina da escola, num dia em que tanto Angelina quanto Larry tinham ficado doentes e faltado à aula. Ele não sabia onde sentar. Não com os ratos, certamente que não. Mas o menino também não gostava muito do Conselho de Regália, que provavelmente ainda pensava em jogá-lo de um penhasco por traição. Os morcegos tinham acabado com a vida de Ares ao exilá-lo.

Finalmente, Gregor foi se sentar com as baratas. Ele só sentia confortável mesmo com os insetos.

Vikus iniciou a reunião saudando a todos formalmente. Em seguida, ele foi direto ao ponto.

— Então, parece que a jornada ao Vinhedo dos Olhos se torna mais urgente a cada minuto que passa. Devemos começar imediatamente. Os participantes propostos da missão são, no momento, Gregor e Boots, já que o guerreiro e a princesa foram convocados pela profecia. Nike será a voadora deles, também nos provendo com uma princesa de reserva para o caso de termos interpretado erroneamente o papel de Boots. Solovet e seu vínculo, Ajax, completam o grupo de humanos e voadores. Ripred, Mange e Lapblood representarão os roedores. E, como Sandwich especificamente mencionou os rastejantes, Temp valentemente ofereceu seus serviços.

— Nós não precisamos mesmo arrastar aquele rastejante conosco, precisamos? — Mange inquiriu.

— Acho que sempre poderíamos comê-lo se os suprimentos acabarem — comentou Lapblood.

Alguns dos humanos e morcegos riram disso. Eles estavam sempre fazendo piada com os rastejantes.

Temp não disse nada, mas estremeceu levemente de medo com o comentário de Lapblood.

Gregor olhou o rato nos olhos.

— Ou talvez poderemos comer você. Nunca provei rato. Mas, com o molho certo, quem sabe?

Apenas uma criatura estava rindo agora. Ripred.

— Bem, pelo menos a viagem não vai ser tediosa!

— No momento — sibilou Lapblood — não há viagem alguma. Ainda temos que ser convencidos de que isso será vantajoso para nós.

— O conselho concordou em abrir os campos de pesca a oeste — anunciou Vikus. — Isso deve prover comida suficiente para os roedores.

— E o pó amarelo? — Mange indagou. — Para matar os pulgas?

Houve apenas silêncio no lado dos humanos. Então Gregor pensou ter ouvido Vikus suspirar.

— Sem pó, sem acordo — afirmou Lapblood.

O quê? A missão inteira seria abandonada porque os humanos não eram capazes de mandar aos ratos o pó de pulgas? Isso era realmente pedir muito? Gregor pensou nos calombos púrpura estourando, escorrendo pus e sangue...

Ele se levantou num salto e gritou para o conselho.

— Mandem o pó para eles! Puxa! Vocês viram Ares? Viram o que a peste faz? Não importa o quanto vocês odeiem os ratos, vocês realmente querem que eles morram assim?

A pergunta ficou no ar por um longo tempo antes que alguém respondesse.

— Você tem um coração que perdoa muito fácil, Gregor da Superfície — afirmou Solovet.

Não era verdade. Talvez Gregor não quisesse que os ratos morressem uma morte tão horrível. Ele pensou na expressão "eu não desejaria isso nem ao meu pior inimigo".

Mas o menino não tinha perdoado o que eles fizeram ao pai dele, a Tick, a Twitchtip, a Aurora ou a Luxa. Ele tinha uma lista inteira de coisas que jamais perdoaria aos ratos.

— Não, eu não tenho — retrucou Gregor amargamente. — Mas tenho uma mãe e um vínculo com a peste. Seu hospital está começando a ficar cheio. Precisamos dos ratos para encontrar a cura. Então, o que vai ser, Solovet?

CAPÍTULO

12

Não houve escolha, no fim. Eles tiveram que concordar em mandar o pó de pulgas para os ratos. Gregor não achou que isso era uma concessão muito grande, já que eles supostamente estavam todos do mesmo lado, lutando contra a peste. Mas era obviamente uma decisão muito difícil para os humanos, que sussurraram furiosamente entre si por vários minutos antes que Solovet anunciasse que eles tinham cedido. Naquele ponto, três pessoas estavam chorando e uma tinha deixado a reunião como forma de protesto.

A maneira como eles odiavam os ratos — o ponto de sacrifício ao qual eles chegariam para vê-los mortos — estava além de qualquer coisa que Gregor tivesse experimentado. O cara que tinha deixado a reunião, ele realmente preferia ver todo mundo morto a ajudar alguns ratos a sobreviver? Aparentemente, a resposta era sim.

O próximo ponto de disputa era a execução da jornada até o Vinhedo dos Olhos. Pela primeira vez, Gregor viu um mapa do Subterrâneo. Quatro humanos desenrolaram o enorme pergaminho no palco e prenderam os cantos com pirâmides de mármore. Dava para ver claramente até mesmo da arquibancada. O mapa estava dividido em várias seções, cada uma pintada com uma cor diferente e rotulada em tinta preta. Gregor achou Regália ao norte. Os roedores tinham uma região no sul, porém parte dela tinha sido pintada por cima e tinha as palavras "Zona de Ocupação" escritas. O Caminho d'Água dominava uma grande área no centro do pergaminho. A sudoeste de Regália, Gregor encontrou as terras que pertenciam aos voadores e rastejantes, mas havia muitos nomes no mapa que Gregor não reconheceu.

O olhar do menino se deteve sobre a porção do mapa que estava identificada como "zona de ocupação". Ele podia ver um grande rio serpenteando através daquela região. Pelas diferentes cores das tintas, Gregor percebeu que tinha pertencido aos ratos, mas agora os humanos o controlavam. Um rio daquele tamanho poderia fornecer um monte de peixes. Aquele deveria ser o rio de que Ripred tinha falado quando afirmou que os humanos estavam tentando matar os ratos de fome. Sem rio, sem peixe. Mas agora os humanos tinham concordado em devolver os campos de pesca, para que os ratos participassem da missão.

Solovet foi até o palco e chamou a atenção de todos para um grande triângulo verde que se estendia do território atual dos ratos até o lado leste do Caminho d'Água.

— De acordo com as nossas melhores estimativas, o Vinhedo está localizado nesta área geral. — Ela indicou um ponto localizado tão nas profundezas da selva que estava quase fora do mapa. — Fica bem próximo às Terras de Fogo, mas qualquer entrada pelo leste seria bloqueada pelos cortadores.

— Quem são os cortadores? — Gregor perguntou a Temp. A barata consultou alguns dos amigos em barulhos e cliques.

— Formigas, alguns os chamam, formigas — informou Temp.

— E por que as formigas bloqueariam nossa passagem? — Gregor indagou.

— Odeiam "sangue-quentes", os cortadores sim, odeiam "sangue-quentes" — explicou Temp.

Gregor teria gostado de perguntar mais sobre as formigas, mas não queria perder o que estava acontecendo na reunião.

— Aquela selva se estende por dias — afirmou Mange. — Como esperam que encontremos o Vinhedo num mar de vinhas e cipós?

Nerissa pigarreou e falou pela primeira vez.

— Eu providenciei um guia para vocês.

— Você... providenciou? — Ripred exclamou, e olhou para Vikus, procurando confirmação. Mas o velho homem parecia tão surpreso quanto Ripred.

— Quando você fez isso, Nerissa? — Vikus inquiriu.

— Há muito, muito tempo. Mas tenho confiança completa de que ele estará lá — disse Nerissa. — Eu o vi com o Habitante da Superfície numa visão.

Ops. Conversa de visões nunca era uma coisa boa. Enquanto todos pareciam levar as profecias de Sandwich muito a sério, as visões de Nerissa não recebiam muito respeito.

Se os humanos se controlaram para não duvidar dela abertamente, os ratos não o fizeram.

— Uma visão? — Lapblood repetiu, enunciando a palavra exageradamente, como se estivesse falando com uma criança muito pequena. — Eu pensei ter tido uma visão um dia, mas foi só um cogumelo estragado. Eles andaram lhe dando cogumelos para comer ultimamente, Vossa Majestade?

— Nerissa não é fã de cogumelos, e por mais que suas visões nem sempre sejam completas, ganhamos muita coisa de valor com elas — retrucou Vikus rispidamente.

— Quem é esse guia? — Solovet inquiriu.

— Não posso dizer. Aceitem minha palavra. Só posso dizer que vocês o encontrarão daqui a umas oito horas no Arco de Tântalo — afirmou Nerissa.

— Encontraremos mesmo? Não me entenda mal, querida, eu amo o Arco de Tântalo. Sempre há um osso ou dois para roer por lá — comentou Ripred. — Mas e se você na realidade apenas imaginou esse guia?

— Se eu apenas imaginei o guia, então vocês não estarão numa situação pior do que já estão — respondeu Nerissa. — O Arco de Tântalo é um lugar tão bom quanto qualquer outro para se entrar na selva.

— Sim, se você ignorar as pilhas de esqueletos que parecem se acumular na vizinhança, é maravilhoso! — Ripred troçou.

Pelo aposento ouviram-se murmúrios de concordância.

— É lá que o seu guia estará esperando, Ripred — insistiu Nerissa. — Se você vai ou não encontrá-lo por lá, é uma escolha sua.

Gregor tinha que dar crédito a Nerissa. Não podia ser fácil aturar a zombaria daquele rato, especialmente quando nenhum dos humanos a estava apoiando, além de Vikus. Talvez Gregor estivesse errado, e houvesse uma rainha dentro dela afinal. Além disso, ela tinha salvado a vida do menino depois da confusão da "Profecia da Perdição". Ele devia isso a ela.

— Bem, é para lá que eu vou — falou Gregor em voz alta. — Para o Arco de Tântalo. A palavra de Nerissa é boa o suficiente para mim.

— Está decidido, então — cedeu Ripred. Mas lançou para Gregor um olhar que parecia acrescentar "seu idiota".

Os ratos, que iriam fazer a jornada até a selva a pé, tinham que partir imediatamente para estar no ponto de encontro em oito horas. Os morcegos levariam menos tempo para cobrir a mesma distância, então Gregor se viu com algumas horas para se preparar.

O menino voltou para o quarto de luxo, já que nenhum outro tinha sido oferecido, e pediu a um subterrâneo algo para escrever. Gregor recebeu três pergaminhos novos, um vidro de tinta e uma pena. Pegar o jeito de escrever com a pena e o tinteiro levou algum tempo. De fato, os dois primeiros pergaminhos se transformaram em folhas de treinamento, e quando o menino finalmente conseguiu escrever a carta, estava tão cheia de manchas de tinta e borrões que restava apenas torcer que estivesse legível.

Quanto ao conteúdo... bem, ele tinha sofrido, tentando decidir o que escrever, mas isso foi tudo que ele conseguiu:

Querida mamãe,

Estou fazendo o que acho que você teria feito se eu estivesse com a peste. Tentando encontrar a cura. Por favor, não fique brava.

Com amor,
Gregor

O menino tinha pensado inicialmente em escrever para o pai também, mas de alguma forma o pequeno bilhete para a mãe o tinha esgotado. Além disso, levaria páginas e páginas para explicar como todo aquele desastre tinha acontecido com a família deles. Gregor ia pedir a Vikus que escrevesse uma carta e a deixasse na grade da lavanderia.

Mareth veio até a porta. Ele tinha uma mochila pendurada no ombro que não estava apoiado na muleta. O rosto do soldado estava vermelho, e sua respiração era audível. O esforço de se mover pelo palácio tinha sido custoso.

— Ei, Mareth. Aqui, sente-se — disse Gregor. O soldado se sentou, agradecido, no sofá, apoiando a muleta no braço.

— Eles querem que eu ganhe força todos os dias me movendo pelo palácio. Mas as escadas ainda são um desafio para mim.

Gregor sentiu uma pontada de tristeza e se lembrou do treinamento com Mareth. Como ele era rápido na corrida, como ele era forte. Aquilo tinha sido antes que eles tivessem partido para encontrar Bane, e que Mareth perdesse a perna. O menino se perguntou o que Mareth iria fazer agora. Ele provavelmente ainda poderia voar em Andrômeda, se ela sobrevivesse à praga, mas com certeza não poderia mais ser um soldado.

— O que tem dentro da mochila? — Gregor perguntou.

— Ah, eu tomei a liberdade de escolher alguns suprimentos no museu para você. Você pode ir lá dar uma olhada também, é claro. Mas, como fui com você nas duas últimas missões, acho que tenho alguma ideia do que você vai precisar — explicou Mareth.

Gregor abriu a mochila e encontrou várias lanternas e um monte de pilhas.

— É, isso é exatamente o que eu teria escolhido também.

— Aqui no lado eu coloquei um rolo da tira grudenta cinza — acrescentou Mareth. Ele tirou um rolo novinho de fita adesiva do tipo *silver tape* do bolso lateral. — Howard disse que você usou isto tanto para fazer curativos quanto para construir a jangada, depois que eu perdi a consciência.

— Ótimo. É, isso é *silver tape*. Foi útil mesmo — concordou Gregor. Em seguida olhou no outro bolso lateral e encontrou uma garrafa de um litro de água com um rótulo chique. — É sempre bom ter água.

— Diz aqui que vem de uma geleira — disse Mareth, apontando para o rótulo. — O que é uma geleira, exatamente?

— Elas são, tipo, uns pedaços gigantes de gelo — explicou Gregor.

— Já ouvi falar em gelo. Água dura como pedra. Então, essa água de geleira... ela tem algum benefício especial? — Mareth indagou.

Como Gregor poderia saber? A família dele bebia água da torneira. A mãe deles mandava que eles deixassem a água correr por um minuto inteiro para o caso de restar qualquer traço de chumbo dos canos. Eles certamente não saíam de casa e gastavam quatro pratas numa garrafa de água de geleira! Gregor passou o polegar na etiqueta de preço da garrafa, incerto.

— Hum, não sei. Quero dizer, acho que é só água — respondeu Gregor. Mas Mareth parecia um pouco desapontado, então o menino acrescentou: — Mas aposto que é limpa de verdade, porque foi congelada há um tempão, antes de haver tanta poluição. É, olha aqui no rótulo: "extra pura".

— Ah! — Mareth exclamou, contente. — Água pura não é sempre fácil de encontrar, especialmente onde vocês vão. Eu trouxe mais uma coisa, apesar de não saber bem o que é. Mas tem uma sensação de felicidade em volta disso. Eu achei que carregar essa coisa lembraria você de casa.

Mareth puxou um pacote de chiclete do bolso. O papel da embalagem era rosa brilhante e tinha uma ilustração de crianças de desenho animado com olhos saltados soprando bolas gigantes.

Gregor riu.

— Que legal, chiclete. Minha irmã Lizzie adora isto. Sabe, realmente me lembra de casa. Obrigado, Mareth.

Subterrâneos apareceram com travessas de comida e começaram a colocá-las na mesa diante do sofá. Mareth se levantou para ir embora.

— Não vá. Tem comida pra caramba. Fique e coma comigo.

Mareth hesitou. Gregor tinha bastante certeza de que ele estava preocupado em quebrar algum tipo de regra. Soldados provavelmente nunca comiam no quarto de luxo.

— Vamos lá, Mareth. Você deve estar com fome. Todo mundo sabe que comida de hospital é horrível — insistiu Gregor. Na verdade, quando Gregor ia visitar o amigo Larry no hospital, após um dos fortes ataques de asma dele, a comida geralmente lhe parecia bem boa. Mas os pacientes sempre reclamavam. Ficar deitado o dia todo num hospital, especialmente se você estivesse se sentindo mal, era algo que lhe daria muitas oportunidades para detestar a comida.

Mareth sorriu.

— É um pouco insossa — admitiu. — Porém, basta se pensar em todo o peixe cru que comemos na nossa última jornada para apreciar uma refeição simples.

— Então fique. Eu não quero comer sozinho — pediu Gregor. — Por favor.

Mareth se reclinou no sofá e colocou a muleta de lado.

— Isto é um baita banquete.

E era. Chegava à altura da refeição que tinha sido preparada para a coroação de Nerissa. Havia uma deliciosa torta de ovo com queijo, cogumelos recheados, bife, pequenos vegetais crus com molho, e um prato com o qual Gregor já tinha se deparado algumas vezes, camarão com molho de creme.

O menino apontou para o camarão.

— Aquele é o prato favorito de Ripred. Na última vez que eu estive aqui, ele meteu a cara inteira numa panela disso e devorou tudo.

— Eu não o culpo — comentou Mareth, servindo-se de um pouco de camarão.

— Caramba, você pode comer mais que isso — disse Gregor, despejando mais uma grande concha da comida no prato de Mareth. O menino se serviu de torta de ovo com queijo. O estômago ainda estava meio ruim por causa dos vômitos, mas Gregor sabia que tinha que comer se fosse sair numa jornada. O fato de a torta ser deliciosa ajudava.

— Ei, Mareth, que negócio foi esse de fazer os ratos passarem fome? — indagou.

Mareth demorou alguns momentos para responder.

— Foi a maneira de Solovet mostrar aos ratos que, sempre que eles nos atacassem, sofreriam as consequências.

— Mas isso quer dizer que os filhotes estão morrendo de fome também — argumentou o menino. — Isso não incomoda você?

— Claro que me incomoda! — Mareth balançou a cabeça e suspirou. — É tão difícil que você saiba como as coisas são aqui embaixo, Gregor. Somos criados num mundo onde é preciso matar para não morrer. Às vezes tento imaginar como seria se nós não tivéssemos sempre que nos devotar à possibilidade da guerra. Quem nós seríamos? O que faríamos?

— Bem, o que você faria? — Gregor indagou.

— Eu não sei... viver sem guerra. Isso parece até... uma história de fadas — respondeu Mareth. — Vocês têm isso na Superfície?

— Contos de fadas, sim — confirmou Gregor.

— Parece-me algo assim — continuou Mareth.

Quando o servo subterrâneo voltou para retirar os pratos no fim da refeição, Gregor apontou para os restos de camarão.

— Posso levar aquilo comigo?

O Subterrâneo parecia confuso.

— Levar com você? Para onde?

— Para a viagem. Você poderia colocar numa bolsa ou algo assim? — Gregor pediu.

O subterrâneo permaneceu parado com o prato na mão, olhando fixamente para o molho cremoso.

— Colocar numa bolsa? — Levar para viagem deveria ser uma ideia nova por aqui.

— Talvez você pudesse colocar num odre de vinho, Lucent, e então não vazaria — ajudou Mareth. — Os selos são herméticos.

— Ah, sim — exclamou Lucent, aliviado. — Um odre de vinho.

Gregor acompanhou Mareth até o hospital e pediu a ele que garantisse que a mãe receberia a carta. Um médico lhe disse que ele tinha sido chamado às docas. Ao chegar lá, viu que todos o estavam esperando para partir.

Vikus, Solovet e dois guardas homens estavam montados em morcegos.

— Achei que você não fosse — comentou Gregor com Vikus.

— Por questões de segurança, os guardas e eu vamos escoltar vocês até o Arco de Tântalo. Então apenas o grupo designado entrará na selva — explicou Vikus.

Nike, que estava sem cavaleiro, estava limpando o pelo listrado de preto e branco. Dulcet estava ao seu lado, segurando Boots adormecida no colo. Temp estava aos pés dela. O menino quase perguntou onde estava Ares, antes que a realidade voltasse à sua mente.

Gregor foi até Nike.

— Então, acho que vamos voar juntos nesta viagem?

— Se você não tiver nenhuma objeção — respondeu Nike. — Não sou tão forte ou grande quanto Ares, mas tenho certa agilidade.

— Você é perfeita — decidiu Gregor. Ela não precisava vender o próprio peixe. Ninguém poderia substituir Ares, mas Nike parecia ser uma ótima morcega. Subitamente, Gregor sentiu-se exausto. Ele não tinha dormido nem um pouco na noite de sábado, já devia ser domingo à noite agora. — Ei, Nike, será que eu poderia dormir um pouco?

— Certamente — respondeu Nike. Gregor colocou a mochila nas costas por segurança, e se deitou de lado nas costas de Nike. O odre cheio de camarão com creme não era um mau travesseiro. Gregor abriu os braços e Dulcet colocou Boots ao lado dele. Temp subiu, ficando aos pés deles.

— Se nós ainda estivermos voando, me acorde se Boots acordar, está bem, Temp? — Gregor pediu.

— Acordar você, eu irei; se acordar ela, acordar você — afirmou Temp, o que Gregor considerou um "sim".

— Voe alto, Gregor da Superfície — disse Dulcet se despedindo.

— Voe alto, Dulcet — respondeu Gregor e, no que Nike subiu para o ar, ele abraçou Boots e adormeceu.

Ao acordar, o menino estava deitado numa superfície de pedra. O odre ainda estava sob sua cabeça. Um cobertor tinha sido colocado sobre ele, embora não fosse necessário; o ar estava morno. Gregor estava com os braços vazios, mas podia ouvir Boots tagarelando com Temp.

Gregor podia sentir também o cheiro de comida sendo preparada. Ele rolou e viu uma fogueira com vários peixes grandes sendo grelhados. Os morcegos estavam todos agrupados, dormindo. Os humanos e ratos estavam espalhados em pequenos grupos, conversando. Boots estava passeando montada em Temp, brincando de um jogo simples, no qual ela jogava a bola e ele corria atrás dela.

Eles estavam numa grande clareira com uma selva densa se erguendo por todos os lados. Gregor tirou uma lanterna da mochila e iluminou algumas árvores. Não, não eram árvores. Eram cipós, trepadeiras. Cipós grossos e viscosos que se entrelaçavam uns com os outros e se erguiam alto sobre a cabeça dele. Dos cipós vinha um som, um zumbido vagamente mecânico. Havia cliques, chiados e estalos. A selva inteira estava viva e barulhenta.

Gregor se sentou e viu uma pilha de ossos bem brancos a alguns metros de sua cabeça. Primeiro, o menino pensou que aquilo poderia ser algum tipo de brincadeira doentia da parte de Ripred, mas ao mover o facho da lanterna ao redor, ele percebeu que havia esqueletos por toda parte. Eles deviam estar no Arco de Tântalo. Sim, ali, na beira da selva, Gregor viu uma pilha de rochas grandes cujo formato sugeria um arco. As pedras pareciam instáveis, como se pudessem facilmente cair na cabeça de qualquer um tolo o bastante para passar debaixo delas. Não era surpresa que ninguém tivesse querido vir para cá. Gregor esperava que Nerissa soubesse do que estava falando.

— Isso tudo é ridículo. — O menino ouviu Lapblood rosnando. — Estamos simplesmente aqui sentados pedindo para sermos devorados, e para quê? Para atender a um capricho de uma garota lunática.

— Ela não é uma lunática — retrucou Vikus.

— Bem, você tem que, pelo menos, creditar alguma instabilidade a ela. Lembra-se de quando ela lhe disse que eu estava planejando invadir a Fonte com um exército de lagostas? — Ripred entrou na conversa.

— Mas você realmente tentou invadir a Fonte com um exército de lagostas — afirmou Vikus.

— Sim, sim, mas isso foi muitos anos antes de Nerissa nascer. A questão é que ela fica saltitando para a frente e para trás no tempo como um peixe numa poça. Quem pode saber se esse guia, seja lá quem ele for, não apareceu por aqui três dias atrás? Ou há três anos? — Ripred continuou.

— Eles têm razão, Vikus, nós atraímos problemas ao ficar parados aqui neste lugar — concordou Solovet. — E como, no seu entendimento, Nerissa arranjou um guia para nós? Ela raramente se encontra com outras pessoas.

Gregor se perguntou o que estava acontecendo com Vikus e Solovet. Eles realmente não estavam concordando em nada.

— Só mais alguns minutos — falou Vikus com firmeza.

— Então podemos nos separar.

— Eu jogo pro céu! — Boots guinchou.

Gregor virou-se e viu que ela tinha atirado a bola bem alto para cima. "Bem, essa foi a última vez que vimos essa bola", o menino pensou. Ele iluminou o objeto com o facho da lanterna enquanto ela voava para a selva.

Gregor estava certo. A bola desapareceu. Mas não por entre os cipós retorcidos, como ele tinha antecipado. Em vez disso, ela aterrissou direto na boca de um lagarto colossal.

CAPÍTULO 13

Tudo que o menino pôde ver direito foi a cabeça da criatura, um focinho escamoso de um azul-esverdeado iridescente, 4,5 metros acima dele. O monstro engoliu e Gregor teve uma visão de relance dos poderosos músculos do pescoço.

— Minha bola! — Boots exclamou.

Temp já tinha disparado atrás da bola, mas parou quando percebeu o enorme réptil na selva.

Boots não seria impedida tão facilmente. Ela escorregou das costas da barata e correu para a frente, apontando para o lagarto.

— Cê comeu minha bola!

— Não, Boots! — Gregor gritou. Ele se levantou rapidamente e tropeçou num esqueleto. — Não!

— Cê comeu minha bola! — Boots repetiu. A criança bateu com as mãos nos cipós da beira da clareira, lançando vibrações pela selva. O lagarto abaixou a cabeça na direção dela.

Temp abriu as asas e voou direto para o focinho do lagarto. Mas as baratas raramente usavam as asas, e ele acabou completamente embaraçado nos cipós a vários metros do alvo.

Gregor tentou desesperadamente libertar os pés da caixa torácica de alguma criatura.

— Boots! Volte já! — Ele podia ver os outros participantes do grupo disparando no modo de resgate, mas como eles poderiam alcançá-la a tempo?

— Cê dá a minha bola pro Temp! — uivou Boots para o lagarto. — CÊ DÁÁÁÁ!

O lagarto olhou feio para Boots e abriu bem a boca. O bicho sibilou, assustador, e um rufo colorido como um arco-íris se levantou ao redor do pescoço, fazendo sua cabeça parecer cinco vezes maior.

— Ah! — Boots exclamou, surpresa. A menina levantou os próprios braços sobre a cabeça, como se tivesse um rufo também. — Ah!

Por um momento, o gigantesco lagarto e a pequena menina eram imagens espelhadas um do outro. Bocas abertas, rufos erguidos, olhos arregalados.

E então alguém começou a rir. O som veio da direção do lagarto, e parecia vir da boca dele. Mas era uma risada distintamente humana, então Gregor soube que devia estar vindo de outro lugar.

A cauda do lagarto azul-esverdeado surgiu, vinda da selva, e a ponta parou no chão, próxima a Boots. Os cipós se agitaram e alguém escorregou cauda abaixo. Um subterrâneo pálido e de olhos violeta aterrissou de pé com facilidade ao lado de Boots. Ele ainda estava rindo quando se ajoelhou junto à menina.

— Então, você é uma sibilante também? — perguntou ele.

— Não, sou Boots — respondeu ela, baixando os braços. — Quem é você?

— Sou Hamnet. E esta é minha amiga, Frill. — Ele indicou o grande lagarto, que estava lentamente baixando o rufo.

Boots examinou Frill por um momento.

— *I* é de iguaguana! — afirmou ela. Quis dizer "iguana". Era outro daqueles animais como a anta. Os livros de ABC que não tinham um iaque na letra *I* certamente teriam um iguana.

— Sim, acho que é — comentou Hamnet. — Seja lá o que uma iguaguana for.

— Ela comeu minha bola — acusou Boots, zangada.

— Ela não fez de propósito. Vamos ver se podemos recuperá-la. Frill, algum jeito de conseguir a bola de volta? — indagou Hamnet.

O pescoço do lagarto se convulsionou e a bola foi disparada da boca da criatura direto para a mão de Hamnet. Ele a limpou na própria camisa e Gregor percebeu que não era feita do tecido geralmente usado pelos subterrâneos. As roupas de Hamnet pareciam ser feitas de couro de réptil.

— Está como nova, se você não se incomodar com um pouco de baba de sibilante — anunciou Hamnet. Ele entregou a bola a Boots.

Como se chamava aquilo? Quando você achava que alguma coisa que estava acontecendo agora já tinha acontecido antes? *Déjà vu*? Gregor estava experimentando um dos grandes bem agora. Ele via Luxa novamente, ajoelhada, entregando uma bola para Boots na arena, com aquele mesmo meio sorriso no rosto... na primeira vez que tinham se encontrado. A semelhança era tão grande que Gregor quase disse o nome dela. Quem seria ele? Seu pai? Não, o pai estava morto. Mas eles deviam ser parentes. E o que ele estaria fazendo aqui no meio da selva? Poderia este cara com o lagarto ser o guia deles?

Gregor olhou para o resto do grupo em busca de uma explicação e se deparou com outra cena enigmática. Os humanos estavam quase todos paralisados como estátuas, como se tivessem visto um fantasma. Vikus tinha o braço ao redor dos ombros de Solovet e, pela primeira vez, Gregor achou que eles pareciam realmente um casal.

Boots recebeu a bola alegremente. Gregor lembrou de como os dedos de Luxa tinham segurado aquela primeira bola com força, desafiando Boots a tomá-la dela. "Você terá que ser mais forte ou mais esperta que eu." Mas os dedos de Hamnet se abriram prontamente quando Boots pegou a bola.

— *B* de bola! — ela anunciou com um sorriso.

— E de bonita. Como você — Hamnet respondeu, fazendo cócegas na barriga da menina. Boots deu uma risadinha de criança e olhou para Temp, que ainda estava lutando para se soltar dos cipós.

— Temp! Desce agora! Bola voltou! — Boots chamou.

— Ohhh... — Temp gemeu. Hamnet ergueu os braços e soltou as asas de Temp. O homem colocou o inseto no chão.

— E que bravo rastejante é este, que voa para cima de um sibilante? — Hamnet indagou.

— Eu ser Temp, eu ser — respondeu ele, arrumando as asas para que ficassem achatadas junto ao corpo. Boots escalou as costas dele e jogou a bola. Lá foram eles, como se nenhum estranho, nenhum lagarto gigante tivessem aparecido do nada.

Hamnet virou-se e examinou o grupo. O meio sorriso ainda brincava nos lábios. Houve um longo silêncio.

— Oh, vejam. É Hamnet. Ele não está morto — disse Ripred finalmente. O rato pegou o que parecia ser um crânio humano e começou a roer.

— O crânio é um toque de classe, Ripred — comentou.

— Pensei que seria. Como você esteve? — indagou o rato.

— Incrivelmente bem, considerando as circunstâncias — respondeu Hamnet. — É seguro. Pode descer.

As folhas estremeceram e um garoto pequeno escorregou até a ponta da cauda do lagarto. Ele não pousou com a mesma facilidade de Hamnet, tendo que dar alguns pulinhos para não cair. Algo estava errado com o garoto. "Não, não errado, só diferente", Gregor pensou. Então ele percebeu. O menininho tinha aquela pele superpálida dos subterrâneos, mas sua cabeça era coberta de cachos negros e seus olhos eram verdes como um pirulito de limão. Quem seria ele? Não parecia vir nem do Subterrâneo nem do mundo de Gregor.

O menininho deu a mão para Hamnet e olhou para cada participante do grupo, um de cada vez, com aqueles estranhos olhos verdes.

— Este é meu filho, Hazard — anunciou Hamnet.

— Não só vivo, mas com um filho Meio-Mundo — comentou Ripred. — Você realmente sabe fazer uma entrada triunfal.

Meio-mundo. Será que aquilo queria dizer meio subterrâneo e meio da Superfície? Isso explicaria como ele não parecia ser de nenhum dos mundos.

Vikus soltou Solovet lentamente e foi até os recém-chegados. Ele se ajoelhou diante do menino e tomou a mão livre dele.

— Saudações, Hazard. Sou seu avô, Vikus.

— Meu avô mora em Nova York — disse Hazard, sucinto. — Minha mãe ia me levar pra vê-lo, mas ela morreu. — Seu sotaque era algo entre o jeito de falar de Gregor e a fala formal e marcada dos subterrâneos.

— Você tem dois avôs. Eu sou o pai do seu pai — explicou Vikus.

Hazard olhou para o pai com uma expressão interrogativa. Hamnet respondeu com um pequeno e descompromissado aceno de cabeça.

— Eu não sabia que tinha dois — admitiu Hazard. — Onde você mora?

— Eu moro em Regália.

— Não sei onde isso fica — comentou o garoto. — Vamos visitar você?

— Vocês... sempre serão... bem-vindos... — Vikus teve que soltar a mão do menino porque estava começando a chorar. Ele voltou até Solovet e ficou de costas para Hamnet e Hazard, com o rosto afundado num lenço. Gregor tinha visto Vikus chorando antes, mas desta vez não estava entendendo o que estava acontecendo. Se Hamnet era o filho de Vikus, então por que Gregor nunca tinha nem ouvido seu nome? Onde ele tinha conhecido uma mulher da Superfície e tido um filho com ela? O que estava fazendo aqui no meio do nada? Como Nerissa tinha ficado sabendo dele, enquanto todo mundo mais achava que ele... o quê? Achava que ele estava morto? Gregor pensou que Hamnet poderia ter sido banido, e era por isso que a coisa toda era um segredo tão grande. As pessoas só eram banidas por coisas realmente horríveis. Obviamente, já que Ares estava constantemente a ponto de ser banido, e o próprio Gregor tinha sido julgado, correndo o risco de ser condenado à morte, havia alguns poucos meses ele não poderia fazer nenhum julgamento apressado baseado nessa questão.

— Por que você veio até aqui, Hamnet? — Solovet inquiriu, rouca. — Você viveu bem o bastante sem nós nos últimos dez anos. Fugiu e se importou tão pouco conosco que deixou que acreditássemos que você estava morto. Por que veio até aqui agora?

Fugiu? Gregor não conhecia ninguém que tivesse "fugido" de Regália. Era geralmente considerado uma sentença de morte estar fora da proteção da cidade. Mas aqui estava uma pessoa que tinha fugido e parecia estar indo bem. Por que ele tinha partido? Gregor estava louco para saber, mas aquele parecia um momento realmente muito ruim para perguntar. Na verdade, era meio constrangedor estar ali, durante uma crise tão pessoal.

— Estou aqui porque prometi que estaria — explicou Hamnet. — Dez anos atrás, quando eu estava partindo de Regália, uma menininha se esgueirou atrás de mim e me fez jurar que estaria aqui neste lugar neste momento. Ela me contou que eu estaria na companhia de um sibilante e de uma criança meio-mundo. Achando que ela estava louca, eu concordei apenas para acalmá-la. Porém, dez anos depois, ainda vivo e de fato me encontrando na companhia de um sibilante e de uma criança meio-mundo, achei que ela pudesse ter a visão verdadeira. Onde está Nerissa? Ela ainda vive? — Hamnet indagou.

— Não apenas vive, mas reina, Hamnet — revelou Ripred.

— Reina? — Hamnet se surpreendeu. — Mas e quanto a...

— Sua irmã, Judith, e o marido dela foram mortos por ratos. Sua sobrinha Luxa desapareceu lutando no Dédalo alguns meses atrás. Ela foi dada como morta — interrompeu Solovet. — Mas você perdeu o direito de lamentar por eles, Hamnet. Sua irmã gêmea, Judith; o marido dela; sua sobrinha; você os desertou quando nos deu as costas.

Uau. Agora Gregor realmente não queria estar ali. Havia um monte de problemas de família aparecendo.

— Você não me comanda, mãe — retrucou Hamnet. — Não o que eu faço, nem o que eu penso, e nunca o que eu lamento.

— Então, você é o nosso guia? — Lapblood interrompeu, chicoteando impacientemente uma pilha de ossos com a cauda.

— Não sei. Sou? — Hamnet respondeu.

— De acordo com a sua rainha louca — continuou Mange. — Ela disse que você iria nos levar ao Vinhedo dos Olhos.

— Ela disse? E que assunto poderia ter um grupo estranho como vocês ter por lá? — Hamnet indagou.

— A "Profecia de Sangue" ergueu a cabeçorra horrenda — explicou Ripred. — Supostamente, o Vinhedo é o berço.

— Seus dentes furaram o topo do crânio que estava roendo e saíram por uma das órbitas vazias.

— A "Profecia de Sangue"... Bem, eu estive fora um longo tempo. Então, onde está o nosso guerreiro? — Hamnet perguntou.

— Bem ali, com as botas nos ossos — apontou Ripred.

Gregor, que ainda estava tentando silenciosamente soltar os pés das costelas, parou sob o olhar de Hamnet. Era bem típico de Ripred apresentá-lo quando ele estava fazendo papel de idiota.

— Aquele é o guerreiro? Você tem certeza? — Hamnet inquiriu.

— Bastante certeza. Já passou por duas profecias. Não se preocupe, ele é bem mais competente do que parece. Um pouco arrogante, porém. Ele até andou espalhando rumores de que é um colérico — continuou o rato.

— Um guerreiro e um colérico. O sonho da minha mãe realizado — comentou Hamnet, olhando Gregor com puro ódio.

Gregor chutou as costelas com raiva e finalmente conseguiu se libertar. Ele odiava Ripred por ter mencionado o fato de ele ser um colérico. O que foi que Twitchtip tinha dito que um colérico era... um matador natural? Quem iria querer ser aquilo? Não Gregor! E ele certamente não iria sair por aí anunciando o que era um!

— Bem, na selva, ser um colérico só vai triplicar as dificuldades — afirmou Hamnet. — Espero que você tenha os seus "poderes" sob controle. — Ele falou essa última parte com sarcasmo.

— Ah, é? Pois eu espero que você saiba aonde vai, porque não tenho muito tempo — retrucou Gregor. Ele realmente não estava com paciência para aquilo agora.

— Não me lembro de ter concordado em levar você a lugar algum — falou Hamnet.

— E eu não lembro de ter pedido que você levasse — respondeu Gregor. Cara! Ele se sentia como se tivesse passado metade desta viagem batendo boca com alguém, mas todo mundo insistia em implicar com ele.

— Então está resolvido. Não temos nenhuma utilidade um para o outro — concluiu Hamnet. — Venha, Hazard. — Ele começou a levar o filho de volta para o lagarto.

Mange soltou um rosnado furioso e se virou para Solovet.

— Vocês são uns inúteis! Todos vocês! Nos arrastaram para este lugar ridículo e para quê? Seu próprio filho não vai ajudar vocês a encontrar uma cura para esta praga!

— Nós não precisamos da ajuda dele — retrucou Solovet, com desprezo.

— Você nunca acha que precisa da ajuda de ninguém. Seria muito justo se todos nós a deixássemos aqui para apodrecer na selva, Solovet.

— Vá em frente, então. Voltem para suas cavernas. Vamos encontrar a cura sem vocês — afirmou Solovet. — Mas não venham choramingar à nossa porta que seus filhotes estão morrendo!

— Isso é uma promessa. E aqui vai outra. Eles não morrerão sozinhos! — Mange sibilou e se abaixou para atacar.

O momento seguinte foi um borrão. O guarda mais próximo de Solovet sacou a espada enquanto o segundo guarda saltou num morcego e disparou no ar. Lapblood pulou e ficou ao lado de Mange.

Gregor sabia que, em questão de segundos, alguém estaria morto.

Subitamente, o guarda no chão deu uma cambalhota para trás e Hamnet estava em seu lugar, com a espada do guarda na mão. No que Mange saltou para atacar, Hamnet atirou a espada de modo que a ponta se cravou numa fenda na pedra, diretamente no caminho do rato. Mange cortou fora todos os bigodes de um lado do focinho ao dar uma guinada de lado para não acertar a lâmina. Então ele se chocou contra Lapblood, derrubando a ratazana. Os dois roedores acabaram embolados no chão. Quando o guarda montado no morcego mergulhou na direção dos ratos, Hamnet saltou para o ar, agarrando o braço da espada do guarda e puxando-o para o chão. O guarda caiu de barriga com um grunhido e a espada se partiu em duas. Tudo aconteceu muito rápido. Ninguém nem soube o que os atingiu. Os ratos e os guardas lentamente se sentaram, estupefatos.

Gregor ficou de boca aberta. Ele não sabia bem como, mas Hamnet tinha impedido a luta e ninguém tinha perdido nada além de alguns bigodes. O menino olhou para Ripred, que ainda estava roendo o crânio, nem um pouco impressionado pela cena.

— Eu sabia que ele iria cuidar de tudo — explicou o rato, dando de ombros, jogando o resto do crânio na boca.

Hamnet arrancou a espada da rachadura e a examinou.

— Nada nunca muda, não é?

— Você mudou — disse Solovet, baixinho. — Ou então, por que o roedor ainda vive?

Hamnet colocou a parte mais baixa da lâmina sobre o pulso e ofereceu a Solovet o cabo da espada.

— Por que você ainda vive, falando nisso?

— Porque nunca parei de lutar — afirmou Solovet, aceitando a espada.

— Parem — pediu Vikus. — Parem com isso, por favor. — Ele enxugou o rosto com o lenço e se virou para o filho. — Hamnet, a peste está nos assolando. Nossos hospitais se enchem de vítimas. Os roedores estão sofrendo com uma epidemia. Precisamos chegar ao Vinhedo dos Olhos. Você não poderia fazer só isso para nós?

Hamnet, cuja cabeça já estava balançando, estava prestes a responder quando Hazard lhe puxou a mão.

— Você sabe onde isso fica. O Vinhedo dos Olhos.

— Hazard, você não entende as... — começou Hamnet.

— A gente podia levá-los. Eu podia falar com os morcegos. E o rastejante — continuou Hazard. — Ele é mesmo seu pai? Que nem você é o meu?

A pergunta paralisou Hamnet. Ele ficou simplesmente ali, parado, segurando a mão de Hazard, com uma expressão de dor no rosto.

— Ele é? — Hazard insistiu.

— Sim, sim, ele é — admitiu Hamnet. — Tudo bem, tudo bem, então. Quem eu vou levar? Não essa multidão inteira.

— Não, só um punhado. Os três ratos, os dois habitantes da Superfície, o rastejante, um par de voadores e a sua mãe.

— Não a minha mãe. E não o voador dela — disse Hamnet sem emoção.

— Nós podemos vir a precisar dela de verdade, garoto, se encontrarmos problemas — afirmou Ripred.

— Não! Não se vocês quiserem a minha ajuda — insistiu Hamnet. Então ele se virou para Solovet e falou com ela diretamente. — Não se você quiser a minha ajuda.

— Aquela senhora é a sua mãe? — Hazard indagou, de olhos arregalados.

— Saiam daqui! O resto de vocês saia já daqui, vocês já atraíram metade da selva para cá! — gritou Hamnet, acenando com os braços como se quisesse empurrá-los para fora dali. — Apaguem aquela fogueira e vão embora!

Os guardas humanos olharam para Solovet, que respondeu com um aceno da cabeça. O fogo foi apagado; os guardas e Solovet montaram em seus morcegos. Vikus estava a ponto de fazer o mesmo quando subitamente foi até Hamnet e o prendeu num abraço. Os braços do filho ficaram estendidos para fora de maneira desajeitada, sem retribuir o abraço, mas sem resistir também.

— Você pode voltar para casa a qualquer hora. Saiba disso. Há muitas maneiras de se ocupar. Você não teria que lutar! — Vikus disse.

— Vikus, eu não posso... — gaguejou Hamnet.

— Você pode! Pense só nisso. Pense no seu filho. Se alguma coisa acontecer a você — recuou Vikus, quase chacoalhando Hamnet pelos ombros. — O que você pode aqui que não pode fazer lá?

— Aqui eu posso não fazer o mal — respondeu Hamnet. — Aqui eu não faço mais mal.

Vikus lentamente soltou Hamnet e concordou com um aceno da cabeça. Ele foi até o morcego e o montou.

— Voe alto — disse para ninguém em particular.

Solovet deu um sinal e o grupo de humanos e morcegos partiu.

— Tchau! Tchau você! — gritou Boots, acenando.

— Que bom que acabou — comentou Ripred. — Sempre acontece uma grande cena com a sua família. É terrível jantar com vocês.

— Eu sei — concordou Hamnet. — Susannah está morta também?

— Não, ela está bem. Tem um castelo cheio de filhos agora. O Habitante da Superfície conhece um deles — contou Ripred. — Qual é o nome dele?

— Howard — falou Gregor. Ele estava um pouco sobrecarregado por tudo aquilo que tinha testemunhado.

— Eu conheço Howard. Ele tinha mais ou menos a idade de Hazard quando eu parti — revelou Hamnet. — Então como ele está, Colérico? — A última palavra estava carregada de desdém.

A admiração que Gregor tinha sentido quando Hamnet impediu a violência desapareceu.

— Ele está em quarentena — revelou Gregor. — Mas eu direi a ele que você disse "oi" se eu voltar. Você sabe, se ele ainda estiver vivo.

A cauda de Ripred acertou a nuca de Gregor. Não forte o bastante para derrubá-lo, mas forte o suficiente para doer.

— Cuidado com o que você diz — avisou o rato.

Gregor esfregou a nuca e fez uma cara feia para Ripred, mas ficou quieto. Afinal de contas, ele realmente não entendia qual era o lance com Hamnet. Ele obviamente não se dava bem com Solovet. Ela obviamente estava com raiva por ele ter deixado Regália. Mas talvez ele tivesse um bom motivo para partir. Talvez Gregor devesse descobrir o que tinha acontecido. Ou talvez — e essa parecia uma ótima ideia — ele devesse apenas cuidar dos próprios problemas e ir logo procurar a cura.

Hamnet chamou a todos. Eles formavam três grupos distintos. Gregor, Boots, Temp e Nike formaram um grupo. Hamnet, Hazard e Frill eram outro. Os ratos eram o terceiro.

— Então, quem é o chefe disto aqui, de qualquer maneira? — Gregor indagou. Hamnet era o guia, mas era difícil imaginar alguém dando ordens a Ripred.

— Não é você, e isso é tudo que você precisa saber — retrucou Ripred, o que fez Hamnet e os outros ratos rirem.

— Você tinha alguma coisa para dizer, Hamnet?

— Obrigado, Ripred. Agora, antes que nós entremos na selva, permitam que eu deixe uma coisa muito clara. Este não é um lugar para garras e espadas. Comam apenas o que trouxeram. Cuidem para que suas chamas não queimem nada. Não esmaguem nenhuma amora, não amassem nenhuma folha e pisem com a maior gentileza possível nas raízes — instruiu Hamnet.

— O quê? Eu não posso nem roer um cipó? — indagou Mange.

— Você pode — respondeu Hamnet. — Se você quiser arriscar sua vida.

— São só plantas — afirmou Lapblood.

— Alguns são só plantas. Mas aqueles que são inofensivos imitam aqueles que são venenosos ou esmagadores ou famintos — revelou Hamnet. — Se parecem com eles, cheiram como eles, se comportam como eles. Você consegue ver a diferença entre aqueles que pode comer e aqueles que podem comer você?

— Eles não podem realmente comer a gente — disse Gregor, inseguro. — Podem?

Hamnet apenas lhe deu aquele meio sorriso.

— Pergunte aos esqueletos.

CAPÍTULO

14

Enquanto Gregor se perguntava se tinha coragem suficiente para entrar numa selva cheia de plantas mortais, Hamnet organizou os aspectos mais mundanos da viagem. Luz era o primeiro assunto a ser resolvido. Em vez das costumeiras tochas com chamas livres, os regalianos tinham fornecido lampiões de vidro com alças. Eles estavam pela metade com um óleo pálido e com um cheiro um pouco doce, e tinham pavios. A não ser que um deles se quebrasse no chão, o fogo de dentro não danificaria as plantas.

As pilhas da lanterna de Gregor ficaram sem energia bem quando ele estava acendendo o seu lampião. Para sua grande surpresa, ele ainda podia ver! Não muito bem, não como se ele estivesse à luz do dia. Mas bem o bastante para divisar as silhuetas dos cipós individuais ao seu redor. Embora a fogueira tivesse sido apagada, a lanterna estivesse desligada, e os lampiões ainda não estivessem acesos, a selva inteira era visível. O menino pousou os lampiões e foi investigar. Qual seria a fonte de luz? Parecia emanar do próprio chão. Ficava mais fraca conforme subia, dissolvendo-se em trevas a mais ou menos 3,5 metros de altura.

Gregor foi até um ponto onde a luz parecia ser mais forte, e se deparou com um riacho estreito mas fundo. Ele tinha visto algo assim na terra dos rastejantes; um riacho com pequenas erupções vulcânicas no fundo; mas aquelas não eram tão grandes ou explosivas como estas diante dele. Gregor mergulhou os dedos no riacho e sentiu a água morna passando por eles.

— Há centenas desses riachos atravessando a selva. — Ele ouviu Ripred dizendo atrás dele. — Não pise neles, não beba deles e tente não usar seus dedos como isca.

Gregor arrancou a mão da água bem quando um conjunto de dentes pontudos se fechou no espaço que seus dedos tinham acabado de ocupar.

— O que foi isso? — indagou o menino, recuando para longe do riacho.

— Alguma coisa que acha que você é uma delícia — respondeu Ripred.

— É por isso que não podemos beber do riacho? Porque é muito perigoso buscar a água? — Gregor perguntou.

— Não, a água é venenosa. Beba e você morrerá — explicou Ripred.

Gregor imediatamente voltou e explicou a Temp como os riachos eram assustadores, para que o inseto soubesse que deveria manter Boots longe deles.

— Riacho mau — concordou Temp.

Mas quando Gregor disse a Boots que deveria ficar longe da água, a menina olhou em volta animada e disparou para o riacho, guinchando:

— Água? Vamô nadar?

Gregor perseguiu a irmã e a pegou pelo braço.

— Não! Nada de nadar! Água má, Boots! Você-não-toque-a-água! — disse ele tão rispidamente que os cantos da boca da menina apontaram para baixo e seus olhos se encheram de lágrimas. — Ei, ei, tá tudo bem. Não chore — Gregor abraçou Boots. — Só fique longe da água por aqui, tá bem? Ela é.... é muito quente — explicou. — Como no banho.

Isso parecia fazer mais sentido para Boots. Quando o aquecedor a óleo funcionava no prédio deles, às vezes a água saía escaldante das torneiras.

— Ai? — indagou.

— Certo. Ai. — Gregor pegou a irmã no colo e a levou de volta ao grupo. — Você vai passear com Temp? — Gregor perguntou.

— Si-im! — exclamou Boots. Ela se livrou dos braços do irmão e pulou nas costas da barata. — Você não encosta na água, Temp!

Isso fez Gregor se sentir um pouco melhor.

— Ou plantas! — acrescentou.

— Ou plantas! — repetiu Boots severamente a Temp.

Os humanos também tinham deixado para trás várias mochilas de suprimentos. Uma continha material de primeiros socorros e combustível, para que Gregor carregasse. Três grandes mochilas de comida tinham sido preparadas para os ratos levarem. Elas tinham alças para as patas da frente dos roedores e um cinto que se fechava sob a barriga deles. Nike estava encarregada de várias pesadas bolsas de água de couro.

Gregor examinou o denso emaranhado de cipós desconfiado.

— Como você vai se virar lá dentro, Nike? — Ela não seria capaz de voar muito, e viajar a pé era muito cansativo para os morcegos.

— Bem no alto há lugares onde a folhagem não é tão pesada — afirmou Nike — Eu voarei acima dos cipós quando for preciso, e me juntarei ao grupo quando puder. Você e sua irmã virão comigo?

Gregor não achou que seria justo pedir a ela que carregasse ele e Boots além de todas aquelas bolsas de água. Além disso, Temp não iria querer ficar no chão sem eles dois.

— A gente vai andando, mesmo — respondeu o menino.

Gregor acendeu um lampião e se preparou para viajar. Como um estepe para o lampião, o menino pendurou uma lanterna numa passadeira da calça. A grande mochila com os suprimentos de primeiros socorros e óleo foi para as costas dele. A mochila menor, que Mareth tinha enchido de lanternas e outras coisas, o menino vestiu diante do peito. Ela também continha alguns itens que Dulcet tinha incluído para Boots; uma muda de roupas, um cobertor, alguns brinquedos, alguns biscoitos, uma escova de cabelo. Gregor pegou o espelho que Nerissa tinha lhe dado e colocou na mochila menor também. Ele nem tinha uma cópia da profecia, mas Boots gostava de brincar com espelhos, e poderia precisar de uma distração. O menino pendurou o odre cheio de camarão e molho no pescoço. Inicialmente, ele tinha pedido aquilo como um presente para Ripred. Ainda pretendia dá-lo ao rato, mas agora achava que poderia ser uma boa moeda de troca. Seria bom ter o prato favorito do rato se precisasse de um favor na selva.

Gregor achava que estava pronto quando sentiu Temp lhe cutucando. Ele se virou e viu que o inseto segurava uma espada embainhada na boca.

— Não isto esqueça, não isto — disse Temp.

De onde aquilo tinha vindo? Gregor não tinha visto aquela espada até aquele momento. Solovet devia tê-la deixado para ele. O menino afivelou desajeitadamente o largo cinto de couro aos quadris e tentou deslizar a espada para a posição mais acessível. De alguma forma, ele acabou com a arma do lado direito do quadril, com a ponta inclinada para a frente. Aquilo parecia errado. Gregor finalmente conseguiu trazer a bainha para o lado esquerdo, com a ponta virada para trás. Agora ele poderia segurar o cabo e puxar a espada facilmente com a mão direita.

— Finalmente resolveu isso, não foi, Guerreiro?

Gregor ergueu o olhar e viu que Hamnet o observava. O homem não tinha uma espada, apenas uma faca curta numa bainha presa à perna.

— Acho que vou descobrir se terei que usá-la ou não — comentou Gregor, puxando o cinto para cima como se soubesse o que estava fazendo. A espada bateu desajeitadamente na perna dele.

— Quantos anos você tem, afinal? — Hamnet indagou.

Gregor pensou em dizer treze ou catorze. Era alto, embora fosse meio magro. Se fosse mais velho, talvez Hamnet o tratasse com mais respeito. Não, provavelmente não.

— Onze — admitiu Gregor.

— Onze — repetiu Hamnet, e a expressão no seu rosto mudou. Ele parecia quase triste.

— Vou fazer 12 logo, logo — acrescentou o menino. Ele disse aquilo como se tivesse alguma importância, mas o que significava, na verdade? A única diferença que ele conseguiu pensar é que teria que pagar inteira no cinema. E aquele não era um pensamento lá muito guerreiro. — Por quê?

— Eu estava pensando que não demorou muito para minha mãe cravar as garras em você — afirmou Hamnet.

Gregor sentiu que estava ficando irritado de novo.

— Olha, eu não sei qual é o problema entre você e Solovet. Mas não estou aqui pela sua mãe. Estou aqui pela minha. Ela está com a peste — falar sobre a mãe fez Gregor se sentir chateado. Para surpresa dele, sentiu os olhos se enchendo de água. Piscando para afastar as lágrimas, o menino olhou para baixo e ajustou o cinto de novo. Ele não queria que Hamnet visse aquilo. — Então, você poderia me dar um tempo, está bem? — concluiu, rouco.

Houve uma pausa.

— Eu lhe darei um tempo se você mantiver essa espada na bainha — respondeu Hamnet. — De acordo?

Gregor assentiu com a cabeça. Levou mais alguns momentos para se recompor. Quando ergueu o olhar, Hamnet tinha se afastado para arrumar uma das alças da mochila de Ripred. Gregor na verdade se sentiu um pouco melhor. O menino não queria entrar na selva brigado com Hamnet. Já era ruim o bastante ter três ratos implicando com ele. E Gregor não tinha feito planos de desembainhar a espada, de qualquer maneira.

Foi só depois que todos já tinham se preparado que Frill deslizou do seu lugar nos cipós para se juntar a eles no círculo aberto. Ela não tinha 4,5 metros de altura, como tinha parecido a princípio. Na verdade, ela olhava Gregor nos olhos. O menino percebeu que ela devia ter estado de pé sobre as patas traseiras. Mesmo de quatro, ainda era uma criatura impressionante. Com 6 metros de comprimento do focinho à cauda, com aquele couro tremeluzente azul-esverdeado cobrindo cada centímetro dela. O rufo tinha várias outras cores, mas não dava para ver muito bem agora que estava dobrado. Frill tinha patas maravilhosas também, cada uma com cinco longos dedos que poderiam segurar qualquer coisa.

— Sua lagarta é muito bonita — disse Gregor para Hazard. O menino olhou para ele surpreso.

— Obrigaaaaadaaaaaa — respondeu Frill num longo sibilar soprado.

Gregor deveria ter sido esperto o bastante para não tratar Frill como se ela fosse algum tipo de animal de estimação. Tinha cometido o mesmo erro com os morcegos na primeira visita. Frill era tanto um bichinho de estimação quanto Ares. Ela sabia o que estava sendo dito. Não tinha cuspido a bola quando Hamnet pediu que o fizesse?

— Desculpa — falou Gregor. — Eu não sabia que você podia...

— Pensssssaaar? — Frill sibilou.

Hazard se virou para Frill e fez uma longa e esquisita série de sibilos. Frill sibilou de volta algo que não dava para entender, e os dois riram. Gregor nunca tinha visto um humano falar nada além da sua língua no Subterrâneo.

Frill abaixou a cabeça e Hazard pendurou uma grande mochila de couro de réptil no pescoço dela. Eles continuaram sibilando um para o outro enquanto Hazard ajustava a mochila sob o rufo de Frill.

— O que ele está fazendo? — Ripred perguntou a Hamnet com o cenho franzido. — Ele consegue falar com o sibilante?

— Hazard consegue falar com qualquer coisa. Bom, pelo menos ele tenta, se tiver uma chance — explicou Hamnet com orgulho. — Vá em frente, guinche para ele.

— O quê?! — Ripred exclamou.

— Cumprimente ele em ratês — insistiu Hamnet

Ripred olhou o menininho e então soltou um guincho agudo. Quase imediatamente Hazard papagaiou de volta um som que era indistinguível do guincho de Ripred.

— O que isso quer dizer? Significa "oi"? Eu já falei com camundongos às vezes, mas eles dizem oi assim... — E Hazard soltou um guincho ainda mais agudo que provocou caretas de desaprovação nos três ratos.

— Bem, já era hora de um de vocês fazer um esforcinho para se comunicar fora da sua própria língua — comentou Ripred. — Acaba ficando um pouco tedioso para o resto de nós, ter que aprender a falar humano se quisermos falar com vocês. Você consegue fazer isso também?

— Consigo me virar em sibilante — admitiu Hamnet. — Uma palavra aqui e outra ali nas línguas de outras criaturas. Não tenho o ouvido de Hazard.

— Você aprendeu tarde demais. Veja, aqui, coloque-a para aprender agora e ela será fluente em rastejante até o fim da viagem — afirmou Ripred, cutucando Boots com a ponta da cauda. — Até mesmo o Guerreiro... Não, esqueça o Guerreiro. Ele anda tentando dominar a ecolocalização básica há meses sem resultado. Continue batendo a cabeça contra isso, certo, garoto? Não quero sobrecarregar seu cérebro imenso com muitas tarefas de uma vez só.

Gregor não disse nada, mas decidiu que jogaria o camarão no riacho antes que Ripred pudesse dar uma mordida. Rato idiota.

— Então, podemos ir? — Ripred indagou.

— Sim, já nos demoramos aqui por tempo demais — concordou Hamnet. — Frill irá na frente, e eu irei por último. Vamos pegar a trilha que começa no Arco de Tântalo, mas a selva acaba sufocando esse caminho. Lembrem-se, pisem leve e não machuquem nada. E fiquem de olho nas provisões. Os voadores não batizaram este lugar de o Arco de Tântalo à toa.

— O que é Tântalo? — Gregor perguntou a Nike, enquanto ajustava as bolsas de água nas costas dela.

— Era uma pessoa. Um habitante da Superfície de muito tempo atrás. Ele tinha cometido um grande crime. Como punição, teve que ficar num laguinho sob uma árvore de frutos deliciosos. Ele tinha muita fome e sede. Mas quando se abaixava para beber, as águas recuavam. Quando estendia o braço para pegar um fruto, os galhos se erguiam além do alcance dele.

— Foi assim que ele morreu? — Gregor indagou.

— Ele já estava morto — explicou Nike. — A punição era eterna.

Gregor estava tentando compreender aquilo e exatamente o que essa história tinha a ver com a viagem à selva quando o grupo começou a se mover sob o arco. Frill foi na frente, com Hazard montado nas suas costas. Mange e Lapblood vinham em seguida. Gregor entrou na fila com Temp e Boots. Ripred fechava a retaguarda com Hamnet. Nike desapareceu no alto, nos cipós acima.

Tudo mudou no instante em que eles passaram pelo Arco de Tântalo, como se tivessem entrado por um portal numa outra dimensão. O chão sob os pés deles passou de pedra para musgo. O ar ficou espesso e pungente com o cheiro de plantas apodrecidas. Gregor não tinha como comprovar, mas podia jurar que a temperatura tinha subido uns dez graus. E os sons da selva, que tinham parecido estar saudavelmente distantes, agora estrondavam nos seus ouvidos.

Depois de alguns minutos, a pele do menino estava úmida de suor e ele estava pensando em transformar a calça em uma bermuda. As alças da mochila feriam-lhe os ombros. O nariz começou a escorrer no ar quente e úmido. Gregor nunca tinha sentido calor no Subterrâneo, e sentira frio apenas quando esteve molhado. Geralmente a temperatura era confortável, se você vestisse mangas curtas.

O liso tapete de musgo se transformou numa complicada teia de raízes. Elas surgiam em várias alturas, e a luz tremeluzente dos riachos tornava difícil julgar o quanto ele precisaria erguer o pé. Além disso, Gregor tinha pés bem grandes para um menino de 11 anos. Os pais dele sempre riam e diziam que ele cresceria até que os pés ficassem proporcionais. Mas eles pareciam desajeitados dentro das botas de caminhada que a Sra. Cormaci tinha lhe dado. As botas eram usadas, tinham pertencido a um dos filhos adultos dela, e eram um tamanho maior que o de Gregor; ele tinha usado papel higiênico como enchimento na ponta da bota; então o menino tinha que lidar com mais 2,5 centímetros. Todos os demais pareciam andar com facilidade; Frill, os ratos, e Temp, com suas delicadas patas de barata. Gregor olhou por sobre o ombro para ver como Hamnet andava, e tropeçou numa raiz, esbarrando em Mange.

— Por que você não tira essas coisas ridículas dos pés? — ralhou o rato.

Mas Gregor não ousaria. Quem sabia que tipo de criatura poderia estar oculta, esperando? O menino pensou em presas e ferrões, espinhos e esporões, e ficou com os sapatos nos pés.

Boots, confortavelmente montada nas costas de Temp, estava se divertindo ensinando ao inseto a "Canção do Alfabeto". Temp conseguiu dar conta até a letra *L*, mas aquele pedaço do *L-M-N-O-P* o enrolava todo. Para ser justo, aquela parte da música era rápida e fácil de travar a língua mesmo.

— Elemenopê! — Boots cantou, como se fosse tudo só uma longa letra.

— Elenenemopeo — repetiu Temp, desafinado, como sempre.

Por algum tempo, Hazard ficou apenas empoleirado em Frill, observando Boots e Temp muito concentrado. Finalmente, ele escorregou das costas de Frill e correu de volta até eles.

— O que vocês estão cantando?

— Tô cantando *A-B-C* — respondeu Boots. — Quem é você?

— Eu sou Hazard — falou o menino, saltando com lucro sobre uma raiz. — Você poderia me ensinar essa canção?

Se ela poderia ensinar? Boots adorava ensinar qualquer coisa! Logo havia três vozes entremeando a música. Gregor achou que isso iria enlouquecer os ratos, mas Mange e Lapblood estavam sussurrando intensamente um com o outro, e Ripred estava atualizando Hamnet com tudo que tinha acontecido durante a ausência de dez anos do homem. Não, quem estava se sentindo meio louco era Gregor, conforme as três conversas se misturavam ao matraquear da selva que já estava atacando seus ouvidos. Ele teria gostado de um momento de silêncio para pensar, para que o cérebro alcançasse o lugar onde o corpo estava, para examinar a "Profecia de Sangue" considerando tudo aquilo que já tinha acontecido, mas esse momento não iria acontecer tão cedo.

Quando Hamnet decidiu que eles deveriam parar, as roupas de Gregor estavam encharcadas de suor. Dentro das botas, as meias pareciam ensopadas como esponjas. Uma dor aguda cutucava entre as omoplatas, provocada pelas mochilas pesadas. Ele poderia ter bebido a água de geleira em três grandes goles, mas decidiu guardar para mais tarde a garrafa chique que Mareth tinha colocado na mochila. O menino queria ter alguma água consigo, para o caso de Boots precisar ou ele se separar do grupo.

Como lugar de descanso, Hamnet escolheu uma pequena clareira com um dos lados contornado por uma fileira de pedras cobertas de musgo. Gregor podia ouvir um gorgolejar de água por perto, mas nenhum riacho era visível por entre os cipós. Os ratos largaram as mochilas de comida nas pedras e se esticaram. Depois de examinar cuidadosamente um espaço, Gregor tirou as mochilas e afundou no chão diante delas. Nike mergulhou por entre as árvores e colocou as bolsas de água ao lado do menino. Hamnet abriu uma delas e circulou, deixando todos beberem um pouco.

Hazard ajudou Hamnet a distribuir pão, carne e um tipo de legume cru parecido com uma cenoura. Gregor não estava lá com muita fome, provavelmente por causa do calor, mas comeu o que lhe foi entregue. Boots devorou toda a própria comida e um pouco do pão de Temp, como era de costume. O inseto sempre deixava a menina comer o que quisesse. Então Boots e Temp e Hazard começaram a brincar nas pedras.

— *P* de pedra — declarou Boots, e logo um coro da "Canção do Alfabeto" estava em progresso.

Lapblood e Mange, que estavam roendo ossos que tinham trazido do Arco de Tântalo, estremeceram com a cantoria.

— Lá vão eles de novo! — Lapblood exclamou.

— Seria suportável se eles pelo menos fossem afinados, mas isto é simplesmente doloroso — comentou Mange.

— Não é muito pior que ouvir vocês roendo coisas — disse Gregor.

— Deve haver alguma maneira de amordaçá-los — observou Lapblood.

— Nenhuma que eu conheça — respondeu Gregor.

— Bem, eu vou pensar em uma, se isso continuar assim! — concluiu Mange.

— Vocês, ratos... vocês têm um problema com criancinhas, não é? — Gregor comentou. Ripred jamais tinha gostado de

Boots, e foi abertamente hostil ao bebê Bane. — Aposto que vocês não gostam nem dos próprios filhotes.

O quê? O que ele tinha dito? Alguma coisa muito má, pelo jeito que os olhos de Mange e Lapblood estavam fixados nele. Será que iriam mesmo atacá-lo? Considerando como todo mundo estava tenso hoje, não era difícil de imaginar.

— Falando em precisar de uma mordaça — disse Ripred intencionalmente a Gregor. — Você não está fazendo muitos amigos com essa sua boca, não é?

Gregor não tinha tirado os olhos de Mange e Lapblood. O menino podia ver os músculos das patas dianteiras deles se tensionando. Seus dedos instintivamente procuraram o cabo da espada.

— Habitante da Superfície — chamou Hamnet. Gregor lembrou do acordo com Hamnet e lentamente soltou a espada. — Assim é melhor. Lembrem-se de onde estão, todos vocês. E que vocês, de sangue quente, precisam uns dos outros.

Os sons da selva dominaram tudo enquanto todos se lembravam, mas ninguém relaxou.

Então uma vozinha soou:

— *S* de sapu! Ah, Grego! *S* de sapu!

Gregor não queria tirar os olhos dos ratos, mas havia algo errado. Algo relacionado a sapos e selvas. O que era isso mesmo?

Ao virar a cabeça, Gregor sentiu uma nova camada de suor surgir sobre aquela que ainda não tinha secado depois da caminhada. Boots estava sentada na mais alta das pedras, batendo palmas de empolgação. Temp e Hazard estavam paralisados na posição de escalada atrás dela. Pontuando as pedras como joias brilhantemente coloridas, havia mais ou menos cinquenta rãzinhas. Pretas e verdes, laranja-pôr-do-sol, cor de refrigerante de uva, púrpura. Rãs venenosas. Gregor as reconheceu do zoológico do Central Park. Só que lá você as via do outro lado de um grosso painel de vidro.

Havia uma ótima razão para isso. Se tocasse uma delas, você poderia morrer.

CAPÍTULO
15

Como se para ilustrar o pior medo de Gregor, um lagarto desavisado escalou uma das pedras. Não um lagarto grande, como Frill, só um de 30 centímetros que você poderia ver na Superfície. Ele disparou a língua na direção de uma das rãs. No instante em que a língua fez contato com a pele laranja da rã, o lagarto ficou duro como uma tábua. Paralisado pelo veneno. Morto.

— Não encoste, Boots! Não encoste! — Gregor gritou. Ah, aquilo era ruim. Muito ruim. Gregor um dia comprou para Boots um tubo cheio de rãzinhas coloridas de plástico que se pareciam muito com aquelas que a cercavam agora. A menina passava horas enfileirando os bichos nos braços do sofá. Era um dos brinquedos favoritos dela.

Boots riu animada e juntou as mãozinhas. Mas ela estava tão empolgada que seus pezinhos batiam no musgo da pedra.

— *S* de sapu! Eu veju vemeio, amalelo, azul!

As rãs saltitavam pelas pedras, não exageradamente, mas ainda assim era uma questão de tempo antes que uma pousasse em Boots, Hazard ou Temp.

— Hazard, você consegue pular daí? — Hamnet perguntou numa voz entrecortada.

O menino flexionou as pernas e saltou sobre as mochilas de comida. Ele aterrissou desequilibrado e se chocou contra Ripred, mas o rato nem pareceu perceber.

— Você não pode ajudá-la aí em cima, rastejante. Saia do caminho para que o resto de nós tenha uma chance — afirmou Ripred.

Temp hesitou, como se estivesse tentando avaliar o que Ripred dissera. Gregor sabia que Temp sacrificaria a própria vida por Boots, mas como ele poderia protegê-la daquele minúsculo exército de anfíbios?

— Ele tem razão, Temp, melhor sair daí — concordou Gregor.

As palavras do menino pareceram fazer o inseto se decidir. Temp abriu as asas e voou para fora da rocha, até a trilha. Agora restava apenas Boots, sentada feliz entre as rãs.

— Rib-bit! Rib-bit! Sapu faz rib-bit! — exclamou. — E a língua faz assim! — A língua da menininha saía e voltava para a boca, imitando uma rã pegando moscas. Gregor tinha mostrado isso a ela. — Rib-bit!

Uma rã salpicada de preto e vermelho saltou no ar e pousou bem ao lado da perna de Boots.

— Oooh! — falou a menina. — Sapu vemeio diz oi!

— Não encoste nele, Boots! Não encoste! — Gregor ordenou. Ele estava lentamente se movendo na direção dela.

Outra rã, esta da cor de salmão, saltou sobre o sapato de Boots.

— Pula! Pula! — Incapaz de se conter, Boots puxou os pés para baixo do corpo e assumiu a clássica posição de sapo, joelhos dobrados, mãos entre os pés. — Pula! Pula! Sou sapinho também! — A menina saltitou no mesmo lugar. A vibração do movimento pareceu agitar as criaturas. Elas começaram a pular com mais energia. — Pula! Pula!

— Não, Boots... Nada de pular! — Gregor implorou.

Ele estava na base das mochilas de comida agora. As rãs tinham se espalhado das rochas para as mochilas. Duas rãs laranjas e uma verde estavam a centímetros da barriga do menino. Boots estava 30 centímetros acima dele, a 1,5 metro de distância. Gregor estendeu os braços para ela.

— Pule para mim. Como na piscina? Você pula e eu pego, está bem?

— Si-im! — Boots concordou. Ela endireitou as pernas e dobrou os joelhos para saltar para os braços de Gregor, mas naquele momento, uma rã azul-safira particularmente cintilante pulou para o braço dela.

Os momentos seguintes pareceram acontecer em câmera lenta. A rã azul-safira voando para o braço de Boots, o corpo de Lapblood girando no ar, a cauda dela acertando Boots por trás e catapultando a menina sobre a cabeça de Gregor, o grito de Hamnet quando ele a pegou, a rã pousando e saltando de novo direto na direção do focinho de Lapblood, o braço de Gregor em movimento, a espada espetando a pele cor de safira a centímetros da orelha de Lapblood.

— Para trás! — O comando de Ripred alcançou o cérebro do menino. — Saiam já daqui!

O grupo inteiro cambaleou para trás conforme as rãs começaram a invadir a trilha.

— Fiquem juntos! — Gregor ouviu a voz de Hamnet, mas a situação era caótica demais. Todo estavam se jogando na selva, esquecendo da trilha enquanto fugiam das minúsculas e mortais rãs.

Gregor estava uns 20 metros cipós adentro quando percebeu que estava pisoteando as plantas como um búfalo. O menino olhou em volta, pela selva sombria, e não viu ninguém.

— Ei! — berrou.

— Fique onde você estiver! — Gregor ouviu Ripred gritar. — Todo mundo, mantenham as posições!

Levou quinze minutos para Hamnet e Ripred reunirem o grupo.

Gregor podia ouvir Boots e Hamnet conversando sobre os "sapus", então sabia que a irmãzinha estava bem. O menino ficou bem imóvel, segurando a rã morta diante de si, ainda espetada na espada. O sangue corria rápido nas veias. A visão estava estranhamente fragmentada. Tinha acontecido de novo. Aquela coisa de colérico. De alguma forma, ele tinha desembainhado a espada e atingido a rã com precisão mortal sem nem pensar no assunto. Gregor não poderia ter evitado nem se tivesse tentado, porque nem sabia o que estava fazendo. Seus "poderes", como Hamnet tinha chamado, não estavam sob controle. E o menino não fazia ideia de como dominá-los.

Quando o focinho de Ripred surgiu por entre os cipós, Gregor ainda não tinha movido um músculo.

— Preciso de ajuda, Ripred — disse, fracamente.

— Você parece estar se virando muito bem — respondeu o rato.

— Eu não consigo controlar — admitiu Gregor. — Ser um colérico! — O menino ergueu o braço de repente, e o rato pulou para fora do caminho da rã na ponta da espada.

— Opa! Olhe onde você balança esse troço! — exclamou o rato. — Livre-se disso. Vá em frente, esfregue naquela pedra ali. — Gregor arrastou a ponta da espada na pedra e tirou a pequena carcaça da rã. — E lave na água — instruiu Ripred, e então Gregor meteu a ponta num riacho próximo. — Agora ponha sua espada de volta na bainha, mas lembre-se de que o toque dela ainda poderá ter veneno. Então, não puxe a arma sem pensar — concluiu Ripred.

Gregor recolocou a lâmina de volta no lugar.

— Como poderei saber que vou tirar a espada? Eu não planejo essas coisas! — exclamou o menino, agitado.

— Eu sei, eu sei. Olha, se acalme. Coléricos se sentem loucos no começo. Eu sei, eu passei por isso também. Quanto mais acontecer, mais você vai se acostumar — explicou Ripred.

— Mas eu não sei quando vai acontecer! — Gregor estava quase gritando. O rato não estava nem escutando?

— Sim, você sabe. Pode sentir no sangue, a visão se altera, sua concentração aumenta até que todas as coisas sem importância sejam excluídas. Você está consciente dessas coisas? — Ripred indagou.

Gregor assentiu.

— Às vezes. Quando Ares e eu estávamos lutando contra os ratos no labirinto, eu sabia que estava acontecendo.

— Certo, muito bom. Isso é bom. É um começo. Agora, quando você está em perigo, quando sentir que poderá ser atacado, preste atenção. Um dia, você será capaz de ligar e desligar isso. Mas demora algum tempo — admitiu Ripred.

— Quanto tempo você levou? — Gregor perguntou.

— É diferente. Eu lutava com frequência. Tive mais oportunidade de dominar rapidamente — desconversou Ripred.

— Quanto tempo? — Gregor insistiu.

— Alguns anos — confessou o rato.

Alguns anos! Quando Ripred provavelmente lutava quase todos os dias! Gregor balançou a cabeça, quase se sentindo derrotado.

— Não é tão ruim, Gregor. Acredite em mim, em alguns momentos você verá isso como um dom — afirmou Ripred.

— Eu não quero este dom, Ripred.

— Bom, ele é seu — disse Ripred. — Vamos logo, antes que sua irmã faça mais amigos.

Enquanto seguia Ripred pela selva, Gregor se tocou de como o rato tinha sido legal. Geralmente ele ficava provocando o menino ou colocando-o para baixo. Mas Ripred parecia saber quando poderia forçar a barra e quando Gregor precisava mesmo de ajuda. Como da vez em que Gregor chorou após a morte de Tick. Ou quando o menino tinha tentado explicar como tinha perdido Boots para as serpentes. E aqui, agora.

Os dois se reuniram ao grupo na trilha alguma distância adiante do incidente das rãs. Gregor sentia-se envergonhado, como se todos estivessem olhando para ele. O menino não queria encontrar especialmente o olhar de Hamnet.

— Não pule na garganta dele, Hamnet. Ele não pôde evitar — falou Ripred.

— Eu pude ver isso, mas não é muito tranquilizador — respondeu Hamnet.

— Bem, pelo menos Lapblood ainda está viva para lutar — afirmou Ripred.

Gregor sabia que devia agradecer a Lapblood por ter salvado a vida de Boots, mas os ratos eram tão hostis que ele deixou quieto.

Boots ainda estava toda empolgada com o encontro com as rãs, saltitando e coaxando.

— Ela disse que vocês têm o mesmo tipo de rãs em casa. Ela disse que elas dormem na cama com ela — disse Hazard para Gregor.

— São falsas, Hazard. São só brinquedos — respondeu Gregor.

— Que brinquedos estranhos vocês escolhem na Superfície — comentou Hamnet.

Devia parecer muito estranho para eles. Fazer um brinquedo de uma coisa tão mortal. Encorajar uma criancinha a querer pegar uma daquelas rãs. Mas, de qualquer maneira, não se viam rãs venenosas saltitando pela Broadway.

— O que nós perdemos? — quis saber Ripred.

— Toda a comida, eu temo — revelou Hamnet. — As rãs enxamearam as mochilas, e agora elas estão muito perigosas para se tocar, quanto mais para se comer o que estiver dentro delas. Nike trouxe a água, entretanto. E Frill salvou as suas mochilas. — Hamnet largou as duas mochilas e o odre de Gregor no chão aos pés do menino. — Tem alguma comida aí?

— Só alguns biscoitos para Boots. Ah, e isto — falou Gregor, erguendo o odre. — É camarão com molho de creme. Eu trouxe para Ripred.

— Agora quem é o meu colericozinho favorito? — Ripred exclamou, farejando o odre nervosamente. — Você realmente trouxe isto para mim?

— Desculpe-me, Ripred, mas você sabe que isto vai para os filhotes — afirmou Hamnet, jogando o odre no ombro.

Ripred suspirou.

— Primeiro aquele Bane ganancioso e agora esses pirralhos. Eles ainda serão a minha morte, os filhotes.

— Ah, você vai viver. — Hamnet riu. — Muito mais que todos nós.

O grupo formou uma linha de novo e continuou a seguir a trilha. Gregor tentou frisar a importância de se evitar rãs bonitinhas para Boots, mas ela não pareceu estar realmente compreendendo o argumento. De fato, ela começou a cochilar nas costas de Temp bem no meio do sermão do irmão, então ele não teve escolha além de deixar para lá.

Não houve muita conversa depois disso. O calor estava ficando mais opressivo, e a perda da comida era preocupante. Eles marcharam em frente até que os pés de Gregor ficaram tão pesados que ele parecia estar tropeçando em todas as raízes. Então enfim Hamnet decidiu parar e montar acampamento.

O grupo se reuniu num círculo ao redor de um lampião. Todos ganharam generosas rações de água, mas só havia comida para os "filhotes". Gregor deu os biscoitos a Hamnet, e este entregou alguns para Boots e Hazard. Em seguida, para surpresa de Gregor, Hamnet lhe entregou dois.

— Não, não, obrigado — respondeu Gregor.

— Você só tem 11 anos, garoto, você ainda está incluído na categoria dos filhotes — insistiu Hamnet.

— Não, dê para eles — concluiu Gregor. Ele não se sentia um filhote. De alguma maneira, ter a responsabilidade de salvar a própria mãe, Ares e todos os "sangue-quentes" do Subterrâneo eliminava completamente a possibilidade de ser um simples filhote.

Quando Hamnet destampou o odre, o cheiro de dar água na boca do camarão no molho de creme fez Gregor engolir a saliva.

— Vocês acham uma boa ideia dar isso para os filhotes? — Ripred indagou. — Creme tem uma fama ruim de estragar no calor.

— A única coisa estragada é você. Você pode farejar perfeitamente bem que o creme está ótimo — ralhou Lapblood.

— Cuidado nunca é demais — resmungou Ripred enquanto assistia ranzinza a Boots e Hazard molhando os biscoitos no molho.

Depois que as crianças comeram, todos se ajeitaram para dormir. Frill se ofereceu para o primeiro turno de vigia. Gregor estendeu um cobertor no chão e se deitou com Boots. Ela se aninhou no braço do irmão e logo adormeceu. O menino teve que esperar que ela estivesse dormindo profundamente para tirar o braço de debaixo dos cachinhos suados dela. Cara, estava muito quente!

Gregor estava exausto, mas os sons da selva dificultavam o sono. Mais o calor. Mais o fato de que ele tivera uma nova experiência de colérico. Tudo isso, entretanto, parecia não ter maiores consequências quando a mente do menino voltava às imagens do hospital. A mãe deitada naquela cama branca, o peito de Ares subindo e descendo com dificuldade, a esperança no olhar de Howard quando o rapaz viu o rosto de Gregor.

Então o menino ainda estava acordado, olhando fixamente para os cipós mal iluminados, quando eles começaram a conversar. Lapblood e Mange.

— Você acha que há alguma chance de que eles ainda estejam vivos? — Lapblood sussurrou. — Não os dois menorezinhos. Sei que eles estavam morrendo quando partimos. Mas Flyfur e Sixclaw?

— Sim, sim, acho que estão vivos — respondeu Mange, tranquilizando-a. — O pó amarelo já está a caminho, e eles não tinham nenhum sinal da peste quando partimos. E você sabe que Makemince vai conseguir alimentá-los de alguma maneira.

— Os dois menorezinhos... você acha que eles sofreram muito? — Lapblood indagou. — Não aguento pensar neles, me chamando, e ninguém respondendo. Meus filhotes.

— Não, tenho certeza de que eles se foram rapidamente — afirmou Mange, com a voz falhando. — Mas não podemos pensar nisso. Temos que pensar em Flyfur e Sixclaw. Eles ainda têm uma chance.

— Sim. Sim, eu sei. Eu pensarei — concordou Lapblood.
— Estou pensando.

— Agora vá dormir, Lapblood — concluiu Mange. — Por favor.

Tudo ficou em silêncio então, mas agora Gregor sabia que não era o único que estava acordado. Ele sabia que havia mais alguém deitado do outro lado do lampião, olhando para a selva, se perguntando quanto tempo seus entes queridos ainda tinham de vida.

CAPÍTULO

16

Gregor caiu em um sono leve e irregular até que Hamnet o acordou para que iniciassem a próxima etapa da viagem. Enquanto enrolava o cobertor, a mente do menino voltou à conversa que tinha ouvido entre Lapblood e Mange. Então, dois dos filhotes deles estavam mortos, e dois poderiam bem estar mortos em breve. Gregor pensou no comentário que tinha feito sobre os ratos não gostarem nem dos próprios filhotes, e o rosto do menino ficou vermelho de vergonha. Especialmente considerando que Lapblood tinha arriscado a própria vida por Boots. Se ela fizera aquilo apenas porque achava que Boots era necessária para encontrar a cura, ou simplesmente para salvar uma garotinha, Gregor não sabia, mas o resultado era o mesmo. Talvez ele poderia falar com Lapblood em particular... Não. O pai dele sempre dizia que, se você fez algo de errado para alguém em público, então deve admiti-lo em público também.

— Ei, Lapblood — chamou o menino. Era difícil pedir desculpas. Especialmente para um rato. Gregor começou com a parte fácil. — Eu só queria dizer... Obrigado por tirar Boots de perto daquelas rãs ontem.

— Esqueça — respondeu Lapblood.

Ela não agradecera a ele por tê-la salvado da rã azul, mas talvez a rata achasse que o menino lhe devia aquilo. Gregor se obrigou a continuar.

— E aquilo que eu disse... aquela coisa sobre os ratos não gostarem dos próprios filhotes... — Todos tinham parado o que estavam fazendo para ouvir o menino falar agora. — Me desculpe. Aquilo foi idiota. — Gregor meteu o cobertor na mochila.

Lapblood não respondeu. Nem Mange. Ah, tudo bem. Ele tinha dito o que precisava dizer, pelo menos.

Enquanto Hamnet alimentava Boots e Hazard, os ratos e Nike cuidavam do próprio pelo. Até mesmo Temp parecia estar se arrumando com as patas. Gregor limpou Boots com um pano úmido e passou a escova no cabelo da criança. A mãe deles iria querer que Gregor mantivesse a irmã arrumada. O menino não estava muito preocupado com a própria aparência, mas desejava que houvesse um riacho seguro onde pudesse se lavar, para não se sentir tão grudento e com tanto calor. Era um consolo não ter pelos como os outros.

Quando chegou a vez dele de beber água, Gregor ergueu a bolsa d'água e bebeu o máximo que seu estômago pôde aguentar. Ajudou a preencher a sensação de vazio.

Eles formaram a fila de sempre e entraram ainda mais na selva. A trilha estava perceptivelmente mais estreita, tanto que ele não poderia mais caminhar ao lado de Temp. Frill se ofereceu para carregar Boots e Temp além de Hazard, e Gregor aceitou, pensando que eles poderiam distrair uns aos outros.

O menino estava com um pouco de medo que eles se lançassem em mais uma maratona de cantoria do *A-B-C*, mas Hazard inventou outra diversão. Aprender a falar Baratês. Hazard tinha trocado apenas alguns cliques com Temp quando Boots puxou o braço do garotinho.

— Eu também! Eu também sei falar que nem bicho grande! — insistiu a menininha. Os três se acomodaram nas costas de Frill e ficaram ocupados por horas com a brincadeira. Era exatamente como Ripred tinha previsto. Boots aprendeu os cliques e absorveu o significado deles rapidamente. E Hazard era um imitador incrível. Quanto a Temp, depois que superou a timidez inicial, acabou provando ser um professor nato. Ele tinha paciência infinita e nunca criticava. Quando o grupo parou para o almoço, os três estavam conversando numa estranha mistura de Humano e Baratês, sem nem pensar no assunto.

Durante o almoço, a água pouco ajudou a diminuir a fome furiosa que tinha se acomodado no estômago de Gregor. Já fazia um dia que ele não comia, e eles tinham passado a maior parte desse tempo andando. Quando o menino revirou a mochila, procurando por um pião que Dulcet tinha incluído para Boots, ele fez uma descoberta bem-vinda.

— Ei, o chiclete! — exclamou. Gregor ergueu a embalagem cor-de-rosa para todos verem.

— Eu quero chiclé! — gritou Boots, pendurada no braço do irmão.

— Não, Boots, você é muito pequena — respondeu Gregor. A mãe deles não deixava Boots mascar chiclete porque ela poderia se engasgar. — Mas pronto, você pode ficar com o papel. — O menino tirou os chicletes individualmente embrulhados com cuidado e entregou o embrulho rosa brilhante para a irmãzinha, que correu para mostrá-lo aos amigos.

— Isso é comida? — Mange indagou.

— Não é bem comida. Você mastiga, mas não engole — explicou Gregor.

— E qual é o sentido nisso? — Lapblood inquiriu.

Qual era o sentido do chiclete?

— Eu não sei... O gosto é bom. Você vai querer ou não? — Gregor concluiu.

Havia cinco retângulos de chiclete. As crianças tinham comido, e Temp podia passar um mês sem se alimentar. Nike e Frill estavam conseguindo pegar insetos suficientes enquanto eles viajavam, então só sobraram Gregor, Hamnet e os ratos.

— Certo, perfeito, tem um pedaço para cada um — comentou Gregor. Ele jogou um retângulo para cada um dos outros. — Lembrem-se, é para mastigar. Não engulam.

O menino descascou o papel encerado e meteu o chiclete na boca. A explosão de açúcar foi fantástica. Gregor viu que os outros estavam olhando para ele.

— Vamos lá! Provem!

Hamnet lentamente desembrulhou o retângulo e o cheirou. Com cuidado, colocou-o na boca e mastigou. Uma expressão de perplexidade surgiu em seu rosto.

— É muito doce... e não diminui quando você mastiga.

— Não, é chiclete. Você pode mastigar o mesmo pedaço por dias. Anos, provavelmente! — Gregor exclamou.

Um por um, sem se dar o trabalho de remover o papel, os ratos puseram o chiclete na boca. Gregor teve que se segurar para não rir enquanto eles abriam e fechavam as mandíbulas, tentando entender aquela coisa.

Ripred fez um leve barulho de engasgo.

— Opa, eu engoli o meu.

— Tudo bem, não vai fazer mal. — Gregor tranquilizou-o.

— Eu não sei onde o meu foi parar — comentou Mange, passando a língua pela boca. — Simplesmente sumiu. — O rato abriu bem a boca e Gregor pôde ver o chiclete encravado entre dois dos longos dentes.

Lapblood pareceu ser a única entre os ratos capaz de mastigar o chicle por um longo tempo.

— Não é ruim. Não é tão bom quanto roer, mas é alguma coisa para se fazer com os dentes.

— Por que é chamado chiclete de bola? — Hamnet indagou, tirando o pedaço da boca para examiná-lo.

— Por causa disto. — Gregor soprou uma bola e a estourou com um estalo alto. Todos pularam.

— Não faça isso! Já estamos estressados o bastante! — Ripred ralhou.

— Ei, eu só estava respondendo à pergunta — retrucou Gregor.

A vontade de comer só piorou conforme eles andavam. Por mais que o açúcar do chiclete tivesse lhe dado um pouco de energia, também tinha acordado os fluidos no estômago do menino, deixando-o ainda mais consciente da fome do que nunca. Ele queria alimentos frios, gelados... Picolés, melancias, sorvete. E sal também... ele estava perdendo muito sal com o suor.

Gregor ainda não tinha tirado as botas desde o começo da viagem, e suas meias estavam encharcadas. Infelizmente, ele tinha se esquecido de incluir roupas extras, até mesmo meias, então não podia trocá-las. E também não podia pegar nenhuma emprestada com Hamnet, já que ele e Hazard não usavam meias, apenas sapatos feitos de couro de réptil, como o resto das roupas.

A falta de comida combinada com o calor estava começando a drenar a energia do menino. Hamnet estava levando o odre com o camarão, mas Gregor ainda tinha que carregar a grande mochila de combustível e suprimentos médicos, além da própria mochila. Os joelhos dele estavam falhando de tantos em tantos metros quando o menino sentiu alguém colocando a mão no ombro dele.

— Eu levo a mochila, Gregor — disse Hamnet.

Gregor deixou que o homem a tirasse das costas dele sem objeções. Ele queria ter força suficiente para não aceitar, mas, francamente, estava feliz com a ajuda.

— Obrigado — murmurou ele.

Hamnet ficou diretamente atrás de Gregor e deixou Ripred no fim da fila.

— Ripred me contou que você causou uma tremenda confusão ao não matar Bane.

— Acho que sim. Mas ele era só um bebê — respondeu Gregor, cauteloso. A maioria dos humanos estava muito brava com ele por isso.

— Foi uma boa decisão. De outra maneira, os ratos jamais teriam concordado com esta jornada. Com ou sem peste — concluiu Hamnet.

Gregor nunca tinha pensado nisso, mas era difícil imaginar que os ratos estariam viajando com o assassino de Bane. Era uma sensação boa, também, saber que Hamnet tinha aprovado a escolha dele, especialmente quando tão pouca gente fizera o mesmo.

— Isso não me conquistou muitos pontos com os regalianos. Agora todo mundo me odeia. Ratos e humanos.

Hamnet riu.

— Nem todo mundo. Ripred claramente adora você.

— Ah, sim, eu sou um dos favoritos dele — comentou Gregor. — Ele provavelmente está pensando se vai me jantar hoje ou amanhã.

— Poderia ser, se você fosse mais que pele e osso — gritou Ripred do fim da fila.

Gregor soprou uma bola e fez um estouro alto.

— Pare com isso! — Ripred rosnou.

— Desculpa — respondeu Gregor, mas estava sorrindo. Aquele chiclete estava sendo útil.

Horas mais tarde, quando eles chegaram a uma pequena clareira que permitiria que o grupo acampasse com segurança, aquele sorriso tinha desaparecido do rosto de Gregor. Os pés do menino subiam e desciam por força do hábito, mas ele já tinha perdido completamente a sensação de estar caminhando havia muitos quilômetros. Absolutamente exausto, o menino se deitou direto no chão, sem nem se dar ao trabalho de estender um cobertor ou tirar a mochila e a bainha. O ar estava tão quente e úmido que Gregor tinha dificuldades de respirar. Ele se perguntou se havia oxigênio suficiente, então se perguntou se havia oxigênio demais. Alguma coisa estava errada, porque sua mente parecia confusa e lenta.

No que Hamnet deu os últimos biscoitos e o resto do camarão para Boots e Hazard, Ripred foi até o homem.

— Precisamos ir procurar comida, Hamnet. Não só para os filhotes, até porque a pequenina vai começar a berrar loucamente em algumas horas se nós não a alimentarmos. Mas também para o resto de nós. Olhe para o guerreiro.

Gregor pensou em levantar a cabeça para dizer a eles que estava bem, mas ficou distraído com o desenho numa pequena folha verde e não conseguia tirar os olhos dela. Possivelmente o menino tinha parado de respirar completamente e o ar pesado estava apenas entrando e saindo dos pulmões dele quando bem queria.

— Sim, eu e você vamos procurar comida. Não vejo outra opção — concordou Hamnet. Ele ergueu a cabeça de Gregor e levou a bolsa de água aos lábios do menino, insistindo para que bebesse mais do que realmente queria. — Tente descansar, Gregor. Vamos voltar logo. E beba o máximo de água que puder. — Hamnet pôs a mão na testa de Gregor por um momento, e o menino se sentiu estranhamente confortado. Era algo que o pai ou a mãe dele poderiam ter feito. Era quase como ter um deles por perto.

A água o reanimou um pouco. Depois de algum tempo, ele se sentou. Hamnet e Ripred já tinham se ido. Boots e Hazard tinham adormecido na curva da cauda de Frill. Temp estava ao lado deles, se limpando. Nike estava profundamente adormecida a um ou dois metros de Gregor; ele nem vira que ela tinha pousado. A maioria das bolsas de água ainda estava nas costas dela; assim como o menino, ela deveria estar cansada demais para se importar. Do outro lado do lampião, Gregor viu que Mange e Labpblood estavam agitados. Eles pareciam bem acabados. Provavelmente já estavam perto de morrer de fome mesmo antes de vir para esta viagem. Pelo menos Gregor estivera comendo regularmente.

— Vocês querem um pouco mais de água? — Gregor indagou. Tinha percebido que os ratos, até mesmo Ripred, dependiam de Hamnet para abrir os bocais das bolsas de água para beber. Gregor pegou a bolsa que Hamnet tinha deixado ao seu lado e removeu a rolha. O menino foi até Mange e se ajoelhou ao lado do rato. — Vamos lá, Hamnet falou que a gente deve beber bastante água.

Mange permitiu que Gregor derramasse água na sua boca. Então Gregor fez o mesmo por Lapblood, tomando cuidado para não deixar a água levar o chiclete dela garganta abaixo. Onde estava o chiclete dele? A língua do menino o encontrou entre os molares e a bochecha, e ele recomeçou a mastigá-lo.

— Água é muito bom, mas se não tivermos alguma comida logo, nenhum de nós será capaz de chegar ao Vinhedo dos Olhos — afirmou Lapblood.

— Eu não consigo acreditar que nada nesta selva seja comestível — comentou Mange.

— Duvido que seja tão horrível — acrescentou Gregor. — Provavelmente algumas coisas são boas de comer. Mas Hamnet pensa que a gente não vai conseguir diferenciar as coisas boas das ruins.

— Hamnet! — Mange cuspiu. — O que ele sabe? É um humano! É claro que o nariz dele não consegue diferenciar entre o que é venenoso e o que é seguro! Meu nariz consegue, porém. Agora mesmo eu estou farejando uma refeição em potencial. Não sei o que é, mas, acredite em mim, podemos comer aquilo.

Gregor farejou o ar pantanoso.

— Não sinto cheiro de nada.

— Eu sinto — afirmou Lapblood. — Alguma coisa doce.

— Sim, é isso mesmo — concordou Mange. — Vou achar isso. Alguém mais vem comigo?

— Eu vou — anunciou Lapblood. — Melhor que ficar aqui deitada morrendo de fome.

— Olha, não sei, não acho que Hamnet iria querer que a gente ficasse andando pela selva procurando comida — comentou Gregor, em dúvida.

— Por que não? Não é exatamente o que ele e Ripred estão fazendo agora? Quanto mais gente procurar, mais chances teremos de achar alguma coisa — argumentou Mange. — Não venha conosco se não quiser, mas não espere que a gente vá dividir o que a gente encontrar, nem mesmo com a sua irmã.

Gregor pensou em Boots acordando com fome, sem entender que não havia comida e por que ela não poderia comer, especialmente se os ratos estivessem comendo. Ela começaria a chorar, e o que ele poderia fazer?

— Hamnet falou algo sobre as plantas atacarem a gente — comentou Gregor.

— Estamos marchando por esta selva há dias — retrucou Mange. — Sua irmã bateu nos cipós quando quis a bola, você andou partindo metade das raízes com essas suas botas, todos nós provocamos muitos danos quando corremos das rãs. Você viu alguma planta fazendo alguma coisa para nos impedir?

— Não, não vi — admitiu Gregor. — Certo, estou dentro. — Ele bebeu mais um gole de água e se levantou. O menino tirou a mochila para deixar a camiseta secar. — Ei, Temp, vamos sair para procurar comida. Mange e Lapblood farejaram alguma coisa.

— Não iria, eu não, não iria — avisou Temp, mudando de posição desconfortável.

— Não se preocupe, a gente volta logo. — Gregor tentou tranquilizar. — Grite se precisar da gente. — O menino não pretendia ir muito longe do acampamento. Mesmo com Frill e Temp de guarda, ele queria estar perto de Boots para o caso de haver algum perigo. Mas o maior perigo naquele momento era a fome.

Seguindo seu olfato, Mange os guiou selva adentro. Lapblood vinha em seguida e Gregor por último. O menino gostaria de ter migalhas de pão ou alguma coisa para deixar uma trilha. É claro, se ele tivesse migalhas de pão, não precisaria procurar comida. Estaria simplesmente sentado comendo migalhas de pão. Ou algo assim.

Eles estavam se distanciando mais do acampamento do que Gregor gostaria, mas como Mange estava andando numa linha bem reta, ele tinha esperanças de que poderiam voltar sem problemas. Depois de alguns minutos, o menino se animou com uma baforada de algo doce.

— Ei, eu estou sentindo o cheiro também!

— Já não era sem tempo — comentou Mange. — Estamos quase em cima da coisa.

Eles chegaram a uma pequena clareira. O ar estava permeado com um odor forte e doce que fazia Gregor pensar em pêssegos maduros. Ele usou a lanterna para examinar o pomar. Aquelas plantas eram diferentes dos cipós que cercavam a trilha. Havia longos caules folhosos se encaracolando bem alto acima das cabeças deles, mas essas plantas também tinham grandes e graciosas vagens amarelas penduradas horizontalmente dos caules. Elas tinham pelo menos 1,8 metro de comprimento, com pontas inclinadas para cima, como enormes sorrisos ensolarados. Ao longo dos lábios superiores das vagens estavam pendurados frutos redondos e rosados. Sem precisar pensar mais, Gregor sabia que aqueles frutos eram a fonte do cheiro delicioso. Um fino fio de baba escorria do canto da boca do menino e descia-lhe pelo queixo. Graças a um vago senso de boas maneiras, ele ergueu a mão para enxugar a saliva antes de pegar um fruto.

Naquele mesmo momento, Mange apoiou as patas dianteiras no lábio inferior de uma das vagens e ergueu a cabeça na direção do delicioso fruto. No instante em que o focinho tocou a pele rosada de uma das esferas, a vagem avançou velozmente, engolfando o rato, e se fechou.

A única parte visível de Mange, saindo pelos lábios amarelos, era a ponta da cauda.

CAPÍTULO 17

Lapblood berrou, saltando para a vagem que tinha engolido Mange. Quando ela estava em pleno ar, um longo cipó chicoteou de outra planta e se enrolou na cintura dela. As garras da rata golpearam a vinha, cortando-a, e o bosque inteiro enlouqueceu.

Gregor se sentiu confuso enquanto a selva entrava em ação. Seus dedos tentaram segurar o cabo da espada, mas era tarde demais. Cipós se enrolaram no corpo e nos membros do menino. Raízes se ergueram do chão e se prenderam ao redor das botas dele. Gregor tentou se remexer para se soltar, mas as plantas eram poderosas demais.

Onde estava sua reação de colérico? O menino examinou o corpo em busca de algum sinal de que ele estaria se transformando num adversário mortal, mas nada estava acontecendo. Nenhuma alteração na visão, nenhuma aceleração na corrente sanguínea. Tudo que ele sentia era um medo extremo.

Mange ainda estava na vagem, pelo que Gregor sabia. O menino podia ver Lapblood a mais ou menos 3 metros, lutando em meio a uma rede de verde.

Um grosso cipó que tinha se enrolado na barriga de Gregor começou a apertar. Era como se ele tivesse uma enorme sucuri o espremendo até a morte.

— Socorro! — Ele tentou gritar, mas o som era mínimo. — Socorro! — Mas quem viria socorrê-lo? Ripred e Hamnet estavam longe. O menino, Lapblood e Mange estavam imobilizados. Por mais que Temp fosse corajoso... Bem, o que o inseto poderia fazer além de morrer com eles?

Gregor percebeu que estava sendo puxado para a frente. A planta o estava arrastando para uma das bocas amarelas escancaradas. O menino se debateu inutilmente, sentindo suas forças se esvaindo. Não podia respirar... O cipó estava tão apertado... Ele podia ver o interior da vagem a uns 30 centímetros agora. Um líquido transparente e gosmento escorria pelas paredes amarelas.

Gregor sentia que estava começando a perder a consciência. Pontinhos negros nadavam diante de seus olhos. Quando o cipó apertou ainda mais, o menino tossiu. O chiclete voou da sua boca para dentro da vagem.

Linhas pegajosas e esticadas cor de rosa surgiram na visão de Gregor. Ele estava vagamente consciente de que o chiclete estava fazendo alguma coisa à vagem. Misturando-se com a gosma transparente... Criando uma meleca rosada e borbulhante completamente nova. O cipó que envolvia o estômago de Gregor começou a afrouxar o suficiente para que o menino pudesse respirar um pouco.

Os dentes de Lapblood ainda estavam mordendo fracamente enquanto ela estava a ponto de entrar em outra vagem.

— Cuspa! — Gregor grunhiu. — Cuspa seu chiclete na vagem!

Lapblood balançou um pouco a cabeça. Será que ela registrara o que Gregor estava dizendo?

— Cuspa seu chiclete na vagem, Lapblood! — Gregor berrou.

Os ratos provavelmente não conseguiam cuspir que nem os humanos, mas ela conseguiu atirar o chiclete para fora da boca. Como o focinho da rata já estava meio para dentro da vagem, o chiclete aterrissou bem no meio da planta. A reação gosmenta rosada borbulhante começou a acontecer na vagem dela também.

Infelizmente, as plantas não os libertaram. As vagens com chiclete estavam entrando num frenesi. Despejando mais gosma transparente pelas paredes internas, abrindo e fechando a boca, espumando bolhas rosadas. Temporariamente fora de serviço. Mas havia mais vagens se virando para Gregor e Lapblood, com as bocas famintas abertas.

— Socorro! — Gregor gritou, e pelo menos desta vez a voz dele foi longe. Lapblood estava soltando guinchos agudos também. Com certeza alguém iria aparecer!

Gregor viu um clarão listrado como uma zebra acima da cabeça e as vagens se levantaram. Nike, ainda carregada com as bolsas de água, estava esvoaçando, entrando e saindo dos cipós, atacando as plantas com as garras. Ela conseguiu lutar bravamente por algum tempo, mas havia plantas demais disparando tentáculos contra ela. Gregor viu um cipó agarrando uma das patas traseiras da morcega, e soube que aquele era o fim.

Os cipós começaram a apertar de novo; as vagens se voltaram para eles. Gregor estava a ponto de abandonar as esperanças quando uma voz chegou aos seus ouvidos.

— Agora, o que vocês aprontaram? — Com o canto do olho ele viu meia dúzia de cipós caindo mortos no chão.

— Ripred — sussurrou o menino e sentiu que estava sorrindo.

O ar ficou cheio com pedaços de matéria vegetal no que Ripred iniciou um de seus ataques giratórios. Gregor não conseguiu deixar de pensar em um daqueles aparelhos que eles vendiam na TV, que picavam legumes e verduras com o pressionar de um botão.

Os cipós se afrouxaram; as raízes recuaram. Gregor caiu no chão e ficou ali deitado, tentando encher os pulmões de ar enquanto uma chuva de coisas verdes caía sobre ele. Uma das vagens amarelas gigantes caiu aos pés dele e deixou escorrer o líquido transparente até as botas do menino. Gregor ficou assistindo, um pouco fascinado, enquanto a gosma comia o couro e começava a destruir a biqueira reforçada de aço.

Alguém o agarrou e o jogou sobre o ombro como se fosse um saco de batatas. Hamnet. O rosto do menino quicou na camisa de couro de réptil enquanto Hamnet corria. Eles estavam de volta ao acampamento num minuto. Gregor sentiu que as botas estavam sendo arrancadas dos pés. As meias também. Jogaram água nos seus dedos.

— Hazard! Segure esta bolsa de água! — Hamnet ordenou.

Houve uma pausa enquanto a bolsa trocava de mãos e então mais água foi despejada nos seus pés.

Gregor viu Nike a alguns metros de distância.

— Estou bem. Estou legal — dizia a Hamnet, que estava examinando a perna da morcega.

— O osso da sua perna foi partido ao meio. Eu não chamaria isso de "estar bem" — comentou Hamnet.

Alguém estava correndo violentamente pelos cipós, sem se preocupar mais com o que estava sendo destruído. Ripred arrastou Lapblood para o acampamento pelo cangote. No minuto em que o rato a soltou, Lapblood começou a se arrastar de volta na direção da qual vieram.

— Mange... — falou a rata.

— Ele está morto, Lapblood! — Ripred rosnou.

Lapblood continuou se movendo até que Ripred a virou de barriga para cima e a prendeu no chão.

— Ele está morto! Eu matei a planta que o pegou! A vagem se abriu e o que restava da carcaça dele saiu! Acredite em mim, ele está morto! E o resto de vocês deveria estar também! — Ripred berrou. — Quem começou isto? De quem foi a ideia brilhante de deixar o acampamento?

O rato voltou a atenção para Nike, talvez porque ela parecesse ser aquela mais capaz de responder, mas a morcega permaneceu em silêncio.

— Não foi Nike — afirmou Gregor. — Ela só foi salvar a gente.

— Então foi você? — O focinho de Ripred cutucou o rosto de Gregor.

— Mange farejou comida. Lapblood e eu fomos ajudar. A gente não sabia... — Gregor conseguiu dizer.

— Não sabiam o quê? Que as plantas aqui são mortíferas? Isso lhes foi dito! Vocês foram avisados! Como posso mantê-los vivos se vocês nem me escutam? Tudo que vocês tinham que fazer era ficar aqui deitados e beber água! E vocês nem isso conseguiram fazer! — ralhou o rato.

— Chega, Ripred. Deixe-me cuidar dos ferimentos — interveio Hamnet.

— Ah, sim, cuide dos ferimentos. Para que eles possam inventar mais algum plano incrível para salvar o dia. Bando de idiotas inúteis — continuou Ripred. — Vocês poderiam ter matado a todos nós, sabiam? Seguir uma ideia idiota dessas, basta isso para que todos morram! Adeus para nós, adeus para a cura, adeus para o Subterrâneo!

— Já chega! — Hamnet exclamou. — Sente ali e se acalme.

Ripred ficou num canto sozinho, mas não se acalmou muito. Ele resmungou consigo mesmo por algum tempo e então lançou uma onda de insultos contra Gregor e Lapblood. Resmungos, insultos. Resmungos, insultos. Isso durou um bom tempo.

Hamnet mandou Hazard jogar água no olho de Lapblood. Tinha sido respingado com ácido de vagem. O homem pegou o kit médico e tratou os dedos dos pés de Gregor com um unguento azul e então os enfaixou com um tecido branco.

— Estão doendo? — Hamnet indagou.

— Não muito — respondeu Gregor. Havia uma estranha sensação, quase elétrica, nas pontas dos dedos dos pés. Aquilo era tudo.

— Bem, vai doer — concluiu Hamnet, balançando a cabeça.

— A água quase acabou — avisou Hazard.

— Vou pegar outra bolsa — disse Hamnet. Levantou-se e olhou em volta. — Nike, onde estão as bolsas de água?

— Com as plantas. Os cipós as arrancaram das minhas costas — revelou Nike.

— Pare! — Hamnet virou-se e segurou o pulso de Hazard, mas era tarde demais. O último gotejar de água estava deixando a bolsa.

— O que foi, pai? — Hazard perguntou, confuso. — Eu fiz alguma coisa errada?

— Não, não, você fez o que eu pedi — respondeu Hamnet, passando a mão nos cachos do filho. — É só que... a água. Essa era a nossa última bolsa.

CAPÍTULO

18

— O quê? — Ripred exclamou.
— Nike perdeu as bolsas de água quando foi ajudar os outros. Usamos o resto desta aqui nas queimaduras de ácido — explicou Hamnet.

— Sem água. Exatamente quanto tempo você acha que vamos durar sem isso? — Ripred inquiriu.

Hamnet balançou a cabeça.

— Não muito tempo. Vamos levar mais uns dois dias para chegarmos perto de água fresca da fonte. Simplesmente teremos que fazer o nosso melhor.

— Eu tenho alguma água. — Gregor se sentou e pegou a mochila. Tirou a garrafa de um litro de água de geleira. — Não é muito, eu sei.

— É uma grande coisa, Gregor, se evitar que os filhotes morram de sede. Eles serão os mais vulneráveis, pois vão desidratar mais rapidamente — explicou Hamnet, pegando a garrafa. — O resto de nós terá que se virar.

Gregor concordou com a cabeça. É claro que a água deveria ser reservada para Boots e Hazard. Ele estava bem, de qualquer maneira. Tinha engolido um montão de água antes de sair em busca de comida. Ele poderia se virar.

— Vocês dois encontraram alguma comida? — indagou o menino, esperançoso.

— Não, nada que fosse saudável — admitiu Hamnet.

— Mange disse que os frutos que encontramos eram comestíveis. Ele pôde farejar que não tinha problema — revelou Gregor.

— Ah, então por que eu não dou um pulinho lá e pego uma saca de frutos ou duas? — Ripred exclamou, irritado.

— Bem, pelo menos nós temos a sua água — disse Hamnet, quase com gentileza. — Isso poderá fazer toda a diferença. Foi uma ótima ideia, trazer mais água.

— Foi Mareth que colocou na minha mochila. Ele disse que água pura não seria fácil de encontrar — explicou Gregor.

— Mareth? — Hamnet indagou. — Ele conseguiu continuar vivo por todos esses anos?

— Sim, mas perdeu a perna. Na jornada para pegar Bane — contou Gregor. O menino percebeu que Mareth e Hamnet deveriam ter mais ou menos a mesma idade. — Vocês dois eram amigos?

— Sim — confirmou Hamnet. Ele virou a garrafa de água de um lado para o outro, mas não se estendeu no assunto.

Gregor estava com a pergunta na ponta da língua, a pergunta de por que Hamnet tinha deixado Regália, onde ele tinha uma família, onde tinha amigos, para viver neste lugar perigoso e solitário. O que é que ele tinha dito quando Vikus lhe perguntara o que ele podia aqui que não poderia em Regália? "Aqui eu posso não fazer o mal. Aqui eu não faço mais mal." Gregor não tinha prestado muita atenção a isso naquele momento. Mas as palavras tinham sido suficientes para mandar Vikus de volta ao morcego sem mais discussão. Que mal Hamnet teria feito? Era difícil imaginar.

Hamnet se levantou e colocou a água junto com os suprimentos médicos.

— Sei que todos estão cansados, mas precisamos seguir adiante se pretendemos chegar à água a tempo. Você consegue? — perguntou a Gregor.

— Ele consegue — sibilou Ripred. — Assim como Lapblood. E é melhor que eu não ouça nenhuma reclamação de nenhum deles dois.

Hamnet untou o olho de Lapblood com um medicamento. Para a perna de Nike, preparou uma tala com tiras de pedra e tecido. Mas quando tentou dar a ela uma dose de remédio para dor de uma grande garrafa verde, a morcega recusou.

— Não quero turvar meus pensamentos. Não aqui.

Hamnet tentou convencê-la, mas Nike estava irredutível.

— Tudo bem, podemos precisar de você com a mente clara, mas você irá montada em Frill — disse, instruindo a morcega.

— Eu posso voar — afirmou Nike.

— Você pode voar, mas não pode pousar bem. A folhagem está ficando muito densa para um fácil acesso ao solo. Monte, Nike. E tente dormir — argumentou Hamnet.

Gregor ajudou Hamnet a posicionar Nike deitada nas costas de Frill. Eles tiveram que prendê-la com tiras de bandagens para que não rolasse.

— Me desculpe por isso tudo — disse Gregor.

— Mas por quê? — indagou a morcega, animada. — Agora eu poderei tirar uma deliciosa soneca enquanto o resto de vocês anda. Eu deveria lhe agradecer.

De alguma maneira, o fato de ela ser tão positiva fez com que Gregor se sentisse ainda pior quanto ao ferimento.

Hazard escalou a frente dela, até o pescoço de Frill, e se aninhou entre as dobras do rufo para voltar a dormir. Quando Gregor colocou Boots de barriga para baixo nas costas de Temp, ela nem se mexeu. O menino esperava que a irmã ainda fosse dormir por um longo tempo. Sem comida e com pouquíssima água, ele não sabia como iria lidar com ela.

As botas de Gregor tinham sido destruídas pelo ácido. Enquanto o menino olhava para os pés nus, com os dedos enfaixados, se perguntando como iria andar, Hamnet tirou os próprios sapatos de couro de réptil.

— Aqui, Gregor, você precisa calçar estes aqui.

— E o que você vai usar? — indagou o menino.

— Eu vou ficar bem. Passei muitos anos descalço antes de ter a ideia de usar couro descartado na muda. Mas você precisa colocá-los agora, ou as suas bandagens não vão durar — explicou Hamnet.

— Obrigado, Hamnet. — Gregor calçou cuidadosamente os sapatos sobre as bandagens. Eles eram mais parecidos com meias curtas, na verdade. Apertados e justos. Mas, de alguma forma, fizeram o menino se sentir mais protegido.

Lapblood ainda estava deitada onde Ripred a deixara, como se tivesse perdido o poder de locomoção. A provação que eles passaram com as plantas tinha sido fisicamente exaustiva, mas Gregor sabia que não era isso que a tinha derrubado assim.

— Ei, Lapblood, você está bem? — indagou. Mas ela não estava bem. Mange tinha acabado de morrer. Todos os filhotes dela poderiam estar mortos também. Como ela poderia estar bem? — Porque temos que continuar andando. Temos que encontrar água.

Lapblood rolou, ficando com as patas para baixo, e entrou na fila atrás de Frill sem dizer nada. Gregor se lembrou do estado de choque em que ele mesmo tinha ficado quando acreditou que Boots tinha sido morta pelas serpentes. Como Luxa tinha ficado incapaz de falar quando Henry a traíra e depois morrera por isso. O menino deixou Lapblood em paz.

A trilha não existia mais. Tinha se estreitado progressivamente até que desapareceu completamente. Agora era uma questão de tentar pisar por entre as plantas. No começo, Gregor achou até mais fácil caminhar, já que estava calçando os sapatos justos de Hamnet em vez das botas. Então a dor nos dedos começou a surgir. Houve um leve formigamento, seguido de coceira, e por fim ele teve a sensação de que os dedos do pé estavam em chamas. O menino sabia que qualquer menção dos ferimentos só iria disparar mais uma rodada de insultos de Ripred, então ele trincou os dentes e seguiu em frente.

Talvez fosse o conhecimento de que não havia água disponível que deixou Gregor tão intensamente consciente da sede. A secura dentro da boca. A pele rachada dos lábios. A sede nunca tinha sido um problema antes no Subterrâneo. Água fresca sempre estivera disponível, mesmo na Terra Morta. E sempre havia muita água fria e limpa para se beber em casa. Direto na torneira.

Eles andaram por quatro horas sem pausa, embora tivesse parecido que foram 40 horas para Gregor, e o grupo parou apenas porque Boots e Hazard acordaram. Hazard entendia que havia pouca água para se beber, mas Boots ficava puxando a camisa de Gregor, dizendo:

— Sede! Tô com sede, Gré-go! — Como se ele não estivesse entendendo a menina, porque não lhe trazia nada para beber.

Boots estava muito agitada e suada. Gregor a deixou apenas de calcinha e sandálias, para que não suasse mais do que o necessário.

Quando Hamnet finalmente levou a garrafa de água da geleira aos lábios dela, Boots engoliu quase um terço do conteúdo antes que ele pudesse impedi-la.

— Devagar, Boots, precisamos fazer esta água durar — disse, tirando gentilmente a garrafa da boca da menina.

— Mais — exigiu Boots, apontando para a água.

— Você poderá beber mais depois — afirmou Hamnet, e deixou Hazard beber um pouco.

Boots estava confusa. Ela puxou o irmão.

— Suco de maçã?

— Nada de suco de maçã, Boots. Tente voltar a dormir, está bem? — É claro que ela não dormiu. Depois de um rápido descanso, Hamnet os colocou para andar de novo. Boots estava montada nas costas de Temp, e ficava pedindo água sem parar. Depois de responder com paciência as primeiras trezentas vezes, Gregor finalmente perdeu a paciência com ela. — Eu não tenho nada, Boots! Nada de suco! Nada de água! Está bem?

Era exatamente a coisa errada a se fazer. Boots caiu no choro e derramou lágrimas num momento em que qualquer perda de fluidos era crítica e ficou inconsolável por pelo menos vinte minutos, antes que Hamnet, relutante, lhe desse mais alguns goles de água. Finalmente ela adormeceu de novo, para grande alívio de todos.

Os dedos dos pés de Gregor eram tocos esfolados, inchados e ardentes. Raízes os espetavam através dos sapatos. O sal do suor atacava os ferimentos.

E ainda por cima havia a voz de Ripred, provocando o menino do fim da fila.

— Não aconteceu desta vez, não é, garoto-colérico?

Gregor sabia do que ele estava falando, mas não respondeu.

— "Ah, eu não quero este dom, Ripred." — O rato imitou o menino com uma vozinha chorosa. — Você achou que poderia ir a qualquer lugar e fazer qualquer coisa e continuar em segurança. Porque você é um colérico. Bem, você está descobrindo agora quão fraco realmente é.

— Pare com isso, Ripred, o garoto já tem um fardo muito grande para carregar. — Gregor ouviu Hamnet dizer.

— Ele precisa entender quão perto de morrer esteve! — Ripred estourou.

— Ele entende — retrucou Hamnet com firmeza. — E sabe que não pensou bem antes de agir. Quem dentre nós nunca foi culpado disso? Certamente não você. Certamente não eu.

Felizmente, Ripred parou. Mas Gregor sabia que havia uma certa verdade naquilo que o rato dissera. O menino não tinha achado que era invencível, mas o fato de saber que era um colérico o tinha deixado com menos medo de entrar numa situação perigosa. Algumas vezes Gregor teve dificuldades em desligar a reação de colérico. Ele não sabia que essa reação poderia abandoná-lo em momentos de necessidade. Tal ideia afetou sua autoconfiança e o fez se sentir muito indefeso.

Era difícil se concentrar, mas Gregor tentou pensar nas vezes em que ele tinha se transformado e nas vezes em que não tinha. O menino tinha tomado cuidado para não entrar em nenhuma luta na Superfície, então isso não tinha sido problema. Quando Ripred o derrubou no chão do túnel, Gregor não passou pela sensação de colérico. Mas aquilo tinha acontecido muito rápido, e Gregor tinha parado de se sentir ameaçado assim que Ripred revelou que era ele. Quando o morcego infectado caiu na arena, a situação tinha sido perigosa, mas não havia nenhum inimigo para combater além das pulgas. Então houve o momento com os sapos. O menino viu que Boots estava em perigo. Teve tempo de registrar a ameaça. Mas, mais tarde, as plantas tinham atacado tão rapidamente... Qual seria a resposta? Será que ele só poderia se tornar num colérico quando tinha tempo de reconhecer uma ameaça? Não, não, porque ele tinha se tornado um colérico na primeira vez com simples bolas de cera cheias de tintura vermelha voando na direção dele. Aquelas não eram nada perigosas.

— Não há um padrão. — Este foi o último pensamento claro que Gregor teve por um longo tempo. O que aconteceu em seguida foi uma neblina de horas, talvez dias, preenchidas com dor, medo e desorientação. Andar. Ficar deitado com o rosto pressionado contra folhas, Hamnet esfregando óleo nos lábios sangrentos do menino, enfaixando os dedos do pé. Boots chorando, choramingando, e finalmente não fazendo nenhum som, apenas deitada frouxamente nas costas de Temp, e não havia maneira de ajudá-la. Sede intensa, sonhos com água, com gélidas geleiras brancas que ele jamais poderia alcançar. Andando... andando de novo... com a língua inchada, cabeça doendo, coração acelerado, estômago enjoado. Caído nos cipós, olhando para a irmã imóvel nas costas de Temp. Boots... adormecida... inconsciente... morta? Morta não, o peito subindo e descendo rapidamente, com os lábios rachados brilhando com o óleo, tingidos de um leve azul. Então a voz de Ripred, rouca e fraca.

— Estou farejando água limpa.

Gregor deve ter se levantado de alguma forma. Seguiu Ripred e Lapblood selva adentro sobre os tocos ardentes de carne que eram seus pés. Ele podia ouvir a água... não o gorgolejar baixinho e provocante dos riachos da selva que os atormentara por dias... mas um barulho de movimento, de água espirrando. Os ratos estavam correndo agora, com Gregor manquejando atrás deles. O menino podia ver a água, irrompendo de uma pedra, cascateando até um poço, uma praia arenosa... água... mas então...

Ripred deu um grito de alarme.

— Voltem! Para trás!

Gregor podia ver Ripred e Lapblood se debatendo como se o chão estivesse derretendo sob os pés deles. Mecanicamente, o menino continuou avançando, embora pudesse ouvir a voz de Ripred, tentando impedi-lo, forçando-o a voltar.

Os próprios pés de Gregor estavam pesados demais para serem erguidos e o menino percebeu que estava enfiado até os tornozelos em alguma coisa. Olhando para baixo, Gregor observou calmamente enquanto afundava até os joelhos, e nesse momento uma onda de adrenalina reativou seu cérebro.

— Areia movediça! — exclamou, e tentou desesperadamente recuar para fora daquilo. Era impossível. Ele estava afundado demais.

— Parem de lutar! — Ripred ordenou. — Vocês só afundarão mais rápido!

— Boiem! — Gregor gritou. — Tentem boiar! — O menino lembrou que areia movediça era como água. Se ele pudesse ficar de costas, poderia flutuar até que a ajuda chegasse. Mas era tarde demais. Ele estava enfiado até as coxas e não havia nenhuma forma de se puxar para fora.

— Hamnet! — Ripred chamou. — Hamnet, venha para cá!

Ripred estava indo bem. Ele tinha conseguido estender as quatro patas para fora e estava se mantendo precariamente na superfície. Mas Lapblood tinha entrado em pânico. O movimento das patas em pânico estava fazendo com que ela afundasse rapidamente na areia movediça.

Gregor se esticou para fora da areia e pegou um cipó. O menino conseguiu se puxar uns 15 centímetros até que o cipó arrebentou e a força do peso o fez afundar até a cintura na areia movediça.

— Nike! — gritou. — Nike!

Houve um ruído nos cipós à direita dele. A ajuda estava chegando! Mas os olhos negros e reluzentes que surgiram em meio ao verde não eram familiares. Primeiro Gregor achou que eram ratos. Não, os rostos eram menores, mais delicados. Deviam ser camundongos.

— Socorro! — Gregor gritou. — Ajudem-nos! — Os camundongos não se moveram.

Alguém caiu de bem alto nos cipós, girando, dando piruetas, aterrissando com precisão no pequeno espaço entre dois dos camundongos. E Gregor reconheceu a recém-chegada. As roupas dela eram trapos, a pele pálida marcada com hematomas e cortes. Uma longa e curva cicatriz corria da têmpora esquerda até a ponta do queixo. Mas ela ainda usava a fina tiara de ouro ao redor da cabeça. E aqueles olhos violeta... Bem, ele os reconheceria em qualquer lugar.

— Luxa! — Apesar da situação desesperada, o menino sentiu a felicidade se espalhando pelo corpo. Ela estava viva! Gregor sorriu e sentiu o sangue fresco escorrendo dos lábios rachados. — Luxa! — Ele estendeu a mão para que ela pudesse salvá-lo.

Mas Luxa não estendeu a própria mão. Ela não se deitou na margem e esticou o braço. Ela nem jogou um cipó.

Em vez disso, Luxa cruzou os braços e assistiu enquanto Gregor afundava até o pescoço.

PARTE 3
O ESPELHO

CAPÍTULO 19

— Luxa! O que você está fazendo? — Gregor exclamou, surpreso.

— O que você está fazendo, Habitante da Superfície? Aqui na selva na companhia de ratos? — indagou a menina com frieza.

Do que ela estava falando? O que estava acontecendo?

— Precisamos dos ratos! — Gregor gritou, em desespero. — Você não entende!

— Entendo que você poupou a vida de Bane. Entendo que ele prospera sob a proteção de Ripred. O que mais preciso entender? — Luxa respondeu.

Então era isso! Como Luxa tinha chegado aqui, e por que tinha ficado, Gregor não fazia ideia. Mas ela sabia o bastante sobre as coisas que aconteciam fora da Selva para ter ouvido falar em Bane.

— Nerissa disse que eu fiz a coisa certa! — Gregor afirmou. Isso foi tudo que conseguiu dizer, pois agora a areia movediça tinha chegado até sua boca.

— A peste irrompeu, sua pirralha arrogante. Estamos procurando a cura! Agora tire-nos daqui! — Ripred grunhiu para ela.

— A peste? — Luxa repetiu. A rainha franziu o cenho, mas não fez nenhum movimento para salvá-los. — Eu não ouvi falar em nenhuma peste.

— É mesmo? Bem, com todos os visitantes que você deve receber aqui, não acredito que ninguém tenha mencionado! — Ripred provocou. — A peste é o assunto mais quente do Subterrâneo!

— Judith! — Gregor ouviu a voz de Hamnet. — Ajude-os!

Hamnet derrapou até parar, logo antes de chegar à areia movediça, mas sua atenção estava voltada para Luxa. Ela olhou de volta para ele, chocada. No que eles se encararam de perfil, Gregor pôde ver que a semelhança era incrível.

— Não sou Judith — respondeu Luxa, confusa.

— Não, não é — concordou Hamnet, recuperando-se e puxando um cipó de uma árvore próxima. — Minha irmã jamais teria ficado parada, assistindo à morte daqueles que arriscaram tanto por ela!

Os dedos de Gregor agarraram o cipó bem quando seu nariz estava submergindo. Ele se agarrou com o pouco de força que ainda lhe restava, e Hamnet o puxou lentamente da areia movediça. O menino ficou deitado no chão, coberto de areia molhada, enjoado e tonto enquanto assistia ao resto do resgate.

Hamnet jogou para Ripred outro cipó, ainda preso pelas raízes, e o rato estava conseguindo se arrastar bem devagar para o solo firme.

Era Lapblood que parecia estar perdida. Tudo que se podia ver dela eram alguns centímetros de focinho e uma pata ainda escavando fracamente a superfície. Hamnet jogou um cipó para ela, mas a rata não tinha como ver, já que os olhos tinham submergido na areia.

— Lapblood! — Hamnet gritou.

— Lapblood! — Ripred urrou. — Pegue o cipó!

Não estava adiantando. Ela iria afundar.

A pata tinha sumido e o último vestígio do focinho que se agitava tinha quase desaparecido quando Nike mergulhou do alto. A garra de sua perna boa se enfiou na areia movediça e se prendeu em alguma coisa. Então as asas começaram a bater loucamente. Lentamente, muito lentamente, ela conseguiu tirar a cabeça de Lapblood da areia pelo cangote.

— Não consigo erguê-la! — Ofegou a morcega. — Vocês precisam ajudar!

Hamnet jogou o cipó de novo, mas os olhos de Lapblood estavam selados com areia.

— Lapblood!

— Acorde, Lapblood! — Ripred ordenou. — Você tem que agarrar o cipó para que a gente possa puxar você!

A boca de Lapblood começou a se mover.

— Não... deixem-me ir... apenas deixem-me ir... — sussurrou, quase inaudível.

— Deixar você ir? Depois que salvei sua mísera pele daquelas plantas? Sem chance! Agora faça o que estou mandando! — rugiu Ripred.

Mas Lapblood só acenou de leve com a cabeça.

— Não... já chega...

Gregor percebeu que aquilo tudo tinha sido demais. Os meses de fome profunda, vendo os filhotes morrerem, esta viagem torturante, a morte de Mange. E Lapblood tinha decidido que não queria mais viver.

— Não! — Gregor exclamou. — Não desista! Lapblood! — Ela não respondeu. As palavras do menino não significavam nada. Mas então ele pensou em algumas palavras que poderiam fazer a diferença. Palavras que ele jamais deveria ter escutado. — E quanto a Sixclaw? E Flyfur? E quanto a eles?

Ao ouvir aqueles nomes, os olhos de Lapblood se abriram. Ela olhou em volta freneticamente.

— Meus filhotes! — exclamou.

— Isso mesmo! Seus filhotes precisam de você! — Ripred afirmou. — Agora se recomponha e agarre aquele cipó!

Lapblood moveu uma pata e a cravou no cipó. Ripred e Hamnet puxaram da margem e, com a ajuda de Nike, finalmente a arrastaram para fora da areia movediça. A rata ficou deitada ao lado de Gregor, com o pelo coberto por uma grossa camada de areia molhada.

— Então esta é a minha sobrinha? — Hamnet perguntou a Ripred enquanto se virava irritado para Luxa.

— Você sabe que sim. Ela é idêntica à sua irmã gêmea — confirmou Ripred.

— Hamnet — disse Luxa. — Você é Hamnet. Achamos que você tinha morrido.

— Achamos que você tinha morrido também, Luxa. E talvez tivesse sido melhor assim, se você pode assistir à morte dos seus camaradas com tanta tranquilidade — respondeu Hamnet.

— Ah, posso ver que vamos presenciar mais uma adorável reunião de família — comentou Ripred. — Mas isso terá que esperar. Leve-nos até a água, Vossa Majestade, ou eu juro que vou fazer você e seus amigos mordiscadores em pedacinhos aqui mesmo.

Gregor sentiu que estava sendo erguido e então movido. Frill. Era ele quem estava nas costas do lagarto desta vez. Em alguns minutos, ele começou a ouvir o barulho de água de novo. Ripred estava cutucando o lado do menino com o focinho.

— Venha, guerreiro. Levante-se. Beba um pouco — chamou Ripred.

Gregor escorregou das costas de Frill, caindo de quatro, e engatinhou até o barulho de água. Uma fonte borbulhava de uma pedra até uma piscina cristalina. O menino enfiou o rosto inteiro na piscina e sugou enormes goles de água fresca. Ergueu a cabeça só por um momento para pegar fôlego e meteu o rosto de volta na umidade... na água... na vida...

Quando tinha finalmente saciado a sede, olhou em volta. Eles estavam numa grande laje de pedra que se estendia ao lado da piscina. Luxa e os camundongos não estavam por ali. Ripred, Nike, Hazard, Frill e Temp estavam todos alinhados na beira da piscina bebendo com Gregor. Hamnet tinha enchido a última bolsa restante e estava pingando água alternadamente nas bocas de Boots e Lapblood.

Gregor engatinhou até o lado de Boots.

— Ela está bem? — indagou.

— Ela vai ficar bem, Gregor, depois que lhe dermos água e comida — explicou Hamnet.

Gregor pressionou o nariz contra Boots. Ela abriu os olhos e sorriu um pouco.

— Oi, você — sussurrou o menino.

Os lábios de Boots se moveram em resposta. Não saiu nenhum som, mas ela estava viva.

— Eu posso dar água a elas — falou Gregor. — Você deveria beber.

— Eu bebi da bolsa. E estou bem o bastante. — Hamnet parecia estar exausto, mas ainda tinha uma aparência muito boa comparado com o resto do grupo. Gregor concluiu que os anos de vida na selva combinados com sua força física natural tinham permitido que ele resistisse melhor aos percalços da jornada. — Você precisa ir lavar essa areia do seu corpo antes que ela endureça, Gregor.

— Ele tem razão — concordou Ripred. — Esse troço vai ficar que nem cimento logo, logo. — Depois de dizer isso, o rato mergulhou na piscina e começou a rolar e rolar. Areia flutuou na água, saindo da pelagem dele, nublando a água cristalina.

— Venham, aqueles de vocês que ainda estão com sede, e bebam da bolsa até que a areia se assente — chamou Hamnet.

Quando Ripred saiu da piscina e começou a arrumar o próprio pelo, como se estivesse penteando, Gregor se levantou com as pernas bambas e foi até a água. Ele pensou em se despir, mas as roupas estavam tão cheias de areia que o menino achava que nem conseguiria achar os fechos. Então ele simplesmente pulou.

Ahhh! Nada jamais tinha sido tão gostoso quanto o líquido frio envolvendo seu corpo. A água batia no peito dele, então era mais que funda o bastante para nadar. Gregor mergulhou sob a superfície e nadou de um lado até o outro e de volta antes de precisar respirar de novo. Depois de algumas voltas, a maior parte da areia já tinha saído das roupas. O menino sentou-se na beira da piscina natural e se despiu até ficar só de cueca. Tirar os sapatos de couro de réptil foi um desafio especial, já que seus dedos estavam mais ou menos do tamanho de nozes e incrustados de areia. Ele teve que deixar os pés na água por algum tempo para poder remover as bandagens. Grandes pedaços de pele saíram junto. Mas, por debaixo deles, uma pele nova e delicada estava começando a surgir.

Gregor nadou até a fonte, ficou de pé na beirada de pedra e deixou a água cascatear no corpo. Ficou debaixo do fluxo até ter certeza de que cada grão de areia, cada gota de suor e cada pedaço de pele morta tinham sido lavados do corpo. Então ele enxaguou as roupas e subiu na laje de pedra para colocá-las para secar.

Luxa apareceu, balançando vários peixes grandes pelo rabo e carregando algo na parte de baixo da camisa. Ao soltar a bainha, um monte de frutas redondas amareladas caíram no chão. A menina jogou os peixes ao lado das frutas e escolheu o maior.

— Vou grelhar este aqui para Boots. Ela não vai comer cru — Luxa disse, para ninguém em particular.

Era difícil não cair de boca na comida antes que Hamnet tivesse terminado de fazer a divisão. Gregor recebeu quatro frutas amarelas. Os dentes do menino romperam a casca da primeira fruta e um gosto delicioso de ameixa encheu-lhe a boca. Gregor decidiu que a fruta era segura e a devorou em três mordidas.

Colocando Boots no colo, o menino tentou convencê-la a comer. Primeiro, a irmãzinha pareceu indiferente. Mas quando Gregor pingou algumas gotas do suco doce nos lábios dela, o rosto de Boots se iluminou. Ela agarrou a mão do irmão, puxou a fruta para a boca e a engoliu.

— A de ameixa — anunciou, lambendo o caldo dos dedos. — Mais ameixa? — E Gregor ficou feliz porque podia lhe dar muitas mais.

O peixe era bom também. Na viagem anterior, Gregor tivera alguma dificuldade em se adaptar à carne crua e fria. Desta vez, ele mandou tudo para dentro sem pensar no assunto. Luxa trouxe para Boots alguns pedaços de peixe que tinha grelhado sobre o lampião com a espada. Ela tinha espremido o suco de uma das ameixas douradas nos pedaços para que ficassem mais apetitosos.

— Você vai provar um pouco de peixe, Boots? — Luxa perguntou, sem nem olhar para Gregor.

— Si-im! — Boots exclamou e meteu um pedaço na boca. — Cadê rata? — perguntou a menininha a Luxa e então apertou o nariz com o dedo. — Ai!

— Quem, Twitchtip? — Luxa indagou, e Boots assentiu com a cabeça. Gregor se tocou de que a última vez que a rainha e a irmãzinha dele tinham se visto fora no labirinto dos ratos Twitchtip estivera com elas, com o nariz bem ferido. — Eu não sei.

— Ah, sim, minha querida Twitchtip. Onde você a deixou, Vossa Majestade? Morta no Dédalo, eu garanto — zombou

Ripred. — É uma pena, na verdade. Quero dizer, não é como se alguém fosse sentir saudades dela, mas que focinho maravilhoso.

— Eu vou sentir saudades dela — disse Gregor bruscamente. Ele gostava de Twitchtip, rata ou não. Ele não queria ouvir Ripred falando mal dela agora.

— Desculpe-me, eu me esqueci do quanto vocês eram amiguinhos — comentou Ripred. — Mas ela é só mais uma rata morta para você, certo, Vossa Rainheza?

Luxa o ignorou. Ignorava a todos, menos Boots. Mas por que motivo ela estava tão brava, afinal? Porque Gregor não matara Bane? Sim, mas o menino tinha lhe falado que Nerissa dissera que ele tinha feito a coisa certa. Porque o encontrou com dois ratos? Bem, não havia outra maneira de conseguir a cura para a peste. Porque Hamnet lhe dera uma bronca? É, ela não teria gostado disso. Além do mais, ela deveria estar vivendo aqui na penumbra com os camundongos havia meses. Quando alguém finalmente apareceu, não foi para resgatá-la, foi por uma coincidência. Talvez Luxa simplesmente estivesse com raiva de tudo e de todos.

E onde estaria a morcega dela, Aurora? Morta, provavelmente por que outro motivo Luxa estaria de bobeira na floresta em vez de voar para casa? Gregor começou a sentir pena de Luxa até que lembrou que ela estivera preparada para deixá-lo sufocar até a morte na areia movediça. "Eu não devo nada a ela", o menino pensou. Mas não acreditava naquilo realmente. Houve momentos no passado quando ela lhe salvara a vida e, ainda mais importante, salvara a vida de Boots. Ainda assim, ele não iria lhe implorar que falasse com ele, se era isso que Luxa estava esperando.

Quando Boots terminou de comer, Gregor lhe deu um banho. Basicamente ele a segurou e andou pela piscina. A menininha estava fraca demais para brincar de verdade. Mas ele percebeu que ela se sentia melhor na água. Depois que Boots estava limpa, Gregor preparou uma pequena cama com um cobertor, e ela logo adormeceu. O irmão também lavou todas as roupas dela, e as colocou para secar ao lado das dele na laje. Em seguida Gregor se deitou ao lado de Boots e apagou.

O menino não sabia bem o quanto tinha dormido até ser acordado pela voz de Ripred agredindo Lapblood. Ela não tinha se movido desde que o grupo chegara à piscina. Deixava Hamnet lhe servir água na boca, mas às vezes a água simplesmente escorria pelos lados. Não tinha nem tocado a comida diante de si. E não tinha feito nenhuma tentativa de se lavar, então o pelo ainda estava incrustado de areia. Qualquer breve onda de energia que a fizera se salvar da areia movediça tinha acabado. Luto e dor a consumiam novamente.

— Levante-se, Lapblood! Você precisa tirar a areia do pelo antes que seja tarde demais! — Ripred ordenou. A rata nem reagiu à voz dele. O grande roedor tentou alguns métodos diferentes de persuasão, mas não obteve nenhum resultado. Finalmente, ele fungou de frustração. — Está bem! Se você só vai ficar aí deitada, então vou jogá-la eu mesmo! — E então Ripred agarrou Lapblood pelo cangote e a arrastou para dentro da piscina. A rata se debateu confusa, como se não estivesse bem ciente do que estava acontecendo, até que

Ripred a puxou de volta para fora. — Agora penteie o seu pelo! A água não chega até a sua pele! Você precisa limpar o resto da areia com as garras antes que ela lhe esfole completamente! — Ripred disse. Mas Lapblood não pareceu estar com mais vontade de se pentear do que estivera com vontade de tomar banho. Ela simplesmente ficou deitada de barriga para baixo, indiferente para o mundo. Ripred começou a ameaçá-la, e chegou a abrir a boca para mordê-la no flanco quando Gregor interveio.

— Pare com isso! — exclamou o menino.

Ripred olhou para ele surpreso.

— Com licença?

— Pare com isso. Deixe ela em paz. Ela está deprimida, tá bem? — Gregor continuou.

— Vamos combinar o seguinte. Mais tarde, quando estivermos todos sãos e salvos, eu farei questão de ser supersolidário. Mas, neste momento, eu não posso deixá-la desistir — respondeu Ripred. — Eu preciso dela. Ela pode lutar, e provavelmente nós vamos nos encontrar com pelo menos mais algumas coisas que querem nos comer no Vinhedo. E quem eu tenho como reforços? Um punhado de filhotes, um morcego manco, um rastejante, um par de pacifistas e um colérico que trava. Todos vocês em péssimo estado. Ah, Lapblood vai limpar o pelo dela, nem que eu tenha que arrancar cada pedaço dele para convencê-la! — Ripred abriu os dentes para arrancar um punhado de pelo da rata. Os dedos de Gregor se fecharam ao redor de uma ameixa que Temp tinha separado para Boots, e o menino acertou o rato bem entre os olhos com a fruta.

Ripred olhou para Gregor sem acreditar. Não poderia ter machucado; Gregor não tinha jogado muito forte. Mas era tão raro que alguém desafiasse o rato que isso o deixou genuinamente surpreso.

— O que foi isso?

— Eu cuido do pelo dela. — Gregor se ofereceu.

— O quê?! — Ripred exclamou.

— Eu pentearei Lapblood pessoalmente. — Gregor pegou a escova que Dulcet tinha incluído na mochila para Boots e foi até Lapblood.

— Você? Você vai penteá-la? — Ripred repetiu, rindo.

— Por que não? — Gregor indagou. Ele já tinha escovado cães antes. Qual seria a diferença?

— Isso eu tenho que ver — afirmou Ripred e se sentou confortavelmente para assistir ao show.

A água ainda pingava de Lapblood. Ela não tinha nem se chacoalhado depois de sair da piscina. Por mais que o mergulho tivesse enxaguado os maiores blocos de areia, a pelagem ainda estava arenosa ao toque. Gregor não sabia bem por onde começar. Afinal, a rata era bem maior que qualquer cachorro que Gregor conhecesse. Além disso, ela estava molhada. Ainda assim, ele tinha que tentar.

Gregor pegou a camisa limpa, que estava quase seca, e enxugou um pedaço das costas da rata, para que pelo menos não ficasse encharcada. Em seguida pegou a escova e começou a trabalhar no pelo delicadamente. Ripred tinha razão. Estava emaranhado em alguns lugares e os grãos de areia já estavam começando a esfolar a pele. Levou algum tempo para limpar uma área do tamanho da mão.

"Cara, isso vai demorar muito", pensou. Mas Gregor não parou porque Ripred estava assistindo. Assim como várias outras criaturas. Conforme acordavam, seus companheiros de jornada pareciam fascinados pela visão do menino escovando a pelagem de Lapblood. Uma dúzia de pares de olhos brilhantes de camundongo espiavam por entre os cipós. E, mesmo que não pudesse vê-la, Gregor tinha certeza de que Luxa estava em algum lugar da selva, observando também. E desaprovando, sem dúvida.

À medida que o pelo secava, o trabalho se tornava mais fácil. Os braços do menino doíam mas os dedos amavam a sensação da pelagem sedosa. Quem diria que os ratos tinham um pelo tão macio? Havia algo de tranquilizador na coisa toda.

Ao terminar as costas, Gregor contornou Lapblood de modo que ficou diante dela pela primeira vez. Ela pareceu espantada com a aparição do menino. Confusa.

— Eu vou escovar sua barriga agora. Você precisa deitar de lado — instruiu Gregor.

Como se estivesse em transe, Lapblood rolou, ficando de lado. Mas manteve os olhos fixos em Gregor. O menino se perguntou se em qualquer momento ela poderia voltar ao normal e arrancar a cabeça dele com uma dentada. Não aconteceu. A rata estava perdida demais. Fraca demais. Triste demais. E um pouco louca, ou por que ela teria perguntado a Gregor o que tinha acabado de perguntar?

— Você acha que eles ainda estão vivos? — sussurrou Lapblood. — Flyfur e Sixclaw?

Era quase a mesma pergunta que ela fizera a Mange.

— Claro. Claro que acho — respondeu Gregor. Ele tentou se lembrar do que Mange tinha respondido. — Eles já terão o pó amarelo agora. E... — Qual era o nome daquela outra rata? — E Mincemeat vai alimentá-los. — O nome não estava bem certo, mas era quase aquilo mesmo.

— Sim, ela vai alimentá-los — Lapblood concordou. — Meus filhotes.

— Agora você deveria tentar dormir um pouco, Lapblood — disse Gregor. — Está bem?

Ela piscou para ele algumas vezes e então, incrivelmente, adormeceu.

Os pensamentos de Gregor se voltaram para a própria mãe. Ela já deveria estar muito doente agora. Howard também. Neveeve disse que os morcegos não ficavam doentes tão rápido, então talvez Andrômeda ainda estivesse bem. Mas Ares? Encare os fatos, Ares devia estar morto. Gregor foi atingido subitamente pela dor, e lutou para afastá-la. Não podia se dar ao luxo de se entregar ao sofrimento agora. Como Lapblood, ele tinha outras pessoas para salvar.

Gregor escovou a pelagem da rata até que cada centímetro estivesse suave como veludo. Era engraçado... como ele e Lapblood eram os dois lados da mesma moeda. Uma mãe lutando para salvar os filhos. Um filho lutando para salvar a mãe. Apesar das diferenças, ele sentiu que eles tiveram uma conexão especial desde aquela primeira noite, quando os dois ficaram acordados nas trevas, pensando nos seus entes queridos. Naquele momento, Lapblood estava além do limite de aguentar o que teria que aguentar. O menino sabia como era isso, e não poderia assistir a Ripred abusando da rata. Foi por esse motivo que Gregor interveio. Ele gostaria de poder explicar aquilo para todos os espectadores. Mas não tinha as palavras.

Então, em vez disso, sem se dar ao trabalho de limpar a escova, penteou o próprio cabelo.

CAPÍTULO 20

Comida, água e uma boa noite de sono produziram uma mudança milagrosa em Boots. Ela acordou animada e exigiu café da manhã. Por aquela hora, Hamnet e Ripred já tinha saído para procurar comida e havia bastante. Dúzias de peixes, pilhas de ameixas e grandes montes de cogumelos.

Hamnet fez uma pequena fogueira sobre as pedras usando pedaços de cipó mortos como combustível.

— Você tem certeza que a gente deveria fazer fogo? — Gregor indagou, olhando nervoso para a selva.

— Fique tranquilo, Gregor, as plantas são inofensivas nesta parte da selva — respondeu Hamnet. Ele grelhou vários peixes regados com suco de ameixa. Gregor achou que era a coisa mais gostosa que já tinha comido. Todos engoliram um enorme desjejum, exceto Lapblood, que ainda estava morta para o mundo.

— Deixe que ela durma — decidiu Hamnet. — Ainda haverá comida quando ela acordar.

Boots estava implorando para ir nadar, então Gregor a levou para a piscina. Ela montou nas costas do irmão, pulou da margem para os braços dele e praticou soprar bolhas. Quando se cansou da água, a menininha comeu de novo e então arrastou Temp e Hazard para mais um jogo com a bola.

Hamnet chamou Gregor para que pudesse examinar-lhe os pés.

— Estão melhorando, mas você precisa tomar cuidado para que não infeccionem — afirmou. Ele pintou os dedos dos pés de Gregor com o remédio azul, enfaixou-os de novo e fez que ele calçasse os sapatos de couro de réptil. Em seguida, voltou a atenção para a perna de Nike. — Como está a dor? — indagou.

— Não está muito ruim — respondeu Nike, mas deixou escapar um grito involuntário quando Hamnet passou os dedos sobre a fratura.

— Vamos ter que acampar aqui por pelo menos um dia, Nike — disse Hamnet. — Tome o remédio para a dor. Assim você poderá descansar. — Desta vez Nike não levantou objeções, então Gregor percebeu que ela deveria estar com muita dor mesmo.

Hamnet vasculhou a mochila de suprimentos médicos, em seguida a esvaziou no chão e passou a mão sobre o conteúdo.

— Onde está? Onde está o remédio? — A grande garrafa verde não estava entre os suprimentos. — Alguém pegou o remédio para dor?

Gregor olhou em volta, para o grupo, mas ninguém se pronunciou. Era improvável que qualquer um deles tivesse pegado o remédio. Boots e Hazard eram apenas crianças.

Temp, Nike e Frill nem seriam capazes de abrir a garrafa. Os ratos poderiam quebrar o vidro. Mas Lapblood se encontrava em estado de choque. E Ripred? Ele não estava com dor, e provavelmente não se interessaria por algo que deixava a mente nublada. O menino viu que Hamnet estava olhando para ele, Gregor, e se tocou de que era o suspeito mais provável. Tinha dedos para abrir a garrafa, e dores no pé que lhe dariam um motivo para querer o remédio.

— Sabe, Gregor, se você tivesse me pedido o remédio eu teria lhe dado um pouco — falou Hamnet. — É só que geralmente o guardamos para aqueles que sofrem a maior agonia.

— Eu não peguei. Sério — afirmou Gregor. — Você pode revistar as minhas coisas.

Ripred foi até onde o menino estava sentado.

— Abra a sua boca — instruiu. Gregor obedeceu, sem saber bem o que estava acontecendo. O rato farejou profundamente o hálito do menino. — Ele não engoliu nada do remédio.

— Minhas desculpas — Hamnet disse a Gregor. — Bem, isso não nos deixa muitas opções.

Antes que Gregor pudesse perguntar o que ele queria dizer, Boots fez um de seus lançamentos altos e longos na selva. Hazard começou a ir na direção da bola, mas Gregor segurou o ombro do garotinho.

— Não, deixa que eu pego, Hazard. — Ele não queria que nenhuma das duas crianças ficassem correndo lá fora, mesmo que as plantas fossem supostamente inofensivas.

Levou algum tempo para encontrar a bola, já que não havia trilha e os cipós fossem grossos junto ao chão. Finalmente ele a viu encravada entre duas raízes.

— Lá vai ela! — gritou o menino ao atirar a bola de volta à clareira. Foi então que a vislumbrou com o canto do olho. Ela estava sentada imóvel no alto dos cipós e provavelmente o estava observando esse tempo todo.

Enquanto falava, Gregor examinava uma pele solta junto a uma das unhas da mão, que estava lhe incomodando.

— Então, você ia só ficar ali e me deixar morrer.

— Achei que você e Ripred estavam aqui para atacar os mordiscadores — respondeu Luxa. Não havia um mínimo tom de desculpas na voz dela.

— E por que você achou isso? — Gregor indagou.

— Os ratos sempre odiaram os mordiscadores porque eles se dão bem com os humanos. Os mordiscadores lutaram ao nosso lado na última guerra. Então os ratos os empurraram para a selva, esperando que morressem de fome e fossem devorados por predadores. Entretanto, os mordiscadores são mais fortes do que os ratos supõem — disse Luxa.

— Essa poderia ser a razão para os ratos estarem aqui. E quanto a mim? — Gregor perguntou.

— Você não matou Bane — explicou Luxa. — Quando vi você e dois ratos na selva, só pude deduzir que você tinha passado para o lado deles.

— Certo, você me pegou. Eu me aliei a Ripred, e estamos conquistando o Subterrâneo e dividindo ao meio entre nós. Porque, você sabe, eu realmente amo este lugar. — Gregor mordeu a pelezinha e a cuspiu nos cipós com nojo. — Puxa, Luxa. — Durante todo o tempo que passava no Subterrâneo, tudo o que Gregor queria era voltar para casa e para a família são e salvo. Ela sabia disso. A ideia de que o menino tivesse algum grande plano com Ripred era ridícula.

— Você pode zombar, mas isso não é tão diferente daquilo que Henry tentou fazer — retrucou Luxa.

Henry. Ele era o primo da menina, seu melhor amigo, e o cara que a vendera aos ratos por algum plano maluco no qual eles todos iriam dividir o poder. Gregor admitiu que Luxa tinha motivos para estar desconfiada. Mas mesmo assim.

— Eu não sou Henry — afirmou Gregor. O menino suspirou ao pensar na tarefa impossível que seria fazer Luxa confiar nele. Provavelmente, a única pessoa em quem ela confiava era seu vínculo. Se a morcega ainda estivesse viva.

— O que aconteceu com Aurora?

— Está ferida — respondeu Luxa.

Isso era um alívio, de qualquer maneira. Saber que Aurora não estava morta. — Ferida como? — Gregor indagou.

— Na asa. Saiu da articulação. Ela não pode voar e eu não posso deixá-la. Está sofrendo muito — explicou Luxa.

Alguma coisa clicou na cabeça de Gregor.

— Então, você pegou o remédio de dor?

— Não sabia que Nike precisava dele. Vou trazer um pouco de volta — admitiu Luxa.

— Sabe, seu tio devia dar uma olhada em Aurora. Ele é muito bom com essas coisas médicas — sugeriu Gregor. Luxa não respondeu. Ela não tinha deixado uma boa impressão em Hamnet. E quem poderia saber o que ela pensava do cara? Aparecer depois de dez anos, quando todos acreditavam que ele estava morto. Do jeito que as coisas estavam, Gregor percebeu que ela jamais seria capaz de pedir a ajuda do tio.

— Vou falar com ele. Ver se há algo que ele pode fazer. Mas você terá que vir comigo.

Depois de um minuto, Luxa desceu escorregando por um cipó ao lado de Gregor. Os olhos da rainha estavam tristes e cansados. Subitamente, era difícil ficar bravo com ela.

— O que aconteceu aqui? — indagou o menino, desenhando uma linha da têmpora ao queixo, para indicar a cicatriz.

— Um rato me acertou com a garra no Dédalo — respondeu Luxa.

— Obrigado por tirar Boots de lá — agradeceu Gregor.

— Foi Temp — afirmou Luxa.

— Foi Temp que fugiu. Foi você que lutou para que ele pudesse fugir — insistiu Gregor. Luxa apenas deu de ombros.

— Venha, vamos falar com Hamnet.

Quando Gregor lhe contou sobre Aurora, Hamnet colocou a mochila de suprimentos médicos nas costas. Gregor e Hamnet seguiram Luxa por uma curta distância pela selva. Ela empurrou para o lado uma grossa camada de cipós e revelou a entrada de uma caverna. Dentro havia alguns camundongos e a morcega dourada de Luxa, Aurora. A pobrezinha estava deitada de barriga para baixo, provavelmente a última posição que um morcego escolheria para descansar, com uma das asas estendidas num ângulo grotesco. Os olhos tinham uma expressão embaçada e remota, que Gregor jamais vira antes. Ele esperava que fosse apenas o efeito do remédio para dor.

— Ela deslocou a asa — anunciou Hamnet, franzindo o cenho. — Há quanto tempo que já está fora do lugar?

— Várias semanas — informou Luxa.

Hamnet balançou a cabeça.

— Mesmo que eu consiga colocar de volta no lugar, o estrago pode ser duradouro. Mas nós podemos fazer apenas o que podemos fazer.

Simplesmente colocar Aurora de pé fez a morcega gritar.

— Você não pode fazer isso com ela deitada? — Luxa perguntou, acariciando o rosto de Aurora para acalmá-la.

— Não, mesmo esta forma poderá não funcionar. — Hamnet instruiu Gregor a segurar Aurora pelo peito com força. O menino não podia abraçá-la, por causa das asas. O melhor que pôde fazer foi agarrar grandes punhados do pelo da morcega de cada lado do corpo.

— Me desculpe, Aurora — falou o menino.

A morcega piscou para ele, confusa.

— Habitante da Superfície? Você está aqui?

— Sim, estou aqui embaixo de novo — respondeu Gregor.

— E Ares? Ele está com você? — Aurora indagou.

— Não, ele... Ele está com a peste — revelou o menino.

— A peste? — Embora Aurora estivesse num estupor induzido pelas drogas, Gregor pôde ouvir o horror na voz da morcega. Imagens voltaram subitamente à mente de Gregor. Calombos púrpura estourando... lençóis brancos manchados de sangue... seu morcego... sua mãe...

— Ah, Ares não... — disse Luxa, soando vazia

— Chegou a hora. — Hamnet foi para trás de Aurora e segurou a asa retorcida perto da ponta. — Preparem-se! — ordenou e deu um puxão rápido e forte na asa. Gregor não conseguiu segurar o pelo, e a morcega deu um berro de partir o coração.

— Parem! — Luxa gritou, e Gregor percebeu que ela estava a ponto de perder o controle. A menina segurou o braço de Hamnet e tentou puxá-lo para longe. — Não a machuquem mais! Ela não vai aguentar!

Hamnet segurou a sobrinha pelos pulsos.

— Se você não quer que ela morra aqui na selva, não há outra maneira, Luxa. Você não está ajudando ao se opor. Saia da caverna.

Mas Luxa não saiu. Ela se encostou na parede e se recusou a se mover.

— De novo, Gregor — disse Hamnet severamente. — E você precisa segurá-la mais forte. Eu preciso que ela não se mova quando eu puxar.

Gregor enxugou as mãos suadas e se agarrou ao pelo de Aurora.

— No três — anunciou Hamnet. — Um... dois... três! — Houve outro puxão, outro grito, mas desta vez Gregor conseguiu segurar. E, desta vez, maravilhosamente, a asa torta de Aurora se encaixou no lugar certo e se dobrou direitinho junto ao corpo da morcega.

— Ahhh! — Aurora deixou escapar um soluço de alívio. — Ahhh!

— Bom — comentou Hamnet. — Muito bom. Mas não está curada. Você ainda não está bem. Sem dúvida o deslocamento causou danos. Se você usar a asa rápido demais, ela poderá sair do lugar de novo. Mas a dor deve ser muito menor, eu creio.

— Muito menor — sussurrou Aurora. Ela abriu e fechou cuidadosamente a asa algumas vezes. Luxa abraçou a morcega e pressionou o rosto contra o pelo dourado. Gregor tinha certeza de que ela estava chorando, e não queria que eles vissem.

— Descanse agora. Vou voltar e dar uma olhada em você daqui a algumas horas — disse Hamnet. Ele pegou a garrafa verde de remédio para dor que estava encostada na parede da caverna e a colocou de volta na mochila. — Venha, Gregor.

Enquanto eles voltavam ao acampamento, Gregor comentou:

— Eu acho que elas passaram por alguns maus bocados.

— Não deve ter sido fácil — concordou Hamnet. Ele parou para colher uma dúzia de ameixas amarelas de um cipó. — Você conhece minha sobrinha melhor que eu. Que tipo de pessoa você diria que ela é?

— Luxa? — Gregor indagou. Ele pensou bastante em como descrevê-la. — Bom, quando a gente se conheceu, ela parecia convencida. Era quando ela andava com Henry o tempo todo. Então a gente meio que ficou amigos. — Parecia muito fraca a impressão que o menino ainda tinha de Luxa, de quando ela era tão forte. Ele se lembrou de quando ela matara o rato, Shed, para salvar a vida dele. Girando no ar com Aurora enquanto as duas destruíam um funil de teia de aranha com uma manobra chamada Espiral. Secretamente voando atrás dos barcos no Caminho d'Água, para que pudesse ajudá-lo a encontrar Bane. Como descrever Luxa?

— Ela é corajosa — afirmou Gregor finalmente. — Mais corajosa do que qualquer outra pessoa que conheci. E sei que isso pode parecer loucura... depois do lance da areia movediça e tudo mais... mas eu confio a minha vida a ela.

— Isso realmente parece loucura — concordou Hamnet, mas sorriu.

De volta ao acampamento, Hamnet deu o remédio para dor a Nike. O efeito foi quase imediato.

— Ah, eu mal sinto a minha perna. Bem, eu não fui capaz de decifrar a "Profecia de Sangue" com a cabeça limpa, talvez consiga fazê-lo quando tudo parece irreal — murmurou.

— Sim, a "Profecia de Sangue" — repetiu Hamnet. — Já faz muitos anos desde que eu a estudei na sala de Sandwich. Como é mesmo a estrofe repetida?

O verso estava tão fresco na memória de Gregor que ele respondeu automaticamente.

> *VIRE E VIRE E VIRE DE NOVO.*
> *VOCÊS VEEM A COISA, MAS NÃO O QUANDO.*
> *REMÉDIO E ERRO AO SE ENTRELAÇAR,*
> *UMA ÚNICA VINHA VÃO FORMAR.*

Hamnet pediu que Gregor repetisse mais algumas vezes para que pudesse memorizar. Enquanto ele recitava pela quarta vez, Gregor percebeu que Boots estava ao seu lado, fazendo uma dancinha com as palavras.

— Vira e vira e vira di novo! — cantava. Cada vez que dizia "vira", a menininha dava meia-volta. — Vira e vira e vira di novo! Vira e vira e vira di novo! — Boots continuou até que ficou tonta e caiu no chão, rindo.

— Certo, ela diz que a gente "vê a coisa" — começou Gregor. — Então, o que é a coisa?

— Presumivelmente, a peste — contribuiu Ripred.

— Nós "vemos a 'peste', mas não o quando" — continuou Gregor, usando a palavra nova. — Então o que é o quando?

— Poderia ser muitas coisas. Quando a praga começou. Quando a cura será encontrada. Quando o último sangue-quente morrerá — afirmou Nike, de maneira sonhadora.

— "Remédio e erro ao se entrelaçar,/ uma única vinha vão formar" — continuou Hamnet. — Suponho que isso se refira à planta que é a cura. Como é que se chama mesmo?

— *Starshade* — falou Gregor. — Ela é mais ou menos assim. — O menino pegou um pedaço de cipó queimado da beira da fogueira e desenhou a planta na pedra, conforme se lembrava do livro de Neveeve.

— "Remédio e erro ao se entrelaçar..." Se o remédio é *starshade*, então qual é o erro? — Ripred inquiriu.

Mas ninguém conseguiu nem arriscar um palpite.

Portanto, em vez de continuar, eles comeram e se prepararam para dormir. Hamnet e Luxa ajudaram Aurora a vir para o acampamento. As duas morcegas feridas se cumprimentaram calorosamente e se aninharam juntas para dormir.

— Deve ser muito reconfortante para Aurora ter outro voador para dormir — comentou Luxa. Mas Gregor se perguntou se aquela seria a única razão para que as duas se mudassem para o acampamento. Luxa provavelmente precisava de alguma companhia humana também.

— Você vai conosco para o Vinhedo? — Gregor indagou à rainha.

— Vocês podem precisar de mim — respondeu Luxa.

Ele pensou em mencionar a ela quão perigoso o lugar era, mas sabia que não iria fazer a menor diferença.

Hamnet os deixou dormir por oito horas inteiras. Em seguida o grupo tomou o café da manhã e se preparou para o trecho final da jornada até o Vinhedo dos Olhos. As duas morcegas foram atadas a Frill, Boots foi designada ao seu lugar de costume na carapaça de Temp, e todos os demais iriam a pé.

— Ao Vinhedo dos Olhos, então — anunciou Hamnet, e Frill liderou o grupo selva adentro.

Gregor tentou colocar Boots nas costas de Temp, mas a menina ainda estava encantada com sua dancinha. Ela dava uns dois passos para a selva, e então dizia: — Vira e vira e vira di novo! — E corria de volta na direção oposta.

— Não, Boots, esse é o caminho para Regália. — De volta a Regália, onde todos contavam com eles. Gregor pegou Boots no colo e a colocou sobre a carapaça de Temp. — Vamos lá — disse. — A cura fica por aqui.

CAPÍTULO
21

Havia uma pequena trilha, provavelmente criada pelos camundongos, indo do ninho à fonte, mas logo a vegetação dominava tudo de novo, e eles estavam simplesmente abrindo caminho à força pela selva novamente. Os cipós eram ainda mais densos ali, de modo que, em alguns lugares, os membros do grupo tinham que separá-los com as mãos para poder passar. Em seguida os caules se fechavam atrás deles. Muitas vezes, Gregor não podia nem ver a maioria dos companheiros de jornada. Ele ficava bem colado a Boots e Temp, garantindo que eles não se perderiam em meio à folhagem.

Hamnet designou um número para cada um deles, de um a onze, e os fez dizer o número periodicamente. Boots adorou a "brincadeira" e nunca deixava de gritar, "Nove!", com grande entusiasmo. Era mais complicado para Temp, que tinha dificuldades em lembrar que era o número dez e também que o dez vinha depois do nove. Gregor sabia que a matemática não era o forte das baratas; os insetos tinham dificuldades com as adições mais simples. Boots, que agora conseguia contar até 20 com apenas alguns problemas na área de treze-catorze, sempre se metia para ajudar.

— Temp, diz "dez"! Temp, diz "dez"! — gritava quando Temp perdia a vez. Gregor esperava que isso não envergonhasse o inseto, mas, se fosse o caso, Temp não demonstrava.

Num dado momento, durante a contagem, Gregor percebeu que Luxa tinha ficado para trás na fila e estava andando logo à frente deles.

— Como está Aurora? — o menino indagou.

— Melhor, muito melhor, apesar de ainda sentir alguma dor — respondeu Luxa. Ela esperou até que o menino a tivesse alcançado, e perguntou numa voz confusa: — Gregor... quem é aquele garoto? Aquele que fala com a sibilante?

— O nome dele é Hazard. Ele é filho de Hamnet. Então eu acho que isso faz dele seu primo — explicou Gregor.

— Como que isso é possível? — Luxa indagou, franzindo o cenho. — Os olhos dele são verdes.

— É, a mãe dele era da Superfície. Hamnet a conheceu aqui embaixo de alguma maneira. Ele não falou muito disso — contou Gregor.

— Meu primo — repetiu Luxa. Ela parecia dividida. As experiências que tivera com primos não tinham sido sempre felizes.

— Acho que ele será um dos bons. Como Nerissa e Howard. — Gregor tentou tranquilizá-la.

— Então, Nerissa é a rainha agora? — Luxa perguntou.

— É, mas você será rainha de novo quando a gente voltar, né? — Gregor indagou.

— Ah, sim. Não serei aliviada desta coroa tão facilmente. Como vai Nerissa? Eles foram horríveis para ela?

— Ela parece estar aguentando firme. Nerissa enfrentou Ripred e todo o resto numa reunião. Você teria ficado orgulhosa dela — disse Gregor.

— Eu sempre fui orgulhosa de Nerissa — afirmou Luxa. — Se os tolos desejam fazer pouco dela, isso não afeta o meu julgamento dos seus dons.

— Isso vale o dobro para mim. Sabe, ela é a única razão por que Ares e eu ainda estamos vivos. Foi ela que finalmente entendeu o que a Profecia da Perdição significava. Por que era bom que eu não tivesse matado Bane — concluiu Gregor, solene.

— Então me diga, Gregor, por que é bom que Bane continue vivo? — Luxa inquiriu com um suspiro.

Então Gregor respirou fundo e começou a contar a partir da luta com as serpentes marinhas, na qual eles perderam Luxa. Ele contou como tinha poupado a vida de Bane no Dédalo, deixando-o com Ripred, a reação furiosa com que se deparou de volta a Regália, e como Nerissa salvara sua vida ao decifrar a profecia. Contou do retorno de Boots, e dos meses que passara esperando por notícias em Nova York. Então explicou tudo que sabia da peste e a parte mais difícil: os nomes de todos aqueles que tinham sido infectados. Gregor rapidamente passou para a busca pela cura, o encontro com Hamnet e a traiçoeira viagem pela selva que o jogou num poço de areia movediça.

— E foi aí que você apareceu — concluiu. — Então, o que aconteceu a você e Aurora?

A história de Luxa era mais curta, mas tão carregada de percalços quanto a de Gregor. Durante a batalha com as serpentes marinhas, ela e Aurora pegaram Boots e Temp e mergulharam num túnel. Ondas logo bloquearam o caminho de volta para os companheiros e elas tiveram que flutuar por horas na água gelada, agarradas aos coletes salva-vidas de Boots e Temp. No fim, o grupo voltou ao Dédalo, onde se encontraram com Twitchtip, que estava no processo de levá-los para um lugar mais seguro quando doze ratos atacaram. Luxa mandou Temp correr com Boots e conteve os inimigos por tempo suficiente para que o inseto tivesse uma boa vantagem. Então ela mesma fugiu, seguindo as instruções de Twitchtip. As duas levaram dois dias para encontrar um caminho que saísse do labirinto até uma rede de túneis que levou até a selva, onde quase imediatamente Aurora deslocou a asa numa luta contra uma gigantesca cobra arbórea. Se os camundongos não tivessem lhes dado abrigo, elas não estariam mais vivas.

— Alguma ideia do que poderia ter acontecido a Twitchtip? — Gregor indagou.

— Eu não sei, Gregor. Ela estava tão fraca, por causa dos ferimentos... Eu não sei — respondeu Luxa.

A densa folhagem terminou de repente, e o grupo emergiu na borda de pedra de um vale. O que havia abaixo deixou Gregor sem fôlego. O vale também era coberto de cipós, mas estes eram mais esguios e graciosos, eram mais como vinhas, com delicadas flores de todos os tons. Um leve perfume adocicado preenchia o ar, que era o mais fresco que encontravam desde que tinham entrado pelo Arco de Tântalo.

O interminável barulho da selva tinha ficado para trás, pois no vale havia apenas silêncio.

— Eis aqui o Vinhedo dos Olhos — sibilou Frill.

Gregor se perguntou por que todos temiam tanto aquele lugar. Era como um jardim magnífico, com aquelas flores multicoloridas e aquele perfume glorioso e... então o menino se lembrou das plantas que tinham tirado a vida de Mange. Talvez, aqui na selva, a beleza fosse sinônimo de perigo.

Havia uma trilha lisa e larga de pedra que levava ao vale. As vinhas cresciam num arco alto acima da trilha, como se tivessem sido plantadas e podadas por um jardineiro habilidoso.

— Quem abriu a trilha? — Gregor perguntou.

— O próprio Vinhedo. Para convidar viajantes cansados — respondeu Ripred.

O quê? O Vinhedo abriu a trilha? Seria isto tudo apenas uma versão em escala maior da planta que comera Mange? Mas, em vez de uma só planta, uma grande variedade delas tinha trabalhado juntas para criar esta atraente armadilha? Subitamente, toda aquela beleza se tornou sinistra, e Gregor não queria entrar no Vinhedo de maneira alguma.

— Coragem, garoto — incentivou Ripred, sem dúvida sentindo o cheiro do medo no suor do menino. — Se a sua doutora Neveeve tem um registro deste lugar nos livros, outros devem ter sobrevivido para poder contar a história. Isso significa que é possível. E se é possível, então podemos fazê-lo. Hamnet, o que você sugere?

— Que todos fiquemos bem juntos. Andar em duplas ou até mesmo trios, se possível. Mas evitem tocar qualquer planta. E sob nenhuma circunstância deixem a trilha.

— Boots — começou Gregor, sério, e então limpou a garganta e tentou de novo. — Boots, você tem que ficar na trilha. Como... Como... Você sabe como a Chapeuzinho Vermelho tinha que ficar na trilha? — perguntou.

— Por causa do lobu? — Boots respondeu, arregalando os olhos.

— Isso, estas plantas têm coisas ruins como lobos nelas, então você tem que ficar na trilha, está bem? — Gregor instruiu.

— Você fica na trilha, Temp! — Boots disse, mas logo em seguida ela começou a espiar as vinhas, claramente esperando dar uma olhada num "lobu". Gregor simplesmente teria que mantê-la bem ao lado dele.

Frill e Hamnet lideraram o grupo pela trilha com Hazard andando entre os dois. Aurora e Nike, ainda amarradas às costas do lagarto fêmea, estavam completamente vulneráveis. Luxa dava cobertura a elas pelo lado direito e Lapblood pelo esquerdo. Gregor vinha em seguida, segurando a mão de Boots enquanto ela montava Temp. Ripred, no fim da fila, andava sozinho.

Silêncio. Era tão silencioso. Gregor aguçou os ouvidos enquanto o último clamor vívido da selva morria ao longe. Então, pela primeira vez, o menino escutou os ruídos dos companheiros, pisando, fungando, suspirando. Nike tossiu, Frill sibilou surpresa quando Ripred pisou na sua cauda, o estômago de Gregor roncou de fome. Mas o Vinhedo dos Olhos absorvia os sons e não lhes refletia nada em troca. Era muito assustador.

O grupo estava andando havia mais ou menos cinco minutos quando Gregor começou a vê-los. Os olhos. No começo, o menino achou que fossem flores ou algumas das frutas convidativas que pendiam das vinhas. Mas flores não piscavam e frutas não rolavam para seguir seus movimentos. Seriam insetos? Ou as próprias plantas teriam olhos? Seria isso possível? Gregor não sabia e não perguntou. Simplesmente manteve uma das mãos em Boots e a outra no cabo da espada, fingindo não perceber os olhos. É, até parece.

Eles avançaram bem. A trilha continuava lisa e reta, com um leve declive. Era fácil caminhar, mas Gregor tinha a impressão de que estavam descendo pela garganta de uma fera horrível. "Só está esperando pelo momento certo de nos engolir", pensou. Apertou a mão de Boots com mais força até que ela reclamou.

O grupo acabou chegando a uma grande clareira, que tinha a forma de um círculo perfeito. Do lado oposto à trilha pela qual eles chegaram, três trilhas menores partiam de um único ponto, com ângulos idênticos entre si. Como se tivessem sido medidas e desenhadas com a ajuda de um transferidor. Gregor jamais vira algo assim no Subterrâneo. Claro, tinha se deparado com muitos caminhos que se dividiam, mas eram sempre de uma variedade de tamanhos e formatos, e pareciam ter sido formados naturalmente, por riachos ou rios que tinham secado havia muito tempo. O Vinhedo dos Olhos tinha sido cuidadosamente desenhado e executado por alguém. Ou alguma coisa.

— Por que eles não atacam a gente logo? — deixou escapar, sem nem saber quem eram "eles".

— Esta parte do Vinhedo não deve ser tão faminta quanto as outras — explicou Hamnet. — Ou talvez eles queiram o nosso sangue para um propósito especial. Para alimentar os filhotes ou curar algum mal.

— Então, este lugar, ele tem um cérebro ou alguma coisa assim? — Gregor indagou.

— Olhe para as trilhas, garoto. Você acha que elas aconteceram por acidente? — Ripred respondeu. Não, elas não eram acidentais. Portanto, a resposta deveria ser "sim".

Hamnet posicionou um lampião diretamente no centro do círculo e eles todos se reuniram num grupo bem fechado ao redor da luz enquanto comiam. Quando todos terminaram, Hamnet se levantou.

— Vou levar Frill para fazer reconhecimento das trilhas — anunciou.

— Ótimo, o resto de nós pode se revezar dormindo — Ripred decidiu.

— Eu vou com você — falou Hazard, se levantando num pulo e agarrando a mão do pai.

— Você ficará seguro aqui, Hazard — disse Hamnet. — Ripred vai tomar conta de você.

Mas Hazard não iria deixar o pai e Frill partirem sem ele. Depois que ficou claro que o menino estava determinado a segui-los a pé pela trilha, Hamnet cedeu e o levou junto. Os três tomaram a trilha da esquerda e logo desapareceram.

— Eles vão ficar bem? — Gregor perguntou a Ripred.

— Não se preocupe com Hamnet. Ele sabe se cuidar direitinho — respondeu Ripred. — Sobreviveu dez anos aqui sem nenhuma ajuda de qualquer um de nós.

— Por que ele deixou Regália, Ripred? — Luxa inquiriu em voz baixa. Ela raramente se dirigia ao rato, então Gregor sabia que a pergunta era muito importante para ela.

— Eles nunca lhe contaram? Nem sua mãe? Ou Vikus? — Ripred indagou.

— Não. Henry ouviu falar que Hamnet tinha enlouquecido. Mas ele nunca conseguiu descobrir a história inteira, e Henry conseguia descobrir quase qualquer coisa — explicou Luxa.

Não houve som algum além da respiração deles enquanto Ripred considerava aquelas informações. Gregor olhou para o Vinhedo e viu a luz do lampião refletida em inúmeros pares de olhos. Piscando. O menino queria gritar com eles que fossem embora, mas isso iria apenas assustar Boots, e ele tinha certeza de que os olhos não obedeceriam.

— É melhor você ficar sabendo logo — decidiu Ripred finalmente. — Imagino que Vikus esteja apenas esperando que você tenha idade suficiente para contar. Mas, se pudesse, ele manteria você jovem o máximo de tempo possível. Além disso, é difícil para ele falar de Hamnet sem chorar.

— Então você me conta — pediu Luxa. — E tanto Vikus quanto eu ficaremos lhe devendo.

— Você, me devendo, Vossa Alteza? Bem, esta é uma oportunidade que eu não posso deixar passar — comentou Ripred. Ele se deixou escorregar até ficar de lado e olhou para a chama dentro do lampião. — Agora, por onde começar?... Veja bem, a questão é... é que vocês precisam entender que os humanos e ratos não se odiaram sempre com tanta intensidade. Pelo menos, o ódio cresceu e diminuiu em ciclos, então já houve períodos em que se poderia ter esperanças de haver uma paz genuína. Esses períodos coincidiram com épocas em que tanto os ratos quanto os humanos tiveram líderes que estavam dispostos a dar uma prioridade maior à harmonia do que ao lucro. Há várias centenas de anos, dizem, houve um tal período.

Boots se enfiou no colo de Gregor, e o menino abraçou a irmã. Ela bocejou e encostou a cabeça no peito dele.

— Como sinal de boa vontade, os humanos deram um presente aos ratos. Um lugar que os morcegos chamavam de Jardim das Hespérides. Foi o próprio povo de Sandwich que plantou o jardim logo depois de ter chegado ao Subterrâneo. Havia uma pequena planície que era inundada todos os anos quando o rio subia. Os humanos construíram um dique de modo que a planície não inundaria mais, e quando ela secou, a terra era fértil. Eles plantaram macieiras. Eram árvores pequenas, pelos padrões da Superfície, mas resistentes e capazes de crescer apenas com a luz do rio. Havia eclusas ao longo do dique que poderiam ser abertas e fechadas para fornecer água. As árvores prosperaram e logo seus galhos estavam carregados de maçãs douradas.

— M de maçã — murmurou Boots.

— Para os ratos, foi um presente raro. Ao contrário dos humanos, nós não podemos cultivar plantas. Mas as árvores exigiam cuidados mínimos e produziam frutas quase continuamente. Lembro que, quando eu era um filhote, era um grande prazer ir ao jardim — continuou Ripred —, comer maçãs, dormir nas cavernas que o cercavam, que tinham um perfume tão doce quanto os frutos.

— Sim — sussurrou Lapblood, entristecida —, todos amavam o jardim.

— Eu nunca nem ouvi falar no Jardim das Hespérides — comentou Luxa, desconfiada.

— Não, porque se você tivesse ouvido falar nele, teria também ouvido a história sobre a partida do seu tio. Que é o que eu estou lhe contando agora — Ripred explicou. — Mais ou menos dez anos atrás, o momento não era um desses períodos felizes. Por mais que o seu pai fosse um rei bom o suficiente em alguns aspectos, Vossa Alteza, ele era muito rígido em outros. E, é claro, rei Gorger era um monstro sanguinário desde o princípio.

— O mesmo rei Gorger... — Gregor começou.

— Sim, o mesmo rei Gorger que cai para a morte na sua primeira visita, Gregor. De qualquer maneira, os humanos decidiram que queriam o jardim de volta. Solovet mandou um exército sob o comando de Hamnet para expulsar os ratos. Hamnet, naquela época, era facilmente o melhor guerreiro dentre os humanos. Todos assumiram que ele tomaria o controle do exército sucedendo a mãe, já que ele parecia ser exatamente como ela. Mas, como acabamos descobrindo, ele era tão parecido com Vikus quanto era parecido com Solovet. E então ele estava condenado.

Gregor começou a se sentir enjoado. Teve um impulso de pedir a Ripred que parasse. Não tinha certeza de que queria ouvir o resto da história. Mas Luxa queria. E era sobre o tio dela.

— Sob o comando de Hamnet, os humanos e seus voadores lançaram um ataque surpresa. Os ratos, a maioria dos quais estava brincando no jardim com os filhotes, foram jogados no caos absoluto. Mas rapidamente se reagruparam, juntaram os filhotes nas cavernas em volta e deram meia-volta para lutar. E lutaram tão ferozmente que a maré começou a virar em seu favor. Mas Hamnet tinha um plano de reserva fornecido pela mãe. Se os ratos oferecessem muita resistência, ele deveria abrir as eclusas e inundar o campo. Então os ratos teriam que nadar, e os humanos montados em voadores teriam uma grande vantagem. Assim, Hamnet abriu as eclusas.

Na pausa que se seguiu, Gregor se lembrou das palavras de Hamnet a Vikus. "Aqui eu posso não fazer o mal. Aqui eu não faço mais mal." O menino sabia que estava a ponto de descobrir que mal Hamnet tinha feito.

— O rio estava cheio, o dique tinha séculos de idade. No que a água irrompeu pelas eclusas, as pedras e a argamassa que cercavam as comportas desabaram e o dique inteiro cedeu; não apenas inundando a planície, mas a afogando sob 6 metros de água. Centenas de ratos se afogaram no dilúvio, e muitos humanos e voadores foram pegos também. Mas o massacre não parou aí. Depois de encher a planície, a água invadiu violentamente as cavernas, afogando os filhotes que tinham sido escondidos ali por segurança. Era possível ouvir seus gritos a quilômetros de distância — contou Ripred.

— Quilômetros de distância — repetiu Lapblood, baixinho. — Quilômetros de distância.

— E o que Hamnet fez? — Luxa indagou.

— Ele iniciou um esforço desesperado para resgatar os afogados, humano, rato, morcego, qualquer um, mas foi inútil. A própria voadora dele, seu vínculo, foi arrastada para a água por dois ratos que tentavam se salvar, e jamais reapareceu. Hamnet foi retirado da água por Mareth, que teve que nocautear o comandante para que ele não mergulhasse de volta naquilo que, naquele momento, já era um lago de cadáveres — continuou Ripred. — Quando Hamnet recuperou a consciência em Regália, ele estava, em todos os sentidos, louco. Por dias não reconheceu ninguém e falava por meio de frases estranhas e embaralhadas. Então sua razão retornou e ele parou completamente de falar. Algumas noites depois, fugiu de Regália. A última pessoa que o viu deve ter sido Nerissa, que já era tão instável quando criança quanto é agora, devo acrescentar. Mas ela nunca mencionou o fato. Um ano depois do desaparecimento, ele foi declarado morto e todos os esforços para localizá-lo cessaram — disse. — E essa é a história do seu tio Hamnet.

— O que aconteceu com o jardim? — Aurora indagou.

— Jaz sob as águas. E aquelas macieiras douradas não crescem em mais lugar nenhum do Subterrâneo — concluiu Ripred. — Então estão perdidas também.

Por algum tempo, tudo que Gregor podia ouvir era o estalo ocasional do lampião e o suave ressonar de Boots, que dormia encostada no seu peito. Então uma voz sofrida veio da trilha da esquerda.

— Contando histórias fora da escola também, Ripred? — Gregor não sabia há quanto tempo Hamnet estava ali montado em Frill, segurando o filho adormecido. Tempo suficiente, de qualquer forma.

— Você conhece a minha teoria sobre essas coisas, Hamnet. Quanto mais histórias forem contadas, menor será a chance de que elas se repitam — afirmou Ripred. — Talvez isso ajude a sua sobrinha, um dia.

Luxa e Hamnet trocaram olhares.

— Talvez — disse Hamnet. — Depende de quem ela herdou os ouvidos.

— Alguma sorte lá fora? — Ripred indagou.

— Acho que sim — respondeu Hamnet. Ergueu a mão com um punhado de plantas. As raízes ainda pendiam dos caules. Acima do punho cerrado, havia um amontoado de folhas em forma de estrela.

CAPÍTULO 22

— S*tarshade* — disse Ripred. — Você encontrou.

— Você encontrou? — Gregor começou a se levantar num salto, esquecendo que Boots estava dormindo no colo. Ele a colocou no chão e correu até Hamnet. — Você encontrou a cura?

— A planta se encaixa na sua descrição — afirmou Hamnet. Acomodou Hazard nas costas de Frill e escorregou pela cauda do lagarto fêmea. Todos se reuniram ao redor dele.

— O que você acha, garoto? Se parece com a ilustração no livro? — Ripred perguntou a Gregor.

— Exatamente! — Gregor respondeu, empolgado. Eles tinham encontrado a cura! Finalmente, alguma coisa dava certo! O menino arrancou uma folha da planta e inspirou profundamente. O perfume limpo e refrescante fez o nariz dele formigar.

— Hummm, tem cheiro de limão. Deve ser isto mesmo. A planta cheira... como se pudesse curar. Onde está? Podemos ir pegar agora? E então voltar para Regália e...

— Devagar, Gregor. Sei que estamos todos ansiosos para obter a cura. Mas uma coisa de cada vez. Precisamos dormir. Frill ficará de guarda. Depois disso, poderemos começar — afirmou Hamnet.

Gregor se deitou ao lado de Boots. Ele estava cansado, mas também muito nervoso. O menino segurou a folha de *starshade* na palma e deixou a luz dançar sobre ela. Na mão dele estava a vida para a mãe, Ares, para todos no Subterrâneo. Pressionou a folha contra o nariz e, confortado pela essência de limão, fechou os olhos.

No que pareceu o instante seguinte, Hamnet o estava chacoalhando para que acordasse. Eles comeram as sobras de peixe e algumas ameixas. Mas, quando começaram a formar de novo a mesma configuração do dia anterior, Hamnet os interrompeu.

— Não contei isto a ninguém, exceto Ripred, ontem à noite, porque não queria perturbar o sono de vocês. Mas esse último trecho da jornada será traiçoeiro. O campo fica aqui perto, mas para chegar lá precisaremos passar por um caminho muito perigoso. Como um grupo, precisaremos avançar com toda a velocidade possível.

— Eu desenvolvi uma formação que deve nos dar a maior taxa de sobrevivência possível — continuou Ripred. — Hamnet vai mostrar. Façam exatamente o que ele disser.

Hamnet deixou Frill na frente da fila com os dois morcegos e Hazard no dorso. Ele instruiu Temp a rastejar por baixo das pernas traseiras de Frill. Flanqueando o lagarto fêmea pela direita estava Ripred, com Boots e Gregor montados nas costas dele. Luxa teria que montar Lapblood à esquerda. Hamnet iria correr atrás do grupo.

— Eu posso viajar rápido o bastante sobre as minhas próprias pernas — afirmou Luxa. Claramente, ela não queria montar Lapblood.

— Não, Luxa, você não pode — retrucou Hamnet. — E confie em mim quando digo que você ficará grata pela velocidade de Lapblood.

Luxa se ajeitou nas costas de Lapblood com relutância e ergueu a mão para acariciar o pelo de Aurora. Gregor colocou Boots bem alto, junto às omoplatas de Ripred, e sentou-se logo atrás dela. Tinha que manter os joelhos um pouco dobrados para que os pés não arrastassem no chão.

— A gente vai aqui? — Boots perguntou ao irmão, confusa.

— Só um pouquinho, Boots, depois você poderá voltar para Temp — respondeu Gregor.

Boots escalou o pescoço de Ripred e o cutucou no topo da cabeça com um dedinho.

— *R* de rato — anunciou.

— Sim, e *M* de mordida — respondeu Ripred numa voz cantarolante. — Cuidado para o rato não morder seus dedinhos! — ele bateu os dentes para dar ênfase.

— Ah! — Boots rapidamente voltou para perto do irmão e manteve as mãos perto do próprio corpo.

— Isso foi realmente necessário? — Gregor indagou.

— Absolutamente. Você quer que ela se aproxime e tente acariciar ratos? Não nos dias de hoje — respondeu Ripred.

O rato, como sempre, tinha razão. No geral, Gregor não queria que Boots acariciasse ratos. A maioria deles a mataria num segundo. Mas, por outro lado... Se os humanos e os ratos ensinassem os bebês desde o nascimento a temer uns aos outros... como que as coisas poderiam melhorar algum dia? Gregor tinha a sensação de que aquela era uma questão que exigiria uma resposta muito mais longa do que ele teria tempo naquele momento, então simplesmente abraçou Boots e não disse nada.

Todos estavam posicionados.

— Vamos avançar apenas um pouco antes que eu dê a ordem para correr. A partir daí, não parem de correr até chegarem ao campo de *starshades* — instruiu Hamnet. — Vamos lá.

Aquela trilha era mais estreita, apesar de ser parecida em aparência com a que os tinha trazido até ali. Mas, assim que eles viraram uma esquina, Gregor viu um longo corredor que era tão lindo que parecia irreal. As vinhas estavam cobertas com um milhão de minúsculas florzinhas de um branco prateado que pareciam reluzir à luz do lampião. Havia um suave som de sinos. Era como entrar num caminho para alguma terra mágica de fadas. E o perfume... ah, o perfume das flores o deixou tonto de felicidade.

— Corram!

O menino ouviu Hamnet gritar.

Ripred saltou para a frente com tanta força que Gregor quase perdeu o assento e teve que se jogar para a frente por cima de Boots e se agarrar às orelhas do rato para se segurar. Boots guinchou em protesto, já que ela estava basicamente esmagada contra a nuca de Ripred, mas Gregor não ousou se soltar.

A fragrância das flores fazia com que fosse difícil se segurar, porém. Ele podia sentir a própria mente ficando nebulosa e, sem nenhum motivo aparente, começou a sorrir.

— Segure firme, Habitante da Superfície! — Ripred rosnou.

Era a coisa mais engraçada que Gregor jamais ouvira, e agora ele estava rindo. O menino viu as encantadoras vinhas disparando para pegá-los, e ele queria estender as mãos para tocá-las. Foi então que Frill chamou a atenção do menino ao empinar sobre as patas traseiras e disparar numa corrida. A visão do grande lagarto fêmea pedalando adiante com aquelas enormes pernas o fez rir tanto que lágrimas lhe desciam pelo rosto.

Então Gregor pôde ver um campo verde... Deviam ser as *starshades*... Que nome estúpido para uma planta, "estrela-sombra", já que não havia estrelas aqui embaixo, nem sombra, também, já que não havia sol. Que era uma estrela. Já que a estrela era um sol... Não, o sol era estrela-sombra... Não...

— Talvez eles devessem chamar a planta de "Nunca-viu-sombra-de-estrela!" — Gregor gritou. A ideia era tão hilária que ele largou as costas de Ripred e caiu na trilha. As plantas... as plantas bonitas... se entrelaçaram em seus braços e dedos... Ele nunca tinha visto algo tão incrível na vida!

Alguma coisa lhe deu um tranco por trás e o menino estava sendo puxado para a frente e para trás porque seus novos amigos, as vinhas de flores prateadas, não queriam que ele fosse embora tão rápido. Elas se cravaram profundamente nos braços dele antes que finalmente arrebentassem.

— Tchau! — Gregor se despediu enquanto era arrastado para longe. — Legal conhecer vocês!

Então ele estava deitado num mundo refrescante, verde, perfumado a limão, ainda rindo da piada de "Nunca-viu-sombra-de-estrela!" quando percebeu que não havia nada de engraçado nela. Um alarme soou na cabeça de Gregor e ele se sentou rapidamente. O grupo estava espalhado por um largo campo retangular coberto de *starshades*. Boots estava enrodilhada nas folhas ao lado dele, rindo dos próprios dedões. Nike estava com soluços, o que provocava gargalhadas em Luxa e Hazard. Aurora, que aparentemente podia voar novamente, estava fazendo loops preguiçosos no ar. A maioria dos companheiros de viagem de Gregor pareciam desorientados também. Ripred e Hamnet estavam inspirando profundamente folhas de *starshade*, então Gregor fez a mesma coisa. Sua mente começou a clarear quase imediatamente.

— O que aconteceu lá atrás? — o menino indagou.

— Aquelas flores soltam um perfume que dá uma sensação de grande felicidade e bem-estar — explicou Hamnet.

— E depois, imagino, arrastam você para o Vinhedo e o desmembram.

— Uau! Vocês poderiam ter avisado a gente disso! — Gregor comentou.

— Nós temíamos que vocês tentassem lutar contra elas — respondeu Hamnet. — Isso teria garantido a destruição de todos.

— Poderíamos ter lutado contra elas — afirmou Luxa, mas então Nike soluçou de novo, e a rainha caiu para trás, rindo.

— Ah, por favor — retrucou Ripred, revirando os olhos.
— Mesmo sem lutar, Hamnet e eu tivemos que arrastar

metade de vocês lá de dentro, ou você não se lembra disso, Vossa Majestade?

Gregor percebeu a confusão no rosto de Luxa e concluiu que aquela parte da corrida fora tão obscura para ela quanto fora para ele.

— Aquilo afeta os menores mais rápido — explicou Hamnet. — Por sorte, Frill e eu tínhamos Hazard conosco ontem. Ele começou a balbuciar quase imediatamente após termos encontrado as flores prateadas. Isso nos avisou do que estávamos enfrentando. — Ele abraçou Hazard e lhe deu um aperto.

— Vamos colher as folhas agora? — Hazard indagou. — Posso ajudar?

— Sim, todos podemos ajudar — concordou Hamnet. — Quanto mais rápido pudermos colher as plantas, melhor.

Mas, antes que começassem, Hamnet insistiu que todos comessem um punhado de folhas.

— Por que precisamos disto? — Gregor indagou. — Nenhum de nós tem a peste.

— Mas, sem dúvida, estamos sendo expostos a ela. "No berço a cura vão encontrar" — citou Hamnet. — Isso significa que a peste nasce aqui no Vinhedo. Não sei exatamente onde ou como. Todos nós temos arranhões e cortes. Seus pés, Gregor. Estes cortes feitos pelas vinhas. — Hamnet virou o braço de Gregor e revelou um padrão de marcas cruzadas onde as vinhas tinham prendido os braços dele. — Se o germe da peste flutuar no ar ou crescer nas plantas ou dormir nesta terra onde pisamos, pode ter certeza de que ele entrou no seu sangue também.

— Boots! — Gregor chamou. — Venha, a gente vai comer estas plantas! — O menino enfiou um maço de folhas na boca e mastigou. Elas não eram ruins, na verdade. Tipo como limão e menta e chá, tudo junto. Boots resistiu a comer as folhas, já que não era fã de verduras, até que Hamnet inventou uma brincadeira de quem conseguia comer uma folha mais rápido. Hazard e Temp brincaram com ela, e tiveram o bom-senso de deixá-la vencer quase sempre, de modo que logo a menininha tinha um bom número de folhas na barriga.

Era fácil puxar a *starshade* da fina camada de solo na qual ela crescia, mas ninguém conseguia inventar a melhor maneira de empacotá-la para a viagem de volta para casa. As plantas tinham apenas uns 45 centímetros de altura, não eram longas o bastante para serem atados em maços. Então Gregor se lembrou da fita adesiva e a tirou da mochila.

— Aqui, isto vai funcionar! — O menino puxou uma tira de fita para mostrar. Ao cortar a fita larga em tiras finas, eles poderiam amarrar uma carga bem grande.

— Isto é excelente — elogiou Hamnet. — Obrigado.

— Não agradeça a mim, agradeça a Mareth — disse Gregor, e parou de falar imediatamente. Agora que conhecia a história do Jardim das Hespérides, e que Mareth tinha resgatado Hamnet, de alguma forma, ele se sentia constrangido em mencionar aquele nome. — Desculpa — resmungou.

— Por quê? — Hamnet indagou. — Mareth é uma das poucas pessoas com quem eu não me importo de estar em débito.

— É — concordou Gregor. — Ele é um cara legal.

— Venha, vamos iniciar a colheita — chamou Hamnet.

No começo, todos colheram *starshades* no campo, mas logo ficou evidente que os humanos seriam mais úteis empacotando maços de *starshade* com a fita. Nenhuma das outras criaturas tinha mãos para fazê-lo. Boots e Hazard também não eram de grande ajuda, então voltaram a colher plantas. Isto é, Hazard o fez, enquanto Boots cantou a "Canção do Alfabeto", em seguida entoando "Vira e vira e vira di novo" enquanto fazia a dancinha giratória até que caiu tonta no chão. De vez em quando a menininha lhes apresentava algumas folhas também. Aurora e Nike, que por causa dos respectivos ferimentos não podiam ajudar muito, cuidaram para que Boots ficasse no campo, em segurança. Quando a menina começou a ficar muito interessada na selva de novo, Gregor remexeu a mochila e tirou a bola e o pião que Dulcet tinha incluído para ela. O menino também deu à irmã o espelho que Nerissa tinha lhe entregue. Boots adorava ficar fazendo caretas para o próprio reflexo.

Gregor acabou trabalhando principalmente com Luxa, cortando tiras de fita e embrulhando maços de *starshades*. Hamnet reuniu os maços e começou a juntá-los num tipo de palheiro. Quando estava um pouco mais distante, Gregor virou-se para Luxa.

— Então, aquela história que Ripred contou sobre Hamnet foi incrível, né?

— Sim, explica muito bem por que ele partiu — concordou Luxa. — Ele estava louco. Mas não explica por que ele não voltou a Regália quando sua sanidade voltou.

— Porque eles teriam feito ele lutar de novo, Luxa — explicou Gregor. — E ele não aguentava mais matar.

— Não há grande alegria em matar para nenhum de nós — afirmou Luxa. — Nós o fazemos para sobreviver.

— Então, o que você está dizendo? Você acha que ele é um covarde? — Gregor indagou.

— Não um covarde no sentido de ter medo de morrer. Mas acho que é mais fácil para ele viver aqui na selva, do que voltar e encarar a vida de verdade — argumentou Luxa.

Gregor pensou nisso. Em primeiro lugar, viver na selva não era nenhum piquenique. E Hamnet tinha deixado todos os seus entes queridos para trás. Não poderia ter adivinhado que encontraria uma mulher da Superfície e teria Hazard. Ele provavelmente nem achou que iria viver. Desistira de tudo — do lar, dos entes queridos, da vida que tinha — porque sentia que aquilo que fizera por Regália fora errado.

— Não sei, Luxa, acho que ele fez uma escolha muito corajosa. E acho que, na cabeça dele, era a única escolha que poderia ter feito — comentou Gregor.

— Talvez. Eu não sei. — Luxa balançou a cabeça. — Mas você teria abandonado sua família, Gregor?

— É diferente. Minha família não deixa nem a gente bater uns nos outros — respondeu Gregor. — A sua família está sempre em guerra.

— Assim como a sua, agora — retrucou Luxa e rasgou um pedaço de fita com os dentes.

Hamnet tinha reunido todos os maços disponíveis no palheiro, então veio ajudá-los a enfaixar mais alguns. Luxa e Hamnet evitavam falar muito um com o outro. Era algo lamentável, já que Gregor gostava dos dois e também por causa do fato dos dois serem parentes. O menino não sabia bem como fazê-los conversar, mas fez uma tentativa.

— Cara, vocês dois são parecidos mesmo — comentou. — Vocês têm até o mesmo sorriso.

Luxa e Hamnet se entreolharam cautelosamente, mas não disseram nada.

— Então, Luxa deve ser muito parecida com a mãe, né? Ripred disse que ela era idêntica à sua irmã gêmea — continuou Gregor.

Era mais uma pergunta do que uma afirmativa, então Hamnet teve que responder.

— É incrível como ela se parece com Judith. Mesmo quando era um bebê... — Hamnet se interrompeu.

— Ah, sim, você ainda devia estar por lá quando Luxa era um bebê. — Gregor tentou ajudar.

— Sim, éramos bons amigos então, Luxa e eu. Levei-a em seu primeiro passeio de voador fora da cidade — contou Hamnet.

— Até a praia com os cristais — acrescentou Luxa, baixinho.

Hamnet olhou surpreso para a sobrinha.

— Você se lembra disso? Não poderia ter mais que dois anos.

— Apenas imagens soltas. Eu ainda tenho um pedaço de cristal. É azul — contou Luxa.

— E no formato de um peixe — disse Hamnet. — Eu me lembro. — Subitamente, seus olhos se encheram de lágrimas. — De tudo que deixei para trás em Regália, Luxa, você foi meu maior arrependimento. Você e sua mãe.

— Você poderia ter vindo nos visitar — protestou Luxa, e sua voz soou muito jovem.

— Não. Eu jamais poderia partir duas vezes. Você sabe como Solovet é. Ela me colocaria para comandar um exército de novo em segundos — falou Hamnet.

— Ela não poderia ter obrigado você — contestou Luxa.

— Aposto que poderia — murmurou Gregor. Solovet teria encontrado uma forma de fazer o filho lutar novamente. Culpa. Vergonha. Dever. Alguma coisa.

— Eu não poderia fazer aquilo de novo — explicou Hamnet. — Não depois... Eu ainda sonho com aquilo todas as noites... As vozes gritando para mim, pedindo para serem salvas... E o que aquilo resolveu? Aquela batalha no jardim? Nada. Não resolveu absolutamente nada. Quando terminou, humanos e roedores se odiavam ainda mais do que nunca. O Subterrâneo apenas se tornou um lugar ainda mais perigoso.

Houve uma longa pausa na conversa antes que Gregor falasse de novo.

— Então, você nunca mais luta agora? Quero dizer, e se alguma coisa atacar você e Hazard? — indagou.

— Eu realmente luto em certas ocasiões, mas só como último recurso — respondeu Hamnet. — É um método de sobrevivência que aprendi com Frill. Acontece que há muitas alternativas à violência se você fizer um esforço para desenvolvê-las.

— Como o quê? — Gregor perguntou.

— Bem, digamos que Frill esteja em perigo. A primeira reação dela é se tornar invisível. Camuflagem — começou Hamnet.

Gregor se lembrou da primeira vez que tinha visto Frill. Ele não a teria notado se ela não tivesse aberto a boca para pegar a bola de Boots.

— Ah, certo. E se isso não funcionar?

— Então ela tenta assustar o que quer que a esteja ameaçando. Ela sibila e abre o rufo, o que a torna muito maior e assustadora — continuou Hamnet.

— Não funcionou com Boots. — Gregor riu.

— Não, Boots tentou assustá-la de volta — Hamnet sorriu. — Se Boots fosse uma ameaça real, Frill teria começado a chicotear a cauda no chão.

— E se alguma coisa ainda assim tentar atacar? — Gregor perguntou.

— Ela corre. Bem rápido mesmo, depois que ela se levanta sobre as patas traseiras. Ela corre para algum lugar onde os cipós possam sustentar o peso dela e sobe bem alto acima do perseguidor — explicou Hamnet.

— Mas e se não houver cipós, e ela estiver encurralada, e alguma coisa estiver tentando matá-la? — Luxa inquiriu.

— Então ela luta. Tem dentes bem afiados, se quiser usá-los. Mas é sempre a última escolha, ao contrário dos regalianos, que parecem concluir que é a única opção deles quase imediatamente — afirmou Hamnet. — Vivendo aqui na mata, eu descobri que muitas criaturas preferem não lutar. Mas, se o seu primeiro instinto for sempre pegar a espada, jamais descobrirá isso.

Gregor não sabia se Hamnet tinha convencido Luxa de que ele tinha feito a coisa certa, mas pelo menos ela pareceu estar considerando seu argumento.

O campo de *starshades* estava mais ou menos colhido pela metade. Eles tinham uma enorme pilha de plantas agora. Com cada maço que enfaixava com fita, Gregor podia sentir o coração ficando mais leve. Eles tinham a cura. Tudo que precisavam fazer agora era levá-la de volta a Regália, até as vítimas. A mãe dele ficaria melhor, e todos poderiam ir para casa. E se ela ainda quisesse se mudar para a Virgínia então, Gregor seria o primeiro a fazer as malas.

Por alguns minutos o menino deixou a mente vagar pela fazenda da família do pai na Virgínia. Era muito bom lá, embora fosse meio longe de, bem, de outras pessoas e de prédios e coisas assim. Ele amava a cidade de Nova York, sentiria saudades dos amigos, mas se isso significasse que a família dele poderia parar de sentir medo o tempo todo, valeria muito a pena.

Gregor estava pensando em como ele talvez fosse aprender a cavalgar quando viu a cabeça de Aurora se levantando subitamente. Nike fez o mesmo. E, logo, Ripred e Lapblood estavam com os focinhos no ar. Estavam todos virados para o lado mais distante do campo.

— O quê? O que foi? — Gregor perguntou. Geralmente, os morcegos reagiam aos ratos, mas os ratos também estavam reagindo como se alguma coisa perigosa estivesse na área. — É algum tipo de planta? — O menino ainda se sentia trêmulo de pensar nas flores prateadas.

— Não! — Ripred rosnou. — Como que elas chegaram aqui?

— Elas abriram um caminho devorando tudo pela frente, imagino — respondeu Nike. Ela estava abrindo e fechando as asas, cheia de apreensão.

— Quem?! — Gregor exclamou, pegando Boots no colo. — Quem abriu um caminho devorando?

Antes que Nike pudesse responder, Gregor viu a onda vermelha começando a invadir o campo. Elas estavam tão juntas que pareciam ser uma única entidade, um grosso líquido sangrento avançando na direção deles. O menino disparou o facho da melhor lanterna naquela direção e viu que a onda era formada de indivíduos.

Formigas. Centenas de formigas vermelhas estavam atacando o campo, destruindo tudo à sua frente.

CAPÍTULO

23

Ripred assumiu o comando da situação imediatamente.
— Você! — gritou para Aurora. — Pegue os filhotes e voe para longe daqui! Leve-os para os mordiscadores, e depois para Regália, se não aparecermos em 24 horas!

Hamnet colocou Hazard e Boots nas costas de Aurora.

— Você toma conta de Boots para nós, está bem, Hazard? — instruiu, abraçando o filho.

Gregor começou a discordar.

— Não, eu não quero que Boots vá!

— Aurora e eu somos vinculadas, não vamos nos separar! — Luxa exclamou.

— Sua irmã, Habitante da Superfície, está prestes a ser destroçada pelos cortadores — afirmou Ripred. — E preciso que você monte em Nike, Vossa Alteza. Seu vínculo não está em condições de lutar.

— Lutar? — Gregor repetiu, confuso. — As formigas estão aqui para uma batalha?

— Bem, elas não estão aqui para um piquenique! Vieram destruir as *starshades* e todos os sangue-quentes também! Agora mexam-se! — Ripred mordeu o ar perto do ombro de Aurora, que saltou para o ar.

— Boots! Segure firme! — Gregor gritou. Ele teve um vislumbre do rostinho confuso da irmã olhando sobre o pescoço de Aurora antes que Ripred o empurrasse com força.

— Acorde, Guerreiro! Você tem sua espada. E quanto à luz? — o rato inquiriu.

Gregor olhou para a lanterna que geralmente trazia pendurada na cintura. Aquilo lhe seria inútil numa batalha. Foi então que o menino se lembrou de um truque que tinha usado na última missão.

— Luxa! Venha cá, rápido! — Ele pegou duas lanternas e prendeu uma no braço de cada um deles.

— Arco de cinco pontos! — Ripred gritou. — Ficarei na ponta. Quero o Habitante da Superfície e Lapblood à minha direita, Hamnet e Frill à esquerda — O rato virou-se para Hamnet, que subitamente parecia estar paralisado. — Você vai lutar, não vai?

— Eu... eu... — Hamnet gaguejou.

— A cura está em jogo. Pense nisso como uma forma de redimir suas ações passadas — argumentou Ripred. — Pense nisso como uma forma de salvar seu filho. Pense nisso da maneira que quiser, mas arme-se ou saia daqui!

Hamnet olhou para o mar de formigas que vinha pelo campo. Um quarto das plantas já tinha sido devorado, triturado, pisoteado.

— Sim. Sim, eu lutarei — decidiu Hamnet. Ele correu até Frill, abriu a mochila pendurada no pescoço dela e puxou uma espada.

— Enfrentar os cortadores também, eu vou, enfrentar os cortadores também — falou Temp.

— Ah, Temp! — Gregor exclamou. — Você deveria ter ido com Aurora. — Gregor sabia que as baratas não eram conhecidas pela sua habilidade de combater. Elas eram boas em fugir. Era assim que sobreviviam.

— Enfrentar os cortadores também, eu vou, enfrentar os cortadores também — insistiu Temp.

— Está bem, rastejante, posicione-se naquela pilha de *starshade*. Se os cortadores passarem por nós, faça o melhor para incapacitá-los — ordenou Ripred. Temp rastejou até o monte de plantas e se escondeu. — No ar, Vossa Majestade, nos dê o máximo de cobertura que puder — instruiu Ripred. O rosto de Luxa estava determinado quando ela montou Nike e decolou, com a espada já na mão. — O resto de vocês, assuma as posições.

Ripred correu na direção das formigas e se agachou a 10 metros do exército que se aproximava. Hamnet assumiu seu lugar mais ou menos cinco metros atrás de Ripred, para a esquerda, e Frill lhe deu cobertura de uma distância parecida. Gregor olhou em volta, confuso.

— Faça como Hamnet! — Lapblood urgiu. — Eu estarei atrás de você.

Então Gregor correu tão longe quanto Hamnet estava, mas do lado direito de Ripred. Lapblood assumiu a lugar atrás do menino.

— Mantenham suas posições pelo máximo de tempo que puderem antes de recuar. Quando chegarmos à pilha, formem um círculo. Não salvem uns aos outros, salvem as plantas! Lembrem-se, é da *starshade* que precisamos. Defendam-na a qualquer custo! — Ripred ordenou.

Gregor encarou as formigas. Cada uma delas tinha 1,5 metro de comprimento e mais ou menos 60 centímetros de altura. Fora o tamanho, elas pareciam ser anatomicamente idênticas às formigas da superfície. Cada indivíduo tinha seis pernas, duas antenas e um par de mandíbulas afiadas como navalhas que se abriam e fechavam horizontalmente, picando a *starshade* em pedacinhos. Elas estavam alinhadas em uma formação clara, ombro a ombro, como um exército bem treinado. Centenas de formigas guerreiras. Vindo direto para eles.

— Guerreiro! — Ripred gritou. — Olhe para mim! — Gregor desviou o olhar das formigas e virou-se para Ripred.

— Se você puder se encolerizar, faça-o agora! Isto é uma questão de vida ou morte, garoto! Vida ou morte, entendeu?

Vida ou morte? Não apenas para a meia dúzia aqui no campo, mas para todos os de sangue quente, para os filhotes de Lapblood, para Howard e Andrômeda, para Ares, para a mãe de Gregor. As formigas estavam a apenas alguns passos de Ripred quando Gregor percebeu que não tinha nem sacado a espada. Ela saiu, agora, num movimento suave e preciso. O zumbido avançou pelo corpo e a visão se fragmentou quando a sensação de cólera rugiu através do menino.

— Cortem-lhes as pernas, as cabeças, sangrem-nas, façam o que for necessário para impedi-las! — Ripred urrou. E, com isso, ele saltou direto para a coluna de formigas.

No período que se seguiu, Gregor perdeu todo o senso de onde estava, dos companheiros, de si mesmo. Havia calor, suor, o gosto do próprio sangue na boca. A espada sabia aonde ir; para as juntas das pernas, nucas, as cinturas finas. Mas havia tantas... tantas! Onde cada formiga caia, outra aparecia para tomar seu lugar. Lentamente, relutantemente, os pés do menino se deslocaram, conforme a enorme multidão de inimigos o obrigou a recuar. No fim, ele podia sentir os maços de *starshade* arranhando as panturrilhas quando ele iniciou a resistência final junto à pilha... e então elas avançaram sobre Gregor, derrubando-o contra os maços de plantas.

— Não! — O menino se ouviu gritar. — Não! — Gregor lutou para se levantar e se lançou contra o exército enquanto tentava evitar a destruição das plantas. Mas foi inútil. A pilha desapareceu em menos de um minuto, e o resto do campo estava completamente vulnerável. No que o menino cambaleou atrás do exército que desaparecia, um par de dentes pegou-lhe a camiseta por trás e o arrastou rapidamente para trás, para longe da selva. Ele lutou para se libertar, para seguir o inimigo dentre as vinhas, mas quem quer que o estivessem segurando era forte demais.

— Deixe-os ir! Acabou, garoto! Acabou. Nós perdemos — falou Ripred, enquanto derrubava o menino de traseiro no chão.

A força do impacto ajudou a trazê-lo de volta à realidade. Gregor estava soluçando de raiva das formigas, de repugnância pela batalha e de desespero porque o campo... Ah, o campo estava devastado! Pedaços arruinados de plantas pisoteados na terra, que estava encharcada com uma gosma lilás fétida. Gregor pegou um punhado do material e viu os últimos pedaços de *starshade* se dissolvendo num líquido esverdeado e desaparecendo.

— Acabou. — Gregor chorou. — Acabou a *starshade*. Acabou a cura.

— Tudo acabou — acrescentou Ripred, baixinho. — Tudo se acabou agora.

Luxa e Nike aterrissaram ao lado deles. Através das lágrimas, Gregor podia ver o sangue escorrendo de cortes nas pálidas pernas de Luxa. O menino percebeu que ele mesmo estava coberto de feridas ardentes, onde as mandíbulas tinham achado um caminho através de suas defesas.

— Se for algum consolo, a selva está completando o nosso trabalho por nós — anunciou Ripred.

Gregor olhou para a selva onde os restos do exército de formigas tinham desaparecido. Elas tinham se enfiado naquela área pela qual Hamnet tinha feito o grupo correr. Na área das belas flores prateadas que os faziam delirar de alegria. As formigas deviam ser suscetíveis também, porque a selva estava cheia de vinhas rasgando insetos prestativos em pedaços. Não demorou muito. Num minuto, as formigas foram desmembradas e largadas no chão da selva, onde raízes se moveram e as cobriram. E o silêncio retornou.

Gregor enxugou os olhos e fez um esforço para se levantar. Ripred e Lapblood estavam encurvados atrás dele. Luxa ainda montava Nike. Cercada por formigas mortas, o belo corpo azul-esverdeado de Frill jazia no campo, com a pele marcada por centenas de cortes. Gregor tentou ver algum movimento no peito dela, mas estava imóvel como uma pedra.

Temp estava esvoaçando sobre algo na beira da selva. Gregor percebeu que o vulto no chão era Hamnet.

— Tio! — Luxa gritou, e em seguida saiu em disparada pelo campo até ele.

Quando finalmente o alcançaram, puderam ver que Hamnet não viveria mais por muito tempo. Um buraco escancarado logo abaixo da linha das costelas estava bombeando sangue para fora, de modo que havia uma poça ao redor do homem.

Luxa se ajoelhou ao lado do tio e segurou a mão dele.

— Judith — sussurrou. — Judith...

— Sim, é Judith, estou bem aqui — respondeu Luxa.

— Hazard... prometa... ele não será... deixe-o ser... qualquer coisa menos um guerreiro — Hamnet pediu.

— Eu prometo — jurou Luxa. — Hamnet? Hamnet? — Mas os olhos violeta dele estavam vidrados agora. Ele se fora.

"Qualquer coisa menos um guerreiro", Gregor pensou lentamente. "Ah, deixe-o ser qualquer coisa, menos igual a mim."

Luxa lentamente estendeu a mão e fechou os olhos de Hamnet. Então passou os dedos pelo rosto do tio, limpando uma mancha de sangue.

— Eis um nobre coração partido — anunciou Ripred. Ele tocou a cabeça de Hamnet com o focinho. — Leve um cacho. Para os pais dele — o rato falou para Luxa. Ela cortou um mecha do cabelo de Hamnet e a guardou cuidadosamente no cinto.

Todos se sentaram perto do corpo de Hamnet no campo destruído, sem se importar com o sangue e a substância viscosa lilás que as formigas tinham espalhado. Seus amigos tinham se ido. A *starshade* tinha se ido. E, com tais coisas, se fora toda a esperança.

CAPÍTULO

24

Gregor encarou o chão por algum tempo, antes de perceber que estava olhando para algo que reconhecia. Obscurecido pela gosma, lá estava o espelho que ele tinha dado para Boots brincar. Ela devia tê-lo deixado cair. O menino pegou o objeto e o limpou com a camisa. "Pelo menos Boots e Hazard não tiveram que assistir à batalha", pensou. Hazard não tinha visto o pai e Frill morrendo. E Boots não tinha visto o irmão destroçando as formigas.

— Por que elas fizeram isto? — Gregor finalmente perguntou. — Por que as formigas queriam destruir a cura?

— Elas nos consideram inimigos — Ripred respondeu. — Todos nós, de sangue quente, mas os ratos em particular. Não ajudou muito o fato de os humanos terem nos empurrado contra as fronteiras delas.

Gregor se lembrava vagamente de Ripred falando disso, quando tinha sido? Antes de terem ido atrás de Bane. Num jantar em Regália, há muito, muito tempo. Ripred tinha acusado Solovet de tentar matar os ratos de fome, de empurrá-los contra as fronteiras das formigas.

— Foi um plano excelente, temos que lhes dar crédito por isso — continuou Ripred. — Tudo que tiveram que fazer foi vir até aqui, obliterar este campo e o problema delas com os de sangue quente logo seria apenas uma memória.

— Como elas poderiam saber onde era? — Gregor indagou.

— Ah, isso não seria difícil de descobrir. Provavelmente o Subterrâneo inteiro sabia que viemos em busca da cura. E não se pode trazer um grupo tão estranho, como Hamnet nos chamou, para o Vinhedo sem provocar muita fofoca. Tudo que elas precisavam saber era quando e onde nós encontraríamos a cura. E muitos insetos ficaram felizes em lhes dar tais informações, não é, Temp?

— Muitos insetos — concordou Temp. — Odiados aqui, os de sangue quente são, odiados aqui.

— Por quê? — Gregor perguntou.

— Temos as melhores terras. Os campos de alimentação mais ricos. O que ainda não temos, mas cobiçamos, eles dizem que nós tomamos. Os sangue-frios consideram que não respeitamos as outras criaturas — respondeu Nike com um suspiro.

— Bem, vocês não respeitam mesmo. Quero dizer, vocês todos tratam as baratas como lixo — comentou Gregor. — Como quando todos riram de Temp naquela reunião. Vocês fazem piada com as formigas também?

— As formigas são uma situação completamente diferente. Elas não têm quase nenhum senso de individualidade. Tudo que fazem é para o bem coletivo da colônia. Então veja bem, não haveria problema em mandar um exército para a selva. Se elas perdessem cem, mil, dez mil soldados, não seria nada se significasse nossa destruição — Ripred explicou. — E cada uma delas tem lealdade cega à rainha... Não, não fazemos piadas com as formigas. Elas podem ser perigosas demais, como acabamos de ver.

Os olhos de Gregor passearam pelo campo. Estava coberto de formigas mortas. Mas elas tinham feito o serviço. Não restava um único caule de *starshade*.

— E o que podemos fazer agora? — Nike indagou.

— O que há para se fazer além de ir para casa e escolher um bom lugar para morrer? — Lapblood retrucou. — A *starshade* se foi.

— Não faz sentido — intercedeu Luxa. — Fizemos tudo que a profecia pediu. Trouxemos o guerreiro e a princesa. Nos unimos aos roedores para procurar a cura. Por que não tivemos sucesso?

— Eu não sei. Mas não acredito que compreendemos a profecia de fato. Possivelmente fracassamos porque ainda não vemos o quando — Nike comentou.

— O quê?! — Lapblood exclamou.

— "Vocês veem a coisa, mas não o quando." — Nike citou a profecia.

— Eu vi o quando. Foi quando os cortadores destruíram este campo e nós fomos pegos de surpresa — respondeu Lapblood.

— Talvez, mas se você estiver errada... — A voz de Nike morreu.

— O que você está pensando, Nike? — Luxa indagou.

— Talvez a cura ainda exista em algum lugar. Talvez haja mais *starshade* bem aqui no Vinhedo — afirmou Nike.

— Não me parece muito provável. A doutora Neveeve disse que havia apenas um único campo. Acho que estamos sentados nele — argumentou Ripred. — Se este é o berço, então isto era a cura.

— E assim sendo, não há mais esperança alguma — concluiu Luxa.

Um longo silêncio se seguiu. Gregor ouviu o tilintar das flores brancas e pensou em como seria fácil entrar ali e nunca mais sair. Tão mais fácil do que voltar a Regália e ver a mãe morrer. Tão mais fácil do que ver Ares, se por algum milagre ele ainda estivesse vivo, desistir de lutar quando descobrisse que Gregor tinha fracassado. O menino não sabia se ele e Boots jamais voltariam para casa. Provavelmente tinham sido infectados com a peste. Seria aquele punhado de folhas que tinham comido suficiente para mantê-los seguros?

— Não o berço, a não ser que isto seja, não o berço — afirmou Temp.

Já que todos tinham se perdido nos próprios pensamentos sombrios, o comentário de Temp não fez muito sentido. Além disso, ninguém prestava muita atenção nos rastejantes mesmo.

— O que foi, Temp? — Gregor perguntou, mais por educação do que qualquer outra coisa.

— Não o berço, a não ser que isto seja, não o berço — repetiu Temp.

O menino levou algum tempo para arrumar as palavras de Temp e entender a frase. A não ser que isto seja... não o berço. A não ser que isto não seja o berço. A última pessoa a falar antes de Temp fora Luxa, que tinha dito que não havia mais esperança. A não ser que isto não seja o berço. Sim, Temp tinha razão...

*NO BERÇO A CURA VÃO ENCONTRAR
PARA AQUILO QUE FAZ O SANGUE MATAR.*

A cura ainda poderia estar em algum lugar se o Vinhedo dos Olhos não fosse o berço!

— Mas este é o berço — disse Lapblood.

— É mesmo? — Ripred retrucou; seus olhos começaram a recuperar o brilho. — Quem disse? Algum velho livro empoeirado escrito por humanos anos atrás? Aliás, nós nem sabemos se esta é a mesma peste, ou só uma com sintomas similares. E, se Temp está certo, isso explicaria pelo menos uma coisa.

— O quê? — Luxa indagou.

— O motivo de termos um rastejante nesta maldita viagem infernal! Honestamente, de que outra maneira ele teve qualquer significância? Sem querer ofender, Temp, você foi ótimo na hora de cuidar das crianças, mas no que mais você contribuiu? Nada! Talvez seja isto! O seu grande momento! Talvez seja por isto que Sandwich colocou você na profecia — concluiu Ripred. — Para ver que aqui não é o berço!

O grande rato começou a andar de um lado para o outro, o cérebro funcionando a mil.

— Vamos trabalhar esta ideia um pouco e ver onde chegamos. Tudo bem, digamos que aqui não é o berço, e que a *starshade* não era a cura. Vimos a coisa, que é a peste, mas não o quando. Então, o que é o quando? Pensem, todo mundo! Digam qualquer coisa que lhes vier à cabeça! — Ripred urgiu. — Vocês viram a peste mas não quando...!

— Não quando ela iria levar meus filhotes — deixou escapar Lapblood, como se não tivesse escolha.

— Não quando os cortadores a usariam contra nós — disse Nike, tentando ajudar.

— Vocês viram a peste mas não quando...! — Ripred virou-se para Luxa.

— Não vimos quando Ares a pegou — disse Luxa de repente. — Quero dizer, se ele a pegou daqueles ácaros, nenhum de nós viu. E não apenas quando, mas por quê? Por que eu, Gregor e Aurora não a pegamos?

— Era isso que eu e Mareth estávamos dizendo. Especialmente eu. Montei no dorso de Ares por dias com cortes abertos no meu braço e ele estava sangrando e... e... Como eu posso não ter a peste se ele a pegou quando os ácaros o morderam? — Gregor indagou.

— Digamos que ele não tenha sido infectado então — continuou Ripred. — Digamos que os seus outros amigos, Howard e Andrômeda, tenham pegado a peste quando o trouxeram doente da caverna. Então, onde Ares pegou a peste?

— Bem, a resposta poderia ser qualquer lugar! — Lapblood explodiu, frustrada.

— Não — retrucou Nike. — Só poderia ser algum lugar onde Ares esteve.

— Algum lugar onde ele esteve *e* onde a peste poderia existir — completou Ripred. — Luxa, você é quem conhece melhor os hábitos dele. Onde ele poderia ter ido?

— Procurar Aurora e eu, provavelmente — afirmou Luxa. — De volta ao Dédalo. E a caverna dele... as terras dos voadores... Regália.

— Não, ele não foi à sua cidade ou às terras dos voadores — disse Nike. — Depois do julgamento, ninguém o viu em nenhum desses lugares.

— É, ele estava com medo de ser executado. Ele não ia nem ao hospital tratar dos ferimentos. Ele foi... ele foi... — Gregor percebeu que seus olhos estavam travados na poça do sangue de Hamnet que tinha se espalhado quase até os pés do menino. Podia ver a luz refletida na superfície vermelha. Era estranhamente familiar. "Onde eu vi isto antes?", Gregor se perguntou. E, num instante, tudo pareceu se encaixar no lugar certo. Algum lugar onde Ares esteve... Algum lugar onde a peste poderia existir.... — Ah, puxa... Ah, puxa! — Gregor exclamou.

— O que foi, Habitante da Superfície? O que foi? — Ripred inquiriu.

Mas Gregor ainda não conseguia expressar seus pensamentos. A poça vermelha de sangue no laboratório de Neveeve... As pulgas se fartando de sangue... O recipiente de peste vazio... novo em folha... porque o antigo tinha se quebrado. Não naquele dia, ou no dia anterior. Neveeve tinha dito que o recipiente fora quebrado meses atrás. A doutora tinha a peste no laboratório meses atrás, antes mesmo de Ares ficar doente!

— Ares foi... ele foi ao laboratório... para as mordidas... para pegar remédio... — Gregor gaguejou.

— Sim, e daí? — Ripred indagou.

— Neveeve tinha a peste lá — continuou Gregor.

— Tinha os germes da peste lá, sim, para estudá-los, para tentar achar uma cura — afirmou Nike. — Depois que a peste começou.

— Não, eu acho... eu acho que já estavam lá muito antes — Gregor continuou. — Ela disse que um recipiente de peste tinha se quebrado meses antes. Ares devia estar lá quando aconteceu! Foi quando ele pegou! E é por isso que eu não peguei! Nem você, Luxa! Nem Aurora!

E Neveeve — nervosa, assustadiça, desajeitada. Ela não estava estressada apenas porque havia uma peste, estava estressada porque ela mesma tinha começado a epidemia!

— Isso não faz sentido. Que utilidade a peste teria para os humanos? — Luxa retrucou, com desprezo.

— Muita utilidade, Vossa Alteza, se eles tivessem a cura também. Poderiam eliminar todos os roedores, todos os sangue quentes que os incomodassem, seguros com o conhecimento de que nenhum deles poderia morrer! — Ripred explicou. — Ah, que bela arma para se produzir nos seus laboratórios.

— "Remédio e erro ao se entrelaçar, uma única vinha vão formar" — Nike citou, com a voz nervosa. — Isso pode significar a doutora Neveeve. Ela pode ser a vinha. Tanto remédio quanto cura, numa coisa só.

— Isso me parece uma conjectura louca — insistiu Luxa.

— É mesmo? Pois me parece bem plausível. Mas acho que, se não pudermos convencê-la, não vamos conseguir convencer os outros humanos também. Pense mais, garoto! O que mais você tem? — Ripred inquiriu.

O que mais ele tinha? Deveria haver alguma outra coisa. Gregor segurava o espelho com tanta força que estava machucando as mãos dele. O espelho! O menino pensou nas horas que tinha passado diante do espelho do banheiro, segurando a profecia, tentando entendê-la.

— O espelho! — exclamou, erguendo o objeto com urgência para todos verem. — Sabem como é necessário usar um espelho para ler a profecia? Você tem que olhar num espelho... e quando você o faz, você vê... O que você vê? — Girou o espelho e o apontou para cada um deles.

— A si mesmo, você vê, a si mesmo — completou Temp.

— Foram os humanos. Eles tinham a peste o tempo todo! — Lapblood cuspiu.

— Não, mesmo nos piores momentos, nós, humanos, não criaríamos algo que seria tão destrutivo para tantos. Algo que poderia ser virado contra nós — Luxa insistiu, desafiadora.

— Virar... sim, "Vire e vire e vire de novo" — exclamou Ripred, com as orelhas em pé. — É isso! Vocês não percebem? É como a dancinha irritante de Boots. — Ripred olhou com ódio para o campo. — Começamos a jornada entrando na selva e procurando pela cura. Mas se você virar... — E o rato girou 180 graus. — E virar... — Ele virou-se de volta para a selva. — E virar de novo... — Mais uma meia-volta. — Você não estará encarando a selva, Vossa Alteza. Você estará encarando Regália.

CAPÍTULO
25

— Eu não... não posso acreditar que isso seja verdade! — Luxa exclamou.

— Tenha esperanças de que seja, pelo bem de todos nós. E se o Habitante da Superfície estiver certo e vocês tiverem a cura no seu laboratório de volta em Regália, eu quero que a sua primeira ação seja mandá-la para nós — retrucou Ripred.

— Não há cura em Regália — repetiu Luxa, teimosa.

— Está certo então, voe de volta a Regália e conserte esta confusão. Lapblood e eu vamos voltar para casa e dividir nossa teoria mais recente. Espero ter notícias suas muito em breve — Ripred respondeu. Ele se virou para Lapblood. — Acho que nossa melhor aposta seria seguir a trilha das formigas de volta. Deve levar perto o bastante dos túneis, e as plantas não tiveram tempo de se recuperar ainda. — Ripred percebeu que ninguém estava se movendo. — O que vocês estão esperando? Montem no seu voador e vão!

— E quanto a Hamnet e Frill? — Gregor indagou, não querendo deixá-los ali. Mas o solo era fino demais para enterrá-los. E Nike jamais poderia levá-los a todos.

— Eles pertencem à selva agora. Provavelmente a *starshade* crescerá de novo aqui. Então eles estarão num bom lugar, certo? — Ripred afirmou.

— Acho que sim — respondeu Gregor, sem se sentir nem um pouco melhor quanto àquela situação.

— Monte logo — insistiu Ripred, empurrando-o na direção de Nike. Gregor e Luxa montaram na morcega. — Não se esqueçam do rastejante. Ele pode ter salvado todos nós — lembrou Ripred, colocando Temp atrás deles.

— Se ele nos salvou, não seria ruim se vocês espalhassem essa informação por aí — sugeriu Gregor. Assim, talvez os sangue-quentes não fossem mais tão esnobes com os insetos.

— Se ele nos salvou, eu me tornarei o maior chato do Subterrâneo, pois so falarei nisso — concordou Ripred. — Voe alto, garoto.

— Corra como o rio, Ripred — respondeu Gregor. Nike se ergueu no ar sobre as vinhas e saiu do Vinhedo.

Foi uma viagem surpreendentemente curta até a piscina na terra dos mordiscadores, para onde Aurora tinha levado Hazard e Boots. Eles mal tinham aterrissado quando Hazard começou a perguntar:

— Cadê meu pai? Cadê Frill? Eles vão chegar logo?

Luxa olhou triste para Gregor. O menino percebeu que ninguém sabia melhor o que Hazard iria passar agora do que ela. A rainha escorregou das costas de Nike e segurou as mãos de Hazard.

— Eles não voltarão mais, Hazard. Tivemos que lutar para tentar salvar a *starshade*. Hamnet e Frill morreram lutando contra os cortadores. Sinto muito.

Hazard apenas olhou para a prima por um momento, sem entender.

— Mas... eles não poderiam — disse ele. — Não me deixariam aqui sozinho.

— Eles não queriam deixá-lo. Eu juro — continuou Luxa. — Só que eles não puderam evitar. Às vezes não podemos evitar que coisas assim aconteça.

— Ah — disse Hazard. Seus grandes olhos verdes se encheram de lágrimas. — Que nem quando a minha mãe me deixou. Ela não queria ir também. Mas teve que ir. — O menininho abaixou a cabeça e as lágrimas escorreram pelo rosto até as pedras.

Boots foi até o irmão e puxou-lhe a camisa.

— Gré-go, ele tá chorando. — A menina sempre achava que Gregor poderia consertar coisas que não eram consertáveis.

Gregor pegou a irmã no colo e a apertou.

— Eu sei. — Foi tudo que conseguiu dizer.

Luxa se ajoelhou diante de Hazard e enxugou as lágrimas dele com os dedos.

— A mesma coisa aconteceu com os meus pais. Eles morreram também — falou Luxa. — Minha mãe e o seu pai eram irmãos. Você sabia disso?

Hazard balançou a cabeça.

— Eu não tenho irmã.

— Eu não tenho irmão também. Mas estava pensando que, se você voltar para Regália comigo, seria como se eu tivesse — disse Luxa. — Você virá comigo?
— Para Regália? — Hazard indagou. Ele parecia tão perdido. — Eu moro aqui na selva.
— Mas com quem você viverá agora, Hazard? Quem tomará conta de você? — Luxa perguntou.
— Eu quero meu pai! E Frill! — Hazard exclamou, começando a soluçar. — Eles tomam conta de mim!
— Eu sei. Eu sei. Mas eles se foram — respondeu Luxa. Ela abraçou o menininho, que se agarrou a ela. — Ah, Hazard, Hazard. Por favor, diga que virá comigo. Não é tão ruim em Regália.
— Meu avô.... mora em Regália. Ele disse que... eu podia visitar... sempre que quisesse — Hazard conseguiu dizer, engasgado.
— Ah, sim! Vikus ficará muito feliz em vê-lo — concordou Luxa, acariciando seus cachos escuros. — Todos ficarão.
— E você vai ser minha irmã? — Hazard indagou. Olhou para onde Gregor abraçava Boots. — Que nem ela é a irmã dele?
— Se você me aceitar — afirmou Luxa.
— Tudo bem — Hazard aceitou. As lágrimas não pararam, mas ele limpou o nariz na manga. — Posso montar no seu voador?
— Sempre que quiser. E, quando nós voltarmos, talvez você encontre um voador para se vincular — contou Luxa.
— Você gostaria disso? — Hazard assentiu. — Vamos para casa então.

Eles levaram apenas alguns minutos para beber água da piscina e lavar os ferimentos. Não havia nenhum material que pudesse ser usado para fazer curativos nos cortes das mandíbulas das formigas. Tudo tinha sido destruído. Mas pelo menos a gosma lilás com a qual os cortadores tinham encharcado o campo não parecia ser perigosa para eles. Ela não queimava como o ácido das vagens amarelas, e saía facilmente com água. Não, parecia ser destrutiva apenas para plantas.

Um trio de camundongos apareceu e deixou algumas dúzias de ameixas aos pés de Luxa quando os humanos estavam a ponto de partir.

— Obrigada — agradeceu Luxa. — Jamais esquecerei sua bondade para comigo e Aurora. Saibam que, enquanto eu respirar, vocês sempre terão uma aliada no Subterrâneo. — A rainha removeu a tiara de ouro da cabeça e a colocou na pedra diante dos camundongos. — Se vocês algum dia precisarem da minha ajuda, apresentem minha coroa a um de nossos batedores, e eu farei tudo que puder para vir em seu auxílio. — Em seguida, Luxa tocou a cabeça de cada um deles, que guincharam despedidas para ela no seu tom agudo.

Nem Nike nem Aurora estavam em boa forma, mas as duas insistiram que poderiam fazer a jornada de volta. Luxa levou Hazard com ela em Aurora, e Gregor, Boots e Temp montaram em Nike.

Gregor mal podia esperar para chegar. E se a cura estivesse lá, no laboratório de Neveeve, mas fosse ainda um segredo? Então a mãe dele, Ares, os amigos... se ainda estivessem vivos, cada segundo era precioso.

As morcegas se ergueram bem alto sobre os cipós e se apressaram em voltar a Regália. Gregor pensou no progresso agonizantemente lento que tinham feito a pé e balançou a cabeça. Concluiu que não teria sido possível voar até o Vinhedo. Os ratos seriam muito pesados para carregar por uma longa distância, e ainda mais Frill, mas mesmo assim. Quanto tempo eles poderiam ter economizado? O menino poderia ter ido a Regália e voltado dez vezes.

— O que você fazia aqui em cima, Nike, quanto estava esperando que a gente lhe alcançasse? — Gregor perguntou.

— Eu voava em círculos. Tanto no ar quanto em minha mente, pois estava tentando decifrar a profecia — respondeu Nike.

— Está decifrada agora, não acha? Você não concorda que os humanos começaram tudo? — o menino indagou.

— Como Ripred disse, preciso ter esperanças de que seja isso mesmo. Mas Gregor, quando o resto dos de sangue quente ficarem sabendo que a peste é culpa dos humanos, as coisas ficarão realmente terríveis — afirmou Nike.

— O que vai acontecer? — Gregor perguntou.

— A maioria dos humanos e seus aliados ficará envergonhada. Os inimigos deles dirão que isso apenas confirma o que eles suspeitaram desde o princípio. Que os humanos mentem e farão qualquer coisa para conseguir o que querem — explicou Nike. — A pior parte é que... ninguém ficará realmente surpreso.

Mesmo que não tivesse nascido no Subterrâneo, Gregor sentia uma proximidade natural com os humanos aqui embaixo. O menino ainda estava bravo com eles por terem julgado Gregor e Ares quando a dupla não matou Bane, mas ele tinha dado um desconto, por achar que fora um mal-entendido. Quando Nerissa explicou a verdade, os humanos — pelo menos a maioria deles — tinham ouvido. A opinião de Gregor sobre os ratos era muito diferente. Ele sempre pensara neles como sendo essencialmente os vilões — com algumas exceções, como Twitchtip e talvez Ripred. A ideia de que os humanos pudessem ser tão ruins quanto os ratos, ou até mesmo piores, o deixava confuso. Mas ele estava realmente surpreso? Gregor se lembrou da tentativa do conselho de negar o pó amarelo aos ratos. Não, ele não poderia dizer que estava.

Boots e Temp batiam papo em baratês enquanto Gregor ruminava a situação toda, tentando entender aquilo tudo. Depois de algum tempo, percebeu que estavam iniciando o pouso. Usando a lanterna para iluminar o solo, ele viu as pilhas de esqueletos espalhadas ao redor do Arco de Tântalo.

— Vamos parar aqui? — perguntou a Nike.

— Não se preocupe, será apenas por um curto período. Mas eu e Aurora precisamos descansar — explicou Nike.

— Ah, certo, é claro — disse Gregor. Ele estava impaciente para voltar, mas precisavam dar às morcegas um descanso, especialmente considerando que ambas estavam feridas.

Eles não tinham água, mas tinham muitas ameixas. Os sete se reuniram num círculo apertado e comeram. Quatro crianças, duas morcegas e uma barata. Gregor achou que eles deveriam parecer uma refeição fácil, e ficou de olho na selva.

Luxa estava tão perdida em pensamentos que nem parecia consciente do ambiente à volta dela. A menina segurava uma ameixa intacta enquanto olhava fixamente para o esqueleto de algum grande roedor.

— Luxa, você vai comer isso? — Gregor indagou.

Ela voltou à realidade num susto.

— Por quê? Você quer?

— Não, você deveria comer. Mas não podemos ficar aqui muito tempo — explicou Gregor.

Luxa assentiu com a cabeça e mordeu a ameixa, mas seu rosto trazia uma expressão preocupada.

— Andei pensando no que Ripred disse. Sobre o valor de uma arma tão destruidora. Ele tinha razão. Ter a peste sob nosso comando daria aos humanos controle total sobre todos os de sangue quente.

— Então você acha que estou certo? Você acha que Neveeve iniciou a peste? — Gregor indagou.

— Ainda me parece impossível de acreditar. Mas há uma maneira de sabermos com certeza — respondeu Luxa.

— E qual é essa maneira? — quis saber.

— Se durante a sua ausência ela tiver criado uma cura, então você terá razão. Pois o berço e a cura serão um só, e não existe nenhuma outra cura agora que a *starshade* acabou. Não restará mais discussão — concluiu Luxa.

Aurora anunciou que as morcegas estavam prontas para voar, então todos montaram. Nike sugeriu que Gregor dormisse no caminho de volta. Ele se deitou com Boots, que logo adormeceu, mas o menino não conseguia dormir. Nos silenciosos túneis escuros, a batalha estava começando a voltar à mente dele. Podia se lembrar mais dela do que daquela vez que tinha enfrentado as lulas, o que agora era um branco quase total. Desta vez, Gregor recordava de imagens bem específicas da espada conforme a arma ceifava a vida de formigas e mais formigas. Quem eram as formigas, de qualquer maneira? Não apenas animais, não apenas uma força natural. Ripred tinha falando nelas como criaturas inteligentes que tinham formado um plano de batalha inteligente. Será que todas elas tinham nomes? Será que tinham pais e filhos e amigos? Quem exatamente ele tinha matado?

O menino não conseguia organizar os pensamentos. Naquele momento da batalha, ele tinha pensado apenas em proteger a *starshade*. A própria vida dele estivera em risco também; veja só o que acontecera a Hamnet e a Frill. Mas no campo de batalha ele não lutara tanto pela própria vida quanto para salvar aquilo que acreditava ser a cura. Às vezes você tinha que lutar... Até mesmo Hamnet concordara com isso... e deve ter pensado que aquele dia tinha sido uma dessas vezes. Gregor fez o que tinha que fazer. Mas ainda assim... se sentia horrível quando visualizava todos os corpos retorcidos das formigas no campo.

E embora Gregor tivesse se encolerizado, eles não conseguiram salvar a *starshade*. Hamnet tinha lutado também, quando ficou encurralado, mas Gregor sabia que ele não queria fazer isso. Que Hamnet não acreditava que o conflito seria a solução para qualquer coisa. Talvez, se todos tivessem assumido essa atitude, eles poderiam ainda assim ter decifrado a profecia, e não haveria tantos cadáveres esperando para serem cobertos por vinhas e cipós. Mas qual teria sido a alternativa pacífica? Quando as formigas marcharam contra eles já era tarde demais para pensar em tal coisa. Uma solução sem violência teria que ter sido pensada muito antes. E todos os grupos — humanos, ratos, formigas — teriam que concordar que seria o melhor.

Tudo isso era complicado pelo fato de que, se Gregor estivesse certo sobre a doutora Neveeve, a perda de tantas vidas naquele dia não teria sentido algum. Porque a coisa pela qual todos batalharam — *starshade* — de qualquer maneira jamais fora a cura.

Quanto mais Gregor pensava, mais sua mente ficava confusa. Eles estavam certos ao lutar. Era errado lutar. Tínhamos que lutar. Era inútil lutar. O menino simplesmente não sabia o que era certo, e isso o fazia se sentir louco. Não era de se estranhar que Hamnet tivesse fugido para a selva.

Depois de várias horas se atormentando com os eventos do dia, luzes distantes começaram a aparecer. Regália estava logo adiante. Um esquadrão de quatro subterrâneos montados em morcegos se materializou para bloquear o caminho. Até que viram Luxa.

— Rainha Luxa! — exclamou um dos guardas, descrente. — Você está viva!

— Sim, estou viva, Claudius — respondeu Luxa. — E preciso de acesso imediato ao conselho com relação à cura para a peste.

— Sim, certamente — gaguejou Claudius. — Mas há vários postos de controle para evitar que a peste tenha acesso à cidade.

— Temos que ignorá-los para economizar tempo. Acredite em mim, mesmo que eu sofresse da peste, isso não seria nada diante da importância das notícias que trago — respondeu Luxa.

— Sim, mas temos ordens estritas... — tentou dizer o guarda.

— Que eu estou anulando agora — interrompeu Luxa. — Abra caminho para mim até a cidade. É uma ordem direta pela qual assumo total responsabilidade.

Claudius olhou para os outros guardas, hesitante, e então proclamou.

— Abram passagem para a rainha até a cidade! — Ele voou com os viajantes, afastando qualquer resistência que encontrassem. — A rainha! A rainha retorna! — gritava, e os subterrâneos abriam caminho.

Enquanto eles atravessavam a cidade de Regália, Gregor podia ver as pessoas no solo apontando para cima e gritando. Concluiu que elas reconheciam Aurora pela bela pelagem dourada, e tinham esperanças de que Luxa pudesse estar montada nela.

Depois que as morcegas exaustas pousaram no Salão Alto, duas guardas mulheres correram para ajudar.

— Levem Aurora e Nike para o hospital imediatamente — ordenou Luxa. — Ambas estão feridas. O conselho está em sessão?

— Sim, Vossa Alteza. Eles acabaram de se reunir — respondeu uma das mulheres. Então ela colocou a mão na boca apressadamente, como se estivesse suprimindo alguma grande emoção. — Ah, Luxa, você voltou!

— É bom ver você também, Miranda — disse Luxa, com um meio sorriso. — Temos que nos apressar, Gregor. — A rainha tomou Hazard pela mão e partiu.

Gregor pegou a irmãzinha adormecida no colo e seguiu Luxa, com Temp, pelos corredores até a sala do conselho. Todos os conselheiros estavam presentes, incluindo Solovet e Vikus, e Nerissa presidia sentada à cabeceira da grande mesa de pedra. A doutora Neveeve estava se preparando para discursar. Diante dela havia uma grande mesa quadrada com centenas de frascos de vidro cheios de um líquido laranja.

Quando os cinco entraram, Neveeve parou de falar no meio de uma frase e um arquejo de surpresa percorreu a mesa. Pessoas começaram a se levantar e a ir na direção deles, mas Luxa ergueu a mão.

— Por favor, tenho um assunto de grande urgência que ultrapassa os acontecimentos em relação a mim mesma. Sentem-se e deixem-me falar — anunciou Luxa.

Confusos, todos voltaram para seus assentos. Ainda segurando a mão de Hazard, Luxa foi até a mesa parando diante da doutora Neveeve.

— Fomos até o Vinhedo dos Olhos e encontramos a *starshade*. O campo inteiro foi destruído por um exército de cortadores. A cura foi perdida — contou a rainha. — O que você diz sobre isso, doutora Neveeve?

— Notícias trágicas, de fato. Mas estivemos trabalhando dia e noite nos laboratórios para tentar criar uma cura também. Estes frascos que você vê diante de mim são os frutos do nosso esforço — afirmou Neveeve, indicando os vidros.

Luxa olhou para os frascos por um momento, respirando fundo antes da pergunta seguinte.

— E já foram testados nas vítimas da peste?

— Os pacientes no hospital estão reagindo favoravelmente. Tanto a mãe do Habitante da Superfície quanto seu vínculo exibiram melhoras — respondeu Neveeve.

Gregor sentiu os joelhos vacilando de alívio.

— Ah! — O som escapou por conta própria. Eles estavam vivos! De alguma maneira, tinham resistido!

Neveeve sorriu para o menino.

— Sim, temos muitas esperanças de que este remédio será eficaz.

Houve murmúrios de aprovação e apreciação ao redor da mesa. A cura estava funcionando. Neveeve era uma heroína.

A voz de Luxa cortou as dos outros como uma lâmina.

— Acredito que será altamente eficaz. Acredito que irá curar a peste.

— Tenho esperanças de merecer sua confiança — respondeu Neveeve, mas seu olhar para Luxa foi nervoso.

— Ah, acredito que nós duas podemos ser confiantes. Certamente você parece bem o bastante — continuou Luxa. — E se a cura funciona para você, então por que não funcionaria para o resto de nós?

Neveeve ficou corada com um cor-de-rosa forte.

— Não sei o que você quer dizer.

— Quero dizer que você criou a peste no seu laboratório. Esse foi o berço. Então faz sentido que a cura venha dele também — revelou Luxa.

Houve exclamações e objeções ao redor da mesa, mas Luxa não se interrompeu.

— Você nega, doutora Neveeve, que Ares foi infectado no seu laboratório, enquanto você desenvolvia o germe da peste? — Luxa interrogou.

Neste momento, a cor desapareceu do rosto de Neveeve, deixando-a pálida como um fantasma.

— Eu... eu... não fiz...

— Ele foi ou não foi infectado no seu laboratório? — A rainha insistiu.

— Foi um acidente... Não foi culpa de ninguém... — Neveeve respondeu. — Ele estava lá para outra coisa...

— E você levou os outros a acreditar que a cura estava no Vinhedo dos Olhos, sabendo o tempo todo que a tinha nas mãos? — Luxa continuou.

— Eu não podia... revelar... a pesquisa era secreta e... — Neveeve tentou explicar.

— Então, para esconder esse segredo, você deixou a peste se espalhar e matar e mandou um grupo inocente de tolos numa tarefa mortal. Foi isso? — Luxa inquiriu.

Agora Neveeve olhava ao redor loucamente.

— Me mandaram estudar a peste! Minha missão era encontrar um antídoto para que pudéssemos usá-la como arma... Eu estava fazendo apenas o que me mandaram! — gritou a doutora.

A maior parte dos membros do conselho pareceu chocado. Mas Gregor não deixou de perceber que alguns rostos refletiam o medo de Neveeve. "Alguns deles sabiam", Gregor pensou. "Alguns deles sabiam exatamente o que estava acontecendo."

Vikus se levantou, trêmulo, e acenou com a cabeça para um par de guardas.

— Prendam a doutora Neveeve. E avisem os membros do tribunal que os serviços serão necessários.

Os guardas seguraram Neveeve pelos braços. Ela nem resistiu.

— Eu estava apenas seguindo ordens — disse a cientista baixinho enquanto era levada.

— Entrem em contato com o laboratório para descobrir quantas doses de cura eles têm. E levem estas para o hospital imediatamente — continuou Vikus, indicando os vidros de líquido laranja.

— Não — interrompeu Luxa, com a expressão como a pedra. — Nosso primeiro ato será levar ajuda aos roedores. Dei minha palavra a Ripred. E ela será cumprida.

Ninguém no aposento ousou discordar.

CAPÍTULO
26

Depois desse anúncio, uma onda de cansaço pareceu dominar Luxa. A rainha olhou para baixo, para Hazard, que nem por um minuto soltara sua mão.

— Você deve estar com fome — disse ela. O menino assentiu. — Mandem trazer comida — ordenou Luxa aos guardas enquanto deixava a sala do conselho.

Eles não foram muito longe. Havia uma pequena sala logo do lado oposto do corredor, com dois sofás. Luxa afundou no canto do sofá mais próximo colocando Hazard ao seu lado. A menina descansou um dos cotovelos no braço do sofá e apoiou a cabeça na mão. Gregor desabou no outro sofá diante dela, com Boots no colo. Temp se sentou aos pés deles.

— Você mandou muito bem lá dentro, Luxa — comentou Gregor.

A menina fez um ruído incerto. Gregor percebeu que ela estava aborrecida.

Vikus e Nerissa surgiram no umbral da porta. Vikus veio até Luxa e gentilmente pôs a mão no rosto da neta.

— Como vamos sobreviver a isto, Vikus? As retaliações dos nossos inimigos... e nossa vergonha? — Luxa indagou.

— Vamos sobreviver juntos — respondeu Vikus. — Se formos atacados, vamos nos defender. Mas primeiro tentaremos acalmar o ódio com desculpas e auxílio. Devolveremos terras, mandaremos comida e remédios. Quanto à nossa vergonha, tenhamos apenas esperanças de aprender com ela. — O homem ergueu o queixo da neta. — É tão bom ver você novamente.

— E você também — respondeu Luxa. Ela olhou para a prima. — Gostou do trono, Nerissa?

— Você pode bem imaginar — falou Nerissa, com uma risada trêmula. Ela tirou a pequena coroa dourada da cabeça e a colocou em Luxa. — Acho que lhe serve melhor.

Luxa suspirou e a acertou na cabeça.

— Parece que eu perco uma destas apenas para encontrar outra. Obrigada por me substituir.

— É um trabalho verdadeiramente horrível. Não sei como você aguenta — comentou Nerissa. Estendeu a mão e tocou os cabelos do menininho. — E você deve ser Hazard.

— Luxa disse que eu posso viver aqui e ser o irmão dela — respondeu Hazard, incerto. Os olhos do garotinho examinaram o aposento, absorvendo o ambiente desconhecido. Gregor percebeu que Hazard provavelmente nunca estivera num prédio antes.

— Você é muito bem-vindo — anunciou Vikus. Olhou para Luxa e perguntou, baixinho. — Hamnet...?

A rainha balançou a cabeça.

— Ele morreu. Não voltará mais — anunciou Hazard. — Não é, Luxa?

— Não, ele não voltará. Então temos que guardá-lo muito cuidadosamente em nossos corações — respondeu a rainha, abraçando o garotinho.

Vikus olhou para Gregor, para seus ferimentos, para a espada na cintura.

— Então, Gregor da Superfície, como vai?

— Ainda estou vivo — respondeu Gregor. Não estava nem um pouco interessado em falar de si mesmo agora. — Então eles estão vivos? Estão melhorando?

Pela primeira vez, Vikus sorriu.

— Venha ver.

A comida estava chegando. Nerissa ficou com Hazard, Boots e Temp para que eles comessem enquanto Gregor e Luxa iam com Vikus até o hospital.

— Já estão recebendo o tratamento de Neveeve há vários dias, então estão se recuperando. É claro, eles pioraram enquanto você estava ausente, Gregor — explicou Vikus enquanto eles andavam pelo corredor do hospital que levava à ala da peste.

Logo antes de virar a esquina que levava ao salão das paredes de vidro, Gregor segurou o braço de Luxa.

— Eles estão com uma aparência realmente terrível. Só para você saber.

— Eu já vi muitas coisas perturbadoras, Gregor — respondeu Luxa.

— Tudo bem, mas na primeira vez que vi Ares... eu vomitei — contou Gregor. — Sua tia me contou que pessoas desmaiaram e tudo. É chocante demais.

Uma sombra de dúvida cruzou o rosto de Luxa.

— Bem, então o que eu posso fazer? Preciso vê-los.

— Não sei. Aqui, segure a minha mão, e se você se sentir enjoada ou coisa assim, é só apertar — sugeriu Gregor.

Luxa olhou para as mãos dos dois e entrelaçou os dedos com os do menino.

— Vamos lá, então.

A dupla virou a esquina e imediatamente viu Ares através do vidro. Ele estava com uma aparência horrível. A maior parte do pelo tinha caído e ele ainda estava coberto de enormes calombos púrpura. Mas Gregor sorriu porque o morcego estava de pé, acordado.

— Ei, olhe só, Ares está... ai! — Luxa apertara a mão dele com tanta força que Gregor tinha certeza de que ela quebrara pelo menos três dedos. O menino se virou para dizer a ela que afrouxasse um pouco e viu que sua pele pálida tinha adquirido um inegável tom esverdeado. — Está tudo bem, Luxa. Sério, ele está bem melhor do que quando parti.

A menina não conseguia responder. Apenas ficou ali, agarrando a mão de Gregor, os olhos absorvendo o terror que tomara seu amigo.

— É verdade, Luxa, ele está melhor — concordou Vikus.

— E a visão de vocês dois será um tônico. — O homem bateu no vidro, e Ares virou o pobre destroço que era a sua cabeça na direção deles. As asas bateram um pouco e o morcego deu alguns pulinhos na direção dos amigos, mas teve que parar e descansar para recuperar o fôlego.

— Sorria para ele, Luxa — falou Gregor entredentes, tentando seguir o próprio conselho. — Aurora.... está... lá atrás. — O menino articulou as palavras lentamente e apontou o corredor para indicar que a morcega de Lusa estava no hospital também.

Ares balançou a cabeça algumas vezes para indicar que tinha entendido.

— Venham, estamos cansando Ares — chamou Vikus. Acenou para Ares e seguiu adiante. Na sala seguinte, Howard e Andrômeda estavam adormecidos em duas camas. Os dois também estavam cobertos de calombos púrpura. Um dos calombos de Howard estourou enquanto os visitantes estavam observando, e Gregor ficou com os dedos dormentes quando Luxa, pelo que parece, apertou ainda mais. — Quase perdemos Howard no dia anterior ao início do tratamento da doutora Neveeve. Mas ele está recuperando as forças a cada dia — Vikus contou. — Vamos ver sua mãe, Gregor, e então vocês dois receberão o tratamento médico de que precisam.

Grace estava na cama, mas não estava dormindo. Os dedos de uma das mãos estavam acariciando compulsivamente um calombo púrpura na bochecha. A mulher parou quando viu Gregor. Eles só se entreolharam, como se não existisse mais ninguém. Depois de um longo tempo, o menino viu os lábios dela formando a palavra "Boots". Gregor assentiu com a cabeça e fingiu levar comida a boca para indicar que a irmã estava comendo. Grace fechou os olhos, mas Gregor podia ver as lágrimas escorrendo de debaixo dos cílios.

— Ela parece estar bem doente — disse Gregor.

— E realmente está, mas agora vai se curar — respondeu Vikus. — Venham, vocês dois, e vamos curar vocês também.

— Quantos outros há? — Luxa indagou, olhando o corredor.

— Mais de cem — contou Vikus. — Perdemos mais ou menos trinta até agora. A Fonte foi atingida com mais força. Oitenta morreram lá.

Luxa não soltou a mão de Gregor até que foram dirigidos a banheiros separados para se lavar. Antes de deixar os dedos se soltarem dos dele, a rainha sussurrou.

— Obrigada, Gregor. Por me avisar.

Gregor tomou banho, reabrindo os cortes que as formigas tinham feito nele. Ou talvez eles jamais tivessem se fechado; alguns eram bem fundos. O menino ficou deitado numa maca enquanto uma equipe inteira de médicos trabalhava. Além das feridas de batalha, Gregor trazia os arranhões das vinhas e os dedos do pé encarniçados pelo ácido. Aparentemente, ele precisava de pontos; muitos deles. Um médico lhe deu um líquido verde-claro para beber e isso foi a última coisa de que Gregor se lembrou por um longo tempo.

Quando acordou, o menino estava coberto de bandagens brancas dos pés à cabeça. Por mais ou menos dez segundos, Gregor achou meio legal parecer com uma múmia. Em seguida, quis arrancar todos os curativos. No que ele começou a puxar uma faixa do pulso, uma voz o impediu.

— Não, Habitante da Superfície, você reabrirá as feridas — afirmou Mareth. O soldado estava sentado numa cadeira junto à cama, com a muleta ao lado.

— Oi, Mareth, como vai você? — Gregor indagou.

— Não posso reclamar. Como você se sente? — Mareth respondeu.

Gregor se ajeitou na cama.

— Meio dolorido. Quanto tempo eu dormi?

— Umas 16 horas. Eles o ergueram uma vez para lhe dar a cura da peste, mas você não acordou de verdade — contou Mareth.

— A cura da peste? Por que isso foi necessário? — Gregor inquiriu.

— Todos estão recebendo uma dose como medida preventiva — explicou Mareth. — Havia milhares e milhares delas guardadas em cavernas próximas ao laboratório de Neveeve. Paradas lá, enquanto tantos sofriam. — Mareth balançou a cabeça, sem poder acreditar.

— Cara, então eu estava certo? Sobre o recipiente quebrado? — Gregor perguntou.

— Sim. confirmou Neveeve. Quando Ares estava no laboratório para receber tratamento para as mordidas, acidentalmente derrubou o recipiente com a asa. Ele se quebrou, as pulgas infectadas escaparam e tanto Ares quanto Neveeve foram picados. Ela falou que não podia contar a Ares o que tinha acontecido, mas que pretendia encontrar alguma maneira de lhe dar a cura no dia seguinte, quando fosse tratar dele de novo. Só que Ares nunca apareceu. Ele tinha ido procurar por Luxa e Aurora no Dédalo. Foi então que ele, sem saber, espalhou a peste para os roedores — contou Mareth.

— E onde está Neveeve? — Gregor indagou.

— Ele se foi. Executada. O tribunal a julgou enquanto você estava dormindo e ela foi considerada culpada de alta traição. Tudo aconteceu muito rápido — disse Mareth.

— Você quer dizer... Ela está morta? — Gregor tinha pensado que os subterrâneos a trancariam numa masmorra, não que a matariam. Que bem aquilo iria trazer?

— Sim, foi o mais sério dos crimes — falou Mareth.

— E Luxa foi ao julgamento? — Gregor inquiriu. Sabia que a rainha poderia impedir execuções.

— Não, ela estava adormecida também. Mas teria sido excluída dos procedimentos, de qualquer maneira. Veja, Neveeve estava cumprindo ordens de produzir a peste como arma. Não revelou a infecção de Ares para ninguém, então a culpa disso era só dela. Mas outros sabiam que a peste existia. — Era difícil para Mareth até mesmo continuar com a frase seguinte. — Solovet... por exemplo. E como ela é uma parente muito próxima de Luxa, a rainha não poderia se envolver no julgamento.

— Solovet deu a ordem de desenvolver a peste? — Gregor indagou.

— Aparentemente, ela chefia um comitê de armas altamente secreto que aprovou a pesquisa — revelou Mareth.

Gregor se sentiu enjoado ao pensar que Solovet estaria por trás da peste. Não apenas porque a família e amigos dele tinham sido vítimas. Mas aquilo era uma arma maléfica demais para se usar contra qualquer um.

— Eles vão executar Solovet?

— Duvido que chegue a esse ponto. Mas ela e o resto do comitê estão confinados e sob interrogatório — falou Mareth.

Outro pensamento passou pela cabeça de Gregor.

— Vikus não sabia, né?

— Não, mas como ele sempre se opôs com muita veemência a esse tipo de arma... ninguém recebeu a notícia com maior sofrimento do que ele.

— Aposto que não — concordou Gregor. A notícia de que a mulher dele tinha sido um fator importante numa catástrofe tão grande para os sangue-quentes deveria ser devastadora para o senhor.

Um médico chegou, examinou Gregor e mandou que lhe trouxessem comida. Mareth ficou e comeu também. Foi uma refeição meio insossa, mas mesmo a simples sopa com pão tinha um gosto bom.

A comida deu energia a Gregor, que subitamente se sentiu agitado demais para ficar na cama.

— Luxa ainda está no hospital? — Ela provavelmente estaria sofrendo com a notícia sobre Solovet também.

— Eles queriam que ela ficasse, mas a rainha insistiu em sair para ficar com Hazard — contou Mareth.

— Ele é um bom garoto — comentou Gregor.

— Como o pai — concordou Mareth, entristecido.

Não sendo realeza, Gregor não sabia bem se poderia convencer os médicos a deixá-lo sair do hospital, então o menino simplesmente se esgueirou quando ninguém estava olhando. Teve que admitir que talvez não tivesse sido a melhor ideia. O corpo inteiro doía, por dentro e por fora. Mas os músculos relaxaram um pouco conforme Gregor andava, embora os pontos repuxassem mais.

Devia ser o meio da madrugada. Não havia ninguém na creche, mas Gregor sabia que Dulcet garantiria que Boots ficaria em boas mãos. O menino vagou pelo palácio até que encontrou um guarda e pediu informações de como chegar ao quarto de Luxa. O guarda pareceu meio incerto, mas o levou pelo palácio até a ala real. Esta parte do palácio era, como Gregor tinha esperado, muito ornada e tinha vários conjuntos de sentinelas por todos os lados. Depois de esperar alguns minutos, recebeu permissão para entrar.

Gregor nunca tinha visto onde Luxa morava. A rainha o recebeu numa grande sala de estar com uma lareira, e o menino percebeu que vários aposentos se conectavam à sala. Era como se Luxa tivesse um grande e chique apartamento só para si. Gregor pensou no próprio quarto, que na verdade era um armário de tranqueiras, em casa.

— Uau, este lugar é todo seu?

— Desde que meus pais foram mortos — respondeu Luxa. Ajustou uma das muitas bandagens enquanto os olhos violeta examinavam a sala. Gregor subitamente se sentiu incrivelmente grato pelo apartamento onde morava, que estava lotado com pessoas que ele amava. — Mas agora Hazard vai morar aqui comigo. — O rosto da rainha se iluminou com tal pensamento.

— Como ele está? — Gregor perguntou.

Luxa indicou com um aceno que Gregor deveria segui-la até uma porta. Era um quarto, suavemente iluminado por velas. Hazard e Boots estavam aninhados juntos como cachorrinhos na cama gigante, profundamente adormecidos.

— É tudo muito difícil para ele. Não está nada acostumado a dormir sob um teto. E além disso, é claro, Frill e Hamnet significaram tudo para ele... — falou Luxa.

— É, eu sei — concordou Gregor. — Mas ele tem você agora.

— Sabe o que ele disse logo antes de dormir? Ele disse "Meu pai fugiu daqui para a selva. Ele fugiu de tanta luta. Mas a luta foi atrás dele, de qualquer jeito" — contou Luxa.

— Foi o que minha avó disse sobre a profecia. Eu podia tentar correr dela, mas ela iria me encontrar — comentou Gregor.

— Vikus diz que a guerra encontra todo mundo — concluiu Luxa. Pegou alguma coisa de uma penteadeira e estendeu para Gregor ver. Era um cristal. Azul-pálido. No formato de um peixe.

— Do seu primeiro voo com Hamnet? — indagou o menino.

— Sim. Realmente se parece muito com um peixe, não é? — Luxa disse.

Parecia. Mas Gregor não conseguia pensar em mais nada para dizer sobre o objeto. Nada de bom, pelo menos. O pedacinho de pedra era um lembrete de uma enorme tragédia.

Eles voltaram à sala de estar e se sentaram. Gregor perguntou se a próxima pergunta não seria pessoal demais, mas perguntou mesmo assim.

— Vikus está bem?

— Não — respondeu Luxa. — Ele está destruído pelo que Solovet fez. Ainda assim, está organizando as missões de auxílio e conduzindo os assuntos diplomáticos. Os ratos estão absolutamente furiosos, é claro. Vikus faz o que precisa ser feito, e eu faço o mesmo. Você deveria tocar sua vida também, Gregor. Você precisa voltar para casa.

— É. Acho que vamos voltar em alguns dias. Sabe, assim que minha mãe estiver bem o bastante para ir para casa.

— Ir para casa? — Luxa repetiu, num tom surpreso. — Mas, Gregor, ela não poderá voltar antes de muitos meses.

CAPÍTULO 27

O menino podia ouvir Luxa chamando enquanto ele disparava pelos corredores, mas não podia parar para explicar agora. Muitos *meses*? Eles estavam planejando manter a mãe dele aqui embaixo por meses! Bem, isso simplesmente não poderia acontecer!

Enquanto saltava escada abaixo, Gregor podia sentir os pontos estourando e se abrindo, mas ignorou isso. Correu pelo hospital até que achou um cara que parecia estar no comando, e acabou que ele realmente estava, porque esse médico deu uma ordem sucinta e de repente Gregor estava literalmente sendo carregado de volta para a cama. Ninguém estava prestando muita atenção ao que ele dizia sobre a mãe; estavam preocupados demais com o estrago que o menino fizera nos próprios ferimentos. O sangue começava a manchar as bandagens brancas.

— Escutem — pedia o menino. — Minhas pernas estão bem, mas eu preciso falar com alguém sobre essa coisa da minha mãe ficar... — Foi interrompido por um subterrâneo que pressionava uma dose de remédio contra seus lábios. Pego de surpresa, o menino engoliu. A sonolência começou quase imediatamente. — Não... não... vocês não entendem... — insistia Gregor, enquanto o mundo desaparecia.

Quando Gregor acordou, sabe-se lá quanto tempo depois, precisou de um momento para se recordar do que tinha acontecido. O menino sentou-se imediatamente ao lembrar, mas alguém pôs a mão no seu peito. Vikus, com uma aparência terrivelmente cansada, o empurrou de volta para debaixo dos lençóis.

— Fique calmo, Gregor, ou eles terão que impedi-lo.

— O que isso quer dizer? — Gregor indagou.

— Amarrar você à cama — explicou Vikus. — Você precisa deixar as feridas se curarem. É para o seu próprio bem.

— Luxa está fora da cama. Ela está lá em cima, eu a vi — reclamou Gregor.

— Luxa não está correndo loucamente pelo palácio; e ela não lutou no solo. Os ferimentos dela são menores e mais superficiais — respondeu Vikus. — Por favor, Gregor, não vai demorar tanto se você simplesmente cooperar.

Gregor parou de resistir, menos por causa do que Vikus tinha dito e mais pela aparência do homem. Ele estava terrível. Tinha grandes bolsas sob os olhos, que estavam avermelhados, e o rosto inteiro parecia flácido. Gregor não queria lhe causar mais problemas.

— É por causa da minha mãe — explicou Gregor, se reclinando na cama. — Luxa disse que vocês vão mantê-la aqui embaixo por meses. E vocês não podem fazer isso.

— Mas é necessário. Ela está doente demais para viajar, mesmo a curta distância até seu lar. E, uma vez que esteja lá, quem poderá cuidar dela? Esta é uma peste do Subterrâneo. Se sua mãe não ficar completamente curada aqui, poderá carregá-la consigo para casa. E se o mal começar a se espalhar na Superfície? Seus médicos não fariam ideia do que se trataria, muito menos saberiam como curá-la.

— Mas eu achei que ela estava melhorando — argumentou Gregor.

— E de fato está, mas a peste não foi completamente eliminada do sangue de Grace. Ela precisa ficar inteiramente curada. E você precisa me ajudar a convencê-la disso, Gregor, porque você sabe o quanto ela quer voltar para casa — pediu Vikus.

— A questão é que... nós precisamos dela, Vikus — falou Gregor, subitamente se sentindo mais como se tivesse a idade de Boots do que a própria.

— Sei disso. E vocês a terão de volta. Só que não agora — concluiu Vikus. — Você vai me ajudar?

Gregor concordou com a cabeça. Qual seria a alternativa? Eles não poderiam levar a mãe dele para casa e correr o risco de iniciar uma epidemia de peste em Nova York.

— Obrigado. Isto é menos uma preocupação em minha mente — agradeceu Vikus. Cara, ele estava péssimo!

— O que está acontecendo com Solovet? — Gregor perguntou, hesitante.

— Ela está confinada ao nosso lar enquanto as investigações prosseguem. Como você pode ter adivinhado, as coisas não estão fáceis entre nós — respondeu Vikus.

— Por que ela fez isso?

— Ter a praga sob nosso controle... teria nos dado dominação completa sobre os de sangue quente — começou Vikus a explicar, procurando as palavras certas. — De um ponto de vista militar, é uma arma altamente desejável. Letal. Incontrolável para quem não detém a cura. Uma arma tão mortal... tão sedutora... — Vikus esfregou os olhos com os dedos, e Gregor ficou com medo que ele começasse a chorar, mas isso não aconteceu. — Somos pessoas muito diferentes, Solovet e eu.

— É. Eu acho meio esquisito que vocês estejam casados — comentou Gregor, e logo se perguntou se isso não seria uma coisa muito desagradável de se dizer.

Mas Vikus apenas sorriu.

— Sim. Sempre foi um pouco como um enigma para nós também.

Gregor teve que passar os dois dias seguintes confinado à cama. Teve muitos visitantes, mas ficar imóvel daquela maneira o deixou maluco. O garoto ficava pensando na selva e em tudo que tinha acontecido lá. Pensou muito na profecia também, e uma coisa ainda o confundia. Quando Nerissa apareceu para se sentar um pouco com ele, Gregor aproveitou para perguntar.

— Ei, Nerissa, sabe o que não consigo entender na "Profecia de Sangue"? Por que a gente teve que ir naquela busca toda pela cura? Neveeve tinha a cura para a peste bem aqui. Ela até mesmo começou a tratar das pessoas antes de nós voltarmos.

— A profecia não diz que a peste iria destruir os de sangue quente, Gregor. Ela diz: "Se as chamas da guerra seguirem em frente / No Subterrâneo morrerão todos de sangue quente" — explicou Nerissa.

— Então... então o quê? — Gregor disse.

— Digamos que a busca pela cura jamais tivesse acontecido. Então nós jamais saberíamos a verdade sobre Neveeve. Ela teria produzido a cura, sim, mas você acha que ela teria sido dada aos roedores? — Nerissa indagou.

— Provavelmente não. Vocês não estavam nem dando o pó amarelo de pulgas para eles — respondeu Gregor.

— Exatamente. Assim que souberam do pó de pulgas, os roedores ficaram determinados a consegui-lo. Agora imagine se ficassem sabendo que os humanos tinham a cura real para a peste e não a dariam para os roedores. O que você acha que eles teriam feito? — Nerissa continuou.

— Atacado vocês. Quero dizer, o que eles teriam a perder se fossem morrer de peste de qualquer maneira? — Gregor falou.

— Sim. Teria havido uma guerra. E é *por isso* que Sandwich disse que os sangue-quentes não iriam sobreviver — concluiu Nerissa. — A guerra foi evitada... por enquanto.

Quanto mais Gregor ficava na cama, mais agitado se tornava. Ele tinha que ver a mãe! Quando finalmente recebeu permissão para se levantar e visitá-la, os médicos disseram que teria que andar lentamente e em silêncio. O menino concordou.

Grace estava reclinada na cama com uma bandeja de comida diante de si. Ela não parecia estar comendo muito. Gregor foi até o lado da cama.

— Oi, mãe — disse.

— Ei, querido — respondeu ela roucamente. O calombo púrpura no rosto parecia um pouco menor, mas Grace parecia estar fraca demais para segurar a colher. — Como você está?

— Ah, estou bem — respondeu Gregor. Não era bem verdade, mas o menino não queria que ela ficasse ainda mais preocupada. Ele tentou se lembrar de alguma história engraçada da viagem à selva para contar, mas absolutamente nada lhe veio à mente. — Você já viu Boots?

— Não com ela acordada. Não queria que ficasse assustada me vendo assim. Mas uma garota a trouxe aqui e a segurou diante do vidro, enquanto ela dormia — respondeu a mãe. — A garota também não me pareceu em muito bom estado.

— Deve ter sido Luxa — comentou Gregor e, por algum motivo, sentiu que tinha ficado vermelho.

— Gostei dela. Vi logo que ela tem muita atitude — disse Grace.

— Achei que você ia dizer isso — concordou Gregor. Pegou uma colherada de sopa de carne e levou à boca da mãe. — Vamos lá, mãe. Você não vai melhorar de verdade só olhando para a comida.

Grace permitiu que o filho a alimentasse com um pouco de sopa antes de falar de novo.

— Eles lhe contaram que eu não poderei voltar logo?

— Andei pensando, talvez eu e Boots, talvez a gente possa ficar aqui embaixo com você até você melhorar — sugeriu Gregor.

O nervosismo contorceu o rosto de Grace.

— Ah, não, vocês não podem! Quero vocês fora daqui. Pegue a minha bebezinha e vá para casa agora!

O menino teve que prometer que iria, repetidamente. Grace também deixou bem claro que achava que Gregor tinha quebrado uma promessa uma vez antes, quando o menino foi para a selva em vez de voltar para Nova York. Não havia uma cura para se buscar, agora. Ele sabia que tinha que fazer o que ela pedira.

Algumas horas depois, Gregor e Boots estavam se despedindo no Salão Alto. Luxa, Hazard, Nerissa, Mareth e Temp tinham vindo para despachá-los. Gregor já tinha falando com todos no hospital, dizendo que viria vê-los em breve. E viria mesmo. Vikus disse que eles poderiam descer e visitar a mãe sempre que quisessem.

Por mais difícil que fosse sua vida, Vikus fez questão de levar Gregor e Boots pessoalmente para casa no seu grande morcego cinzento, Eurípides. Tinha combinado com o pai das crianças de se encontrarem na lavanderia do prédio, em vez de na entrada do Central Park. As correntes estavam com força total, e Eurípides mal bateu as asas enquanto eles planaram sobre os nebulosos vapores brancos para o alto, para o mundo lá em cima.

E lá estava o pai deles, de braços estendidos para Boots, em seguida puxando Gregor para a lavanderia. E lá estava Lizzie, com o rostinho marcado pelo estresse das últimas semanas, mas também sorrindo ao ver os irmãos.

— Voe alto! — O menino ouviu Vikus se despedir enquanto Eurípides mergulhava de volta na bruma.

— É, voe alto também, Vikus! — gritou de volta. O velho homem precisava de toda a boa vontade que pudesse receber naquele momento.

Boots estava deliciada em voltar para casa e correu para pegar as rãzinhas de brinquedo para que pudesse contar a Lizzie sobre as rãs verdadeiras que tinha visto. Enquanto a menininha tagarelava sobre "vejo vemeio, vejo azul, vejo sapu amalelo!" e pulava pela sala de estar, Gregor tentava conversar com o pai sobre as coisas que tinham acontecido. Ainda era muito difícil falar sobre tudo aquilo. A peste, a selva, a batalha, as mortes, e o enorme vazio que a ausência da mãe tinha deixado no apartamento.

Era depois de meia-noite de sexta-feira para sábado. Eles tinham ficado lá embaixo menos de duas semanas. Tudo aquilo tinha acontecido em menos de duas semanas.

Não houve discussão quando o pai falou que era hora de ir dormir. Gregor se enfiou agradecido entre os lençóis e apagou imediatamente. Nos sonhos, ele ficava procurando por alguém, mas foi só depois de acordar que percebeu que estava tentando achar a própria mãe.

Enquanto Gregor ainda estava deitado na cama, Lizzie espiou pela fresta da porta.

— Ei, Liz, pode entrar. — O menino puxou o cobertor e a irmã se aninhou alegremente ao lado dele. Ela lhe entregou um envelope. — O que é isto? — Dentro havia um cartão que dizia "Feliz Aniversário, Gregor!" escrito com canetinha colorida. O aniversário dele. Tinha sido algum dia da semana passada. Ele tinha completado 12 anos na selva. — Uau, que bonito, obrigado, Lizzie — falou Gregor.

— Papai disse que a gente poderia comprar alguns presentes quando você voltasse, e fazer um bolo também — contou Lizzie. — Mas, Gregor, não sei o que vai acontecer agora, com o dinheiro.

A mãe deles ganhava o dinheiro, mas ela estava doente demais até para voltar para casa.

— Papai disse que vai voltar a trabalhar, mas as febres dele começaram a voltar de tarde, então não acho que ele pode — explicou Lizzie.

— Ele está doente de novo? — Gregor perguntou.

— Eu li no bilhete que eles mandaram do Subterrâneo naquela vez. Dizia que as pessoas podem ter re-ca-í-das. No dicionário explica que a doença volta de novo — continuou Lizzie.

O pai tinha parecido bem na noite anterior, mas era de tarde que ele costumava ficar mais doente. Gregor começou a sentir a preocupação roendo suas entranhas, mas tentou não deixar transparecer.

— Bem, Vikus disse que mandou que colocassem mais dinheiro do museu para nossa volta. Isso deve nos segurar por algum tempo. — Era a esperança dele. — Não se preocupe, Liz, tudo vai dar certo. Hoje é sábado, né? Melhor eu ir ver a Sra. Cormaci. — Eles iriam precisar daqueles 40 dólares.

— Você teve outra gripe — falou Lizzie.

— O quê? — Gregor indagou.

— Você teve outra gripe. Foi isso que eu contei pra todo mundo que perguntava de você — explicou Lizzie. — A Sra. Cormaci disse que era melhor você tomar uma vacina de gripe ano que vem. Ah, e Larry e Angelina trouxeram seu dever de casa. — A menina apontou para uma pilha de livros no parapeito da janela. Aquela visão fez Gregor se sentir meio doente de verdade.

— Cara, duas semanas de dever de casa — reclamou Gregor.

— Bem, a gente teve dois dias de nevasca, então foram só oito dias de aula — disse Lizzie, tentando encorajá-lo.

— Tá bom, então até que as coisas não estão tão ruins — Gregor comentou e cutucou a irmã na barriga. Era legal vê-la rindo.

A onda de frio tinha passado, e quando o menino abriu uma fresta da janela, havia um suave cheiro de primavera no ar. Gregor vestiu calças largas sobre as pernas enfaixadas e achou um casaco de moletom. Foi só depois que vestiu as meias que ele percebeu que não tinha mais sapatos além das sandálias do Subterrâneo com as quais tinha partido de Regália. As botas tinham sido destruídas pelo ácido na selva. O último par de tênis tinha se desintegrado antes do Natal. Sem saber o que fazer, ele calçou as sandálias sobre as meias e baixou a cintura da calça de modo que as bainhas ajudassem a esconder os estranhos calçados.

Gregor entrou sorrateiro no quarto da avó para lhe dar um beijo enquanto ela dormia, e cobriu Boots com um cobertor. Ao redor da menininha, no travesseiro, estavam as rãs venenosas de plástico. "É melhor eu arranjar um jeito de me livrar delas," o menino pensou. O pai ainda estava dormindo no sofá-cama. À luz do dia, Gregor podia ver que Lizzie falara a verdade. O estranho tom da pele dele, o tremor nas mãos... Estava doente de novo.

Às dez horas, Gregor bateu à porta da Sra. Cormaci. Ela o olhou de perto, disse que ele parecia acabado e lhe deu um enorme prato de ovos mexidos. Antes de entregar a lista de tarefas do dia ao menino, a vizinha o fez se sentar na sala de estar para que pudesse ganhar o presente de aniversário.

— A senhora não precisava me dar nada — falou Gregor, virando o presente nas mãos.

— Achei que lhe devia isso, de tanto que faço você andar por aí — falou a Sra. Cormaci.

O menino abriu a caixa e se deparou com um par de tênis. Mas não era um modelo qualquer, e sim tênis ótimos, tênis maneiros, do tipo que Gregor jamais imaginou ter porque sabia que eram muito caros.

— Ah, são fantásticos! — falou.

— Por que você não experimenta? Se não servirem, eu tenho a nota, e podemos ir trocá-los — sugeriu a vizinha.

Mas Gregor não se moveu. Porque, para prová-los, teria que tirar as sandálias estranhas, que tinha cuidadosamente escondido embaixo da mesinha de centro, e então teria que explicá-las. E não podia fazê-lo. Não podia porque a mente dele estava preocupada demais com o fato de a mãe estar quilômetros abaixo da terra com a peste, com a recaída do pai e com o rosto preocupado de Lizzie, e com a impossibilidade de lidar com tudo aquilo. O que eles iriam fazer? Se a mãe iria ficar longe por meses, se o pai estava doente de novo e não poderia nem tomar conta dos filhos, quanto mais voltar a trabalhar, então quem iria cuidar da avó e de Boots e de onde viria o dinheiro para tudo isso, afinal? E, quem quer que ele fosse no Subterrâneo, no mundo real Gregor era só um menino de 11... não, de 12 anos, que não tinha ideia do que poderia fazer.

— Gregor? Você vai provar os tênis? — perguntou a Sra. Cormaci. — Se você não gostou deles, pode dizer. Podemos trocar por outro par.

— Não, eles são perfeitos — respondeu o menino. — É só que...

— Qual é o problema, querido?

Ele ia precisar de ajuda. A família inteira iria precisar de ajuda para seguir em frente. Mas Gregor não era um bom mentiroso, e estava tão, tão cansado.

— Gregor, o que foi? — perguntou a Sra. Cormaci. Ela se sentou numa cadeira diante do menino. — Há algo errado, estou vendo.

Gregor mexeu nos cadarços dos tênis, respirou fundo e tomou sua decisão.

— Sra. Cormaci... — começou ele. — Sra. Cormaci... a senhora pode guardar um segredo?

Este livro foi composto na tipologia Sabon
LT Std, em corpo 11/16, e impresso em papel
off-white 80g/m² no Sistema Cameron da
Divisão Gráfica da Distribuidora Record.